Gatos Guerreiros
TEMPESTADE

ERIN HUNTER

GATOS GUERREIROS

TEMPESTADE

Tradução
MARILENA MORAES

Revisão da tradução
ANA CAPERUTO

Esta obra foi publicada originalmente em inglês com o título
WARRIORS SERIES 4 - RISING STORM
por HarperCollins Children Books (USA) e em paperback por HarperCollins Children Books na Inglaterra
Copyright © 2004 Working Partners Limited
Série criada por Working Partners Limited.
Todos os direitos reservados. Este livro não pode ser reproduzido, no todo ou em parte,
armazenado em sistemas eletrônicos recuperáveis nem transmitido por nenhuma forma
ou meio eletrônico, mecânico ou outros, sem a prévia autorização por escrito do editor.
Copyright © 2013, Editora WMF Martins Fontes Ltda.,
São Paulo, para a presente edição.

1ª edição 2013
6ª tiragem 2025

Tradução
MARILENA MORAES

Revisão da tradução
Ana Caperuto
Acompanhamento editorial
Márcia Leme
Revisões
Adriana Bairrada
Helena Guimarães Bittencourt
Edição de arte
Katia Harumi Terasaka
Produção gráfica
Geraldo Alves
Paginação
Studio 3 Desenvolvimento Editorial
Arte e design da capa
©Hauptmann & Kompanie, Zurique

Dados Internacionais de Catalogação na Publicação (CIP)
(Câmara Brasileira do Livro, SP, Brasil)

Hunter, Erin
  Gatos guerreiros : tempestade / Erin Hunter ; tradução
Marilena Moraes ; revisão da tradução Ana Caperuto. – São
Paulo : Editora WMF Martins Fontes, 2013. – (Série gatos
guerreiros)

  Título original: Rising storm.
  ISBN 978-85-7827-645-4

  1. Literatura infantojuvenil I. Título. II. Série.

12-14951   CDD-028.5

Índices para catálogo sistemático:
1. Literatura infantojuvenil   028.5
2. Literatura juvenil   028.5

Todos os direitos desta edição reservados à
Editora WMF Martins Fontes Ltda.
Rua Prof. Laerte Ramos de Carvalho, 133 01325-030 São Paulo SP Brasil
Tel. (11) 3293-8150 e-mail: info@wmfmartinsfontes.com.br
http://www.wmfmartinsfontes.com.br

Para Denise – isso é o mais perto que consigo chegar de uma canção.

Agradecimentos especiais a Kate Cary.

AS ALIANÇAS

clã do trovão

LÍDER   ESTRELA AZUL – gata azul-acinzentada, de focinho prateado.

REPRESENTANTE   CORAÇÃO DE FOGO – belo gato de pelo avermelhado.
APRENDIZ, PATA DE NUVEM

CURANDEIRA   PRESA AMARELA – velha gata de pelo escuro e cara larga e achatada, que antes fazia parte do Clã das Sombras.
APRENDIZ, PATA DE CINZA – GATA DE PELO CINZA-ESCURO

GUERREIROS   (gatos e gatas sem filhotes)
NEVASCA – gatão branco.
APRENDIZ, PATA BRILHANTE

RISCA DE CARVÃO – gato de pelo macio, malhado de preto e cinza.
APRENDIZ, PATA DE AVENCA

RABO LONGO – gato de pelo desbotado com listras pretas.
APRENDIZ, PATA LIGEIRA

VENTO VELOZ – gato malhado e veloz.

PELO DE RATO – pequena gata de pelo marrom-escuro.
APRENDIZ, PATA DE ESPINHO

PELO DE SAMAMBAIA – gato malhado em tons castanhos.

PELAGEM DE POEIRA – gato malhado de marrom-escuro.
APRENDIZ, PATA GRIS

TEMPESTADE DE AREIA – gata de pelo alaranjado claro.

APRENDIZES   (com idade superior a seis luas, em treinamento para se tornarem guerreiros)
PATA LIGEIRA – gato preto e branco.

PATA DE NUVEM – gato branco, de pelo longo.

PATA BRILHANTE – gata branca, coberta de manchas alaranjadas.

PATA DE ESPINHO – gato malhado de marrom-dourado.

PATA DE AVENCA – gata cinza-claro, com olhos verde-claros.

PATA GRIS – gato cinza-claro, com manchas mais escuras, olhos azul-escuros.

RAINHAS (gatas que estão grávidas ou amamentando)

PELE DE GEADA – com belíssimo pelo branco e olhos azuis.

CARA RAJADA – bonita e malhada.

FLOR DOURADA – pelo alaranjado claro.

CAUDA SARAPINTADA – malhada, cores pálidas, a rainha mais velha do berçário.

PELE DE SALGUEIRO – gata cinza-claro, com excepcionais olhos azuis.

ANCIÃOS (antigos guerreiros e rainhas, agora aposentados)

MEIO RABO – gatão marrom-escuro, sem um pedaço da cauda.

ORELHINHA – gato cinza, de orelhas muito pequenas; gato mais velho do Clã do Trovão.

RETALHO – pequeno gato de pelo preto e branco.

CAOLHA – gata cinza-claro, membro mais antigo do Clã do Trovão, praticamente cega e surda.

CAUDA MOSQUEADA – gata atartarugada, belíssima em outros tempos, com bonito pelo sarapintado.

clã das sombras

LÍDER **MANTO DA NOITE** – gato preto.

REPRESENTANTE **PELO CINZENTO** – gato cinzento e magro.

CURANDEIRO **NARIZ MOLHADO** – pequeno gato de pelo cinza e branco.

GUERREIROS	**CAUDA TARRAXO** – gato malhado em tons marrons. APRENDIZ, PATA MARROM
	PÉ MOLHADO – gato malhado de cinza. APRENDIZ, PATA DE CARVALHO
	NUVENZINHA – gato bem pequeno, malhado.
	GOGÓ DE ALGODÃO – gato negro com peito e patas brancos.
RAINHAS	**NUVEM DA AURORA** – pequena gata malhada.
	FLOR DO ANOITECER – gata preta.
	PAPOULA ALTA – gata malhada em tons de marrom-claro, de longas pernas.

clã do vento

LÍDER	**ESTRELA ALTA** – gato branco e preto, de cauda muito longa.
REPRESENTANTE	**PÉ MORTO** – gato preto com uma pata torta.
CURANDEIRO	**CASCA DE ÁRVORE** – gato marrom, de cauda curta.
GUERREIROS	**GARRA DE LAMA** – gato malhado, marrom-escuro. APRENDIZ, PATA DE TEIA
	ORELHA RASGADA – gato malhado. APRENDIZ, PATA DE CHAMPANHE
	BIGODE RALO – jovem gato malhado, marrom. APRENDIZ, PATA ALVA
RAINHAS	**PÉ DE CINZAS** – gata de pelo cinza.
	FLOR DA MANHÃ – gata atartarugada.

clã do rio

LÍDER	**ESTRELA TORTA** – gato enorme, de pelo claro e mandíbula torta.

REPRESENTANTE	**PELO DE LEOPARDO** – gata de pelo dourado e manchas incomuns.
CURANDEIRO	**PELO DE LAMA** – gato de pelo longo, cinza-claro.
GUERREIROS	**GARRA NEGRA** – gato negro-acinzentado. **APRENDIZ, PATA PESADA**
	PELO DE PEDRA – gato cinza com cicatrizes de batalhas nas orelhas. **APRENDIZ, PATA DE SOMBRA**
	VENTRE RUIDOSO – gato marrom-escuro.
	LISTRA CINZENTA – gato de longo pelo cinza-chumbo que antes fazia parte do Clã do Trovão.
RAINHAS	**PÉ DE BRUMA** – gata de pelo cinza-escuro.
	PELE DE MUSGO – gata atartarugada.
ANCIÃOS	**POÇA CINZENTA** – gata cinzenta e esbelta, com manchas irregulares e cicatrizes no focinho.

gatos que não pertencem a clãs

CEVADA – gato preto e branco, que mora em uma fazenda perto da floresta.

PÉ PRETO – gatão branco, com enormes patas pretas retintas, antigo representante do Clã das Sombras.

ROCHEDO – gato prateado e gorducho, antigo membro do Clã das Sombras.

PRINCESA – gata malhada em tons marrons-claros, com peito e patas brancas – gatinha de gente.

PATA NEGRA – gato negro, magro, com cauda de ponta branca; vive na fazenda com Cevada.

BORRÃO – gatinho roliço e simpático, de pelo preto e branco, que mora em uma casa à beira da floresta.

GARRA DE TIGRE – gatão marrom-escuro, de pelo malhado, com garras dianteiras excepcionalmente longas, que antes fazia parte do Clã do Trovão.

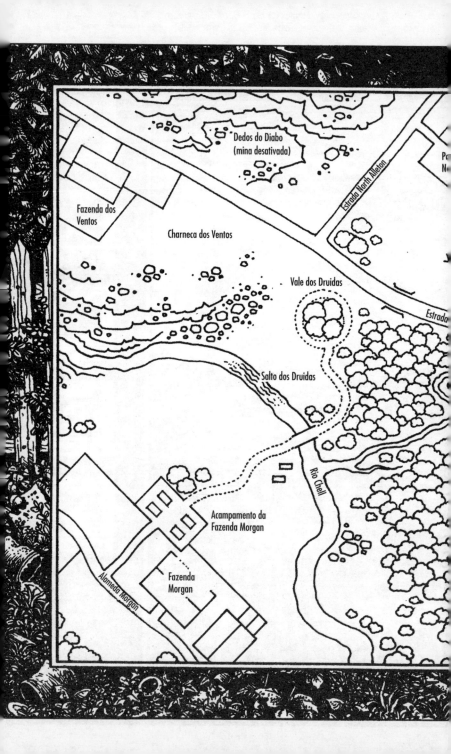

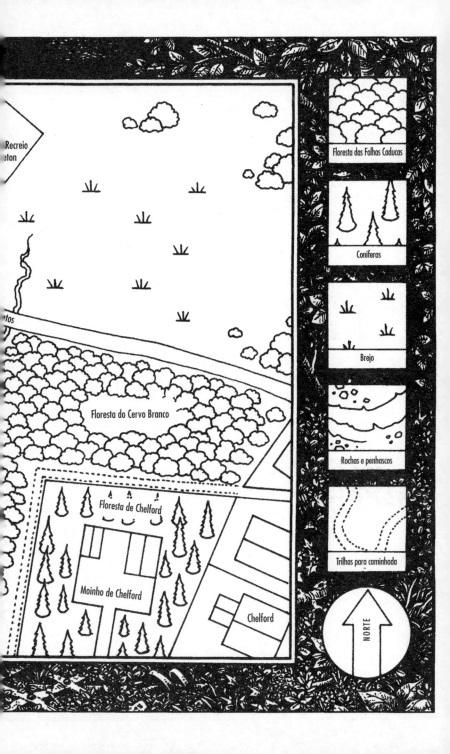

PRÓLOGO

UM GRITO DE AGONIA ECOA por uma clareira da floresta banhada pela luz da lua. Dois gatos estão agachados nas sombras, sob um arbusto, no limite do território do clã. Um deles se contorce de dor, a longa cauda retorcida. O outro se ergue nas patas e abaixa a cabeça. Ele é curandeiro há muitas e longas luas, mas, agora, só o que pode fazer é observar, desamparado, o líder de seu clã completamente dominado pela doença que já ceifou tantas vidas. Ele sabe que nenhuma erva pode aliviar as cãibras e a febre provocadas pela doença, e seu pelo cinza e malhado se arrepia de frustração enquanto o líder tem mais uma convulsão e cai, exausto, no ninho forrado de musgo. Amedrontado, o curandeiro se inclina e fareja. A respiração do líder é fraca, mas ao menos ele ainda respira, o peito magro se eleva cada vez que, ofegante, ele busca o ar.

Um guincho corta a floresta. Desta vez não é um gato, mas uma coruja. O curandeiro retesa o corpo. Corujas trazem morte para a floresta, roubando presas e até filhotes que tenham se afastado de suas mães. O curandeiro eleva os olhos súplices para o céu, pedindo aos espíritos dos guerreiros ancestrais que o grito da coruja não seja o prenúncio de uma desgraça. Ele fixa o olhar através dos galhos que formam o telhado da toca, procurando Tule de Prata no céu escuro. Mas a constelação onde vive o Clã das Estrelas está escondida entre nuvens, e o curandeiro treme de medo. Teriam sido abandonados pelos guerreiros ancestrais à mercê da doença que assola o acampamento?

Então, o vento balança as árvores, chacoalhando suas frágeis folhas. No alto do céu, as nuvens se movem, e uma estrela solitária envia um fraco feixe de luz através do telhado da toca. Nas sombras, o líder dá um suspiro longo e firme. O curandeiro sente a esperança saltar como um peixe em seu coração. Afinal, o Clã das Estrelas está com eles.

Mais relaxado, com o alívio, o curandeiro levanta o queixo, agradecendo em silêncio a seus ancestrais por poupar a vida do líder. Estreitando os olhos contra a luz, para ver melhor a estrela, ele ouve murmúrios no interior de sua cabeça. São as vozes dos espíritos, que lhe sussurram algo sobre batalhas gloriosas, novos territórios e o renascimento do clã, ainda maior, das cinzas do antigo. O peito do curandeiro se enche de alegria, que também pulsa em suas patas. A estrela traz muito mais que uma mensagem de sobrevivência.

De repente, sem aviso, uma asa larga e cinzenta intercepta o raio de luz, mergulhando a toca na escuridão. O curandeiro se encolhe, colando-se ao chão, enquanto a coruja grita e dá um voo rasante, arranhando o telhado da toca com as garras. Ela deve ter farejado a doença que enfraquece o líder e arremeteu em busca de presa fácil. Mas os galhos espessos impedem sua entrada.

O curandeiro fica atento ao lento bater de asas da ave, que segue para a floresta, então, com o coração martelando, levanta-se e estuda o céu da noite mais uma vez. Como a coruja, a estrela se foi, resta apenas a escuridão. O pavor penetra em seu pelo e se instala em seu coração.

– Ouviu isso? – pergunta um gato, falando alto, cheio de medo, da entrada da toca. O curandeiro rapidamente se esgueira até a clareira, pois sabe que o clã está esperando a interpretação da profecia. Guerreiros, rainhas e anciãos – os que ainda conseguem sair de seus ninhos – estão reunidos nas sombras, no outro extremo da clareira. Ele para por um momento, prestando atenção ao murmurar ansioso dos felinos.

– O que uma coruja fazia aqui? – sibila um guerreiro malhado, os olhos brilhando na escuridão.

– Elas nunca chegam tão perto do acampamento – resmunga um ancião.

– Ela carregou algum filhote? – pergunta outro guerreiro, virando a enorme cabeça para o gato ao lado.

– Desta vez, não – responde a rainha prateada. Ela perdera três filhotes para a doença e tem a voz abafada pela dor. – Mas ela pode voltar. Acho que fareja nossa fraqueza.

– Talvez o fedor de morte a mantenha afastada – diz um guerreiro malhado que entra mancando na clareira. Suas patas estão cheias de lama e ele tem os pelos eriçados. Acaba de enterrar um companheiro de clã. Há mais covas a serem preparadas, mas ele está fraco demais para continuar. – Como está nosso líder? – pergunta, a voz traduzindo medo.

– Não sabemos – responde o gato sarapintado.

– Onde está o curandeiro? – reclama a rainha.

Os gatos estão reunidos na clareira e o curandeiro percebe os seus olhos assustados brilhando no escuro. Pode sentir o pavor crescente na voz deles e sabe que precisam ser confortados, convencidos de que não foram completamente abandonados pelo Clã das Estrelas. O gato respira fundo, fazendo abaixar o pelo de seus ombros, e atravessa a clareira.

– Não precisamos do curandeiro para saber que o grito da coruja falava de morte – queixa-se um ancião, os olhos arregalados de medo.

– Como você sabe? – cospe o guerreiro sarapintado.

– É, como você sabe? – concorda a rainha, relanceando os olhos para o ancião. – O Clã das Estrelas não fala com você! – O curandeiro chega e ela se volta para ele. – A coruja foi um aviso? – mia, ansiosa.

Remexendo as patas, sem graça, o curandeiro evita uma resposta direta. – O Clã das Estrelas falou comigo esta noite – anuncia. – Vocês viram o brilho da estrela entre as nuvens?

Com um gesto de cabeça, a rainha assente; à sua volta, os outros gatos piscam com esperança desesperada.

– O que isso quis dizer? – pergunta o ancião.

– Nosso líder vai sobreviver? – quer saber o guerreiro malhado.

O curandeiro hesita.

– Ele não pode morrer ainda! – grita uma rainha. – E suas nove vidas? O Clã das Estrelas as deu a ele há seis luas!

– Só o Clã das Estrelas pode lhe dar forças – responde o curandeiro. – Mas nossos ancestrais não nos esqueceram – continua ele, tentando afastar da lembrança a imagem da asa escura da coruja interceptando o débil raio de luz. – A estrela trouxe uma mensagem de esperança.

Um lamento estridente vem de um canto escuro do acampamento, e uma rainha atartarugada dá um salto e corre na direção do som. Os outros gatos continuam com o olhar fixo no curandeiro, implorando por consolo.

– O Clã das Estrelas falou alguma coisa de chuva? – pergunta um jovem guerreiro. – Faz muito tempo que não chove; a chuva poderia lavar o acampamento e eliminar a doença.

Balançando a cabeça, o curandeiro nega. – Não falou de chuva, mas de um belo e novo amanhecer que aguarda nosso clã. No raio de luz, nossos ancestrais mostraram o futuro, que será glorioso!

– Vamos sobreviver? – pergunta a rainha prateada.

– Vamos fazer melhor – promete o curandeiro. – Vamos comandar toda a floresta!

Ouvem-se murmúrios de alívio entre os gatos, os primeiros rom-rons no acampamento em quase uma lua. Mas o curandeiro vira a cabeça para que não notem o tremor de seus bigodes. Reza para que não voltem a perguntar da coruja. Não ousa partilhar a terrível profecia que o Clã das Estrelas acrescentara quando a asa da ave escondeu a estrela – que custaria muito caro o novo e glorioso amanhecer.

CAPÍTULO 1

Tépidos raios de sol atravessavam a cobertura de folhas e faziam brilhar a pelagem de Coração de Fogo. Consciente de que seu pelo avermelhado devia estar luzindo entre o verde luxurioso da abundante vegetação rasteira, ele se agachou. Uma pata depois da outra, rastejou para debaixo de uma samambaia. Farejou um pombo. Moveu-se devagar na direção do cheiro que lhe dava água na boca até conseguir ver a ave gorducha bicando as folhas.

Coração de Fogo dobrou as garras, que formigavam de ansiedade. Sentia-se esfomeado depois de conduzir a patrulha do amanhecer e caçar por toda a manhã. Estavam na alta estação de caça, época em que os gatos do clã engordavam graças à fartura da floresta, e, embora tivesse chovido pouco desde as enchentes da estação do renovo, a floresta apresentava muita abundância em comida. Depois de abastecer a pilha de presas frescas do acampamento, era hora de Coração de Fogo caçar para si. Retesou os músculos, pronto para pular.

De repente, a brisa seca trouxe outro odor em sua direção. O felino abriu a boca, inclinando a cabeça para o lado. O pombo também deve ter sentido o cheiro, pois elevou a cabeça e começou a abrir as asas; mas era tarde. Uma investida de um tufo de pelos brancos disparou de debaixo de algumas amoreiras. Coração de Fogo arregalou os olhos, surpreso, quando viu o gato pular sobre a ave assustada, prendendo-a ao chão com as patas dianteiras antes de matá-la com uma rápida mordida no pescoço.

O delicioso cheiro de presa fresca penetrou nas narinas de Coração de Fogo. Ele se levantou e saiu da vegetação rasteira na direção do felpudo gato branco. – Belo lance, Pata de Nuvem – miou. – Quando percebi sua chegada, era tarde demais.

– Essa ave burra tampouco percebeu a tempo – gritou o jovem, balançando a cauda, vaidoso.

Coração de Fogo sentiu os ombros tensos. Pata de Nuvem era seu aprendiz e também filho de sua irmã. Era sua responsabilidade ensinar-lhe as habilidades de um guerreiro de clã e o respeito ao Código dos Guerreiros. O jovem gato era, sem dúvida, um bom caçador, mas o tio achava que lhe faltava um pouco de humildade. No fundo, Coração de Fogo às vezes se perguntava se, um dia, o sobrinho chegaria a compreender a importância do Código dos Guerreiros, as tradições de lealdade de muitas luas de existência e os rituais que passavam de geração a geração de gatos da floresta.

Pata de Nuvem, porém, nascera no Lugar dos Duas--Pernas – era filho de sua irmã, Princesa, uma gatinha de gente – e fora trazido pelo tio ao Clã do Trovão quando ainda era um filhotinho. Coração de Fogo sabia, por experiência própria, que gatos de clã não têm respeito por gatinhos de gente. Ele mesmo vivera suas seis primeiras luas com os Duas-Pernas e alguns gatos de seu clã não deixavam que esquecesse o fato de que não tinha nascido na floresta. Ele mexeu as orelhas, impaciente. Sabia que fizera tudo o que podia para provar sua lealdade ao clã, mas seu teimoso aprendiz não se comportava da mesma maneira. Se Pata de Nuvem queria contar com alguma boa vontade dos companheiros de clã, precisava perder um pouco de sua arrogância.

– Funcionou porque você é rápido – Coração de Fogo destacou. – Você estava a favor do vento. Senti seu *cheiro* antes de vê-lo. E a ave também sentiu.

O pelo branco e longo de Pata de Nuvem se arrepiou e ele respondeu, atrevido: – *Sei* que estava a favor do vento. Mas teria sido fácil pegar essa rolinha idiota, tivesse ela sentido o meu cheiro ou não.

O jovem encarou o tio desafiadoramente, e o aborrecimento de Coração de Fogo se transformou em raiva. – É um pombo, não uma rolinha idiota! – ele cuspiu. – Um verdadeiro guerreiro mostra mais respeito pela presa que alimenta seu clã.

– Ah, tá. Tá bom! – retorquiu Pata de Nuvem. – Não vi Pata de Espinho mostrar muito respeito pelo esquilo que levou para o acampamento ontem. Ele disse que o esquilo era tão burro que um filhote teria conseguido apanhá-lo.

– Pata de Espinho é apenas um aprendiz. – roncou Coração de Fogo. – Como você, ele ainda tem muito que aprender.

– Bem, mas eu o peguei, não peguei? – resmungou Pata de Nuvem, cutucando o pombo com a pata, emburrado.

– Ser um guerreiro vai além de pegar pombos!

– Sou mais rápido do que Pata Brilhante e mais forte do que Pata de Espinho – replicou Pata de Nuvem. – O que mais você quer?

– Seus companheiros de toca bem sabem que um guerreiro nunca ataca a favor do vento! – Coração de Fogo sabia que era melhor não começar uma discussão, mas a teimosia do aprendiz o deixava tão enfurecido quanto ficaria se tivesse um carrapato na orelha.

– Grande coisa. Você estava contra o vento, como um bom guerreiro, mas eu peguei o pombo antes! – Pata de Nuvem elevou a voz, em um grito zangado.

– Quieto! – sibilou Coração de Fogo, pois, de repente, algo chamara sua atenção. Levantou a cabeça e farejou o ar. A floresta estava estranhamente silenciosa e os miados altos de Pata de Nuvem ecoavam entre as árvores.

– O que é? – o jovem olhou em volta. – Não sinto cheiro de nada.

– Nem eu – Coração de Fogo admitiu.

– Então por que está preocupado?

– Garra de Tigre – respondeu de chofre Coração de Fogo. O guerreiro de pelo escuro rondava seus sonhos desde que Estrela Azul o banira do clã, havia um quarto de lua.

Garra de Tigre tentara matar a líder do Clã do Trovão, mas Coração de Fogo o impedira, e expusera sua antiga e secreta traição a todo o clã. Desde então, nada mais se soubera dele. Mas, agora, ao perceber o silêncio da floresta, o gato avermelhado sentira as garras geladas do medo apertarem-lhe o peito. Parecia ouvi-lo também, o que o deixava sem fôlego; e as palavras ditas por Garra de Tigre, ao partir, ecoaram na cabeça de Coração de Fogo: *Mantenha os olhos abertos. Mantenha os ouvidos atentos. E continue olhando para trás. Porque, um dia, vou encontrá-lo, e você vai virar carniça.*

O miado de Pata de Nuvem quebrou o silêncio. – O que Garra de Tigre estaria fazendo por aqui? – debochou. – Estrela Azul o expulsou!

– Eu sei – concordou Coração de Fogo. – E apenas o Clã das Estrelas sabe para onde ele foi. Mas Garra de Tigre deixou claro que ainda iríamos ouvir falar dele!

– Não tenho medo daquele traidor.

– Pois deveria ter! – sibilou Coração de Fogo. – Garra de Tigre conhece esta floresta tão bem quanto qualquer gato do Clã do Trovão. Se pudesse, faria picadinho de você.

Pata de Nuvem resfolegou e, impaciente, circundou a presa. – Você perdeu a graça depois que Estrela Azul o nomeou representante. Não vou perder meu tempo aqui se você vai desperdiçar a manhã tentando me amedrontar com histórias de ninar filhotes. Eu preciso caçar para os anciãos do clã. – E disparou na direção das amoreiras, deixando o pombo morto no chão.

– Pata de Nuvem, volte! – gritou Coração de Fogo, furioso. Depois, balançou a cabeça. – Tomara que Garra de Tigre pegue esse miolo de camundongo idiota! – resmungou para si mesmo.

Balançando a cauda, pegou o pombo e pensou se deveria levá-lo para o acampamento por Pata de Neve. Mas concluiu: *"Um guerreiro deve ser responsável pela presa fresca que apanha"* – e jogou o pombo atrás de uma densa moita de capim. Depois, pisou de leve sobre o mato, achatando as hastes verdes para cobrir a ave gorducha, pois queria ter certeza de que Pata de Nuvem voltaria para levá-la para o acampamento com o resto das presas para alimentar os anciãos. "Se ele não o levar, vai ficar com fome até fazer isso" – decidiu Coração de Fogo. O jovem precisava aprender que, mesmo durante a estação das folhas verdes, não se podia desperdiçar uma presa.

O sol subiu ainda mais, ressecando a terra e tirando a umidade das folhas nas árvores. As orelhas de Coração de Fogo pinicaram. A floresta ainda estava quieta de dar medo, como se suas criaturas estivessem se escondendo até que a sombra da noite trouxesse alívio de outro dia de calor e sol. O silêncio o punha nervoso, e ele sentiu uma fisgada de dúvida na barriga. Talvez devesse, afinal, ir atrás de Pata de Nuvem.

"Você tentou alertá-lo sobre Garra de Tigre!" Coração de Fogo quase podia ouvir a voz familiar de seu melhor amigo, Listra Cinzenta, ecoando em sua cabeça, e estremeceu quando lembranças amargas o inundaram. Era exatamente

o tipo de coisa que o antigo guerreiro do Clã do Trovão diria em um momento como aquele. Eles tinham treinado juntos, quando aprendizes, e lutado lado a lado até serem separados por amor e tragédia. Listra Cinzenta se apaixonara por uma gata de outro clã, mas, se Arroio de Prata não tivesse morrido no parto, talvez Listra Cinzenta tivesse permanecido no Clã do Trovão. Mais uma vez Coração de Fogo relembrou o dia em que o amigo partira para o território do Clã do Rio, levando os dois filhotes para serem criados no clã da falecida mãe. Os ombros de Coração de Fogo recurvaram-se. Ele sentia falta do companheiro e, em silêncio, conversava com ele quase todos os dias. Conhecia o velho amigo tão bem que era fácil imaginar as respostas que ele lhe daria.

Coração de Fogo afastou as lembranças com um movimento das orelhas. Estava na hora de voltar ao acampamento. Agora ele era o representante do Clã do Trovão, e havia grupos de caça e patrulhas a organizar. Pata de Nuvem poderia se virar sozinho.

Ele sentia o chão seco sob as patas ao correr pela floresta até a ravina onde ficava o acampamento. Hesitou um instante e deleitou-se com o sentimento de orgulho e afeto que sempre experimentava ao aproximar-se de seu lar na floresta. Ainda que tivesse passado a infância no Lugar dos Duas-Pernas, sabia, desde a primeira vez em que se aventurara na floresta, que pertencia verdadeiramente àquele lugar.

Lá embaixo, o acampamento do Clã do Trovão estava bem escondido por densas amoreiras. Descendo a encosta íngreme, Coração de Fogo seguiu o caminho já gasto pelo uso na direção do túnel de tojo que levava ao acampamento.

Pele de Salgueiro, rainha de pelagem cinza-claro, estava deitada à entrada do berçário, aquecendo seu barrigão ao sol da manhã. Até pouco tempo atrás, ela dividia a toca dos guerreiros com outros gatos. No momento, vivia no berçário com as outras rainhas, pois está esperando sua primeira ninhada.

Ao lado dela, Cara Rajada observava carinhosamente os seus dois filhotes, que brincavam de lutar no chão de terra, levantando pequenas nuvens de poeira. Eles tinham sido irmãos de leite de Pata de Nuvem. Quando Coração de Fogo trouxera o primogênito de sua irmã para o clã, Cara Rajada aceitara amamentar o bebê indefeso. Recentemente, Pata de Nuvem tinha se tornado aprendiz e, em breve, os filhotes de Cara Rajada também estariam prontos para deixar o berçário.

Um murmúrio fez Coração de Fogo olhar na direção da Pedra Grande, que se erguia na extremidade da clareira. Um grupo de guerreiros estava reunido na sombra ao pé da rocha, onde Estrela Azul, a líder do Clã do Trovão, normalmente se colocava para falar ao clã. Coração de Fogo reconheceu, entre eles, a pelagem malhada de Risca de Carvão, as formas flexíveis de Vento Veloz e a cabeça branca de Nevasca.

Enquanto Coração de Fogo caminhava silenciosamente pelo solo endurecido pelo calor, o miado choroso de Risca de Carvão se elevava do grupo: – Quem vai conduzir a patrulha do sol alto?

– Coração de Fogo vai decidir quando voltar da caçada – respondeu calmamente Nevasca. O veterano estava bastante irritado com o tom hostil de Risca de Carvão.

– Ele já devia ter voltado – reclamou Pelagem de Poeira, um gato malhado de marrom-escuro que fora aprendiz na mesma época que Coração de Fogo.

– E eu *já voltei* – anunciou o gato de pelo avermelhado, abrindo caminho entre os guerreiros para sentar-se ao lado de Nevasca.

– Bem, agora que você chegou, vai nos dizer quem vai liderar a patrulha do sol alto? – miou Risca de Carvão. O gato malhado lançou um olhar frio a Coração de Fogo.

Apesar da sombra da Pedra Grande, o guerreiro avermelhado sentiu o corpo esquentar sob a pelagem. Risca de Carvão tinha sido mais próximo de Garra de Tigre do que qualquer outro gato e, ainda que ele tivesse escolhido permanecer no clã quando seu antigo aliado foi exilado, Coração de Fogo não podia deixar de se perguntar sobre sua lealdade.

– Rabo Longo vai liderar a patrulha – miou Coração de Fogo.

Risca de Carvão alternava lentamente o olhar entre Coração de Fogo e Nevasca, remexendo os bigodes, os olhos brilhando de desprezo. Coração de Fogo engoliu em seco, nervoso, perguntando-se se teria dito alguma besteira.

– Bem... Rabo Longo saiu com seu aprendiz, Pata Ligeira – explicou Vento Veloz, meio sem graça. – Eles só vão voltar ao anoitecer, lembra? – Ao lado dele, Pelagem de Poeira bufou com desprezo.

Coração de Fogo rangeu os dentes. *Eu devia saber disso!*

– Então vá você, Vento Veloz. E pode levar Pelo de Samambaia e Pelagem de Poeira com você.

– Pelo de Samambaia não vai aguentar nosso ritmo – miou Pelagem de Poeira. – Ele ainda está mancando por causa da batalha com os vilões.

– Certo, certo – Coração de Fogo tentou disfarçar sua crescente agitação, mas percebeu que, ao dar as ordens, estava apenas lançando nomes ao acaso.

– Pelo de Samambaia pode ir caçar com Pelo de Rato e... e...

– Eu queria ir caçar com eles – miou Tempestade de Areia.

Coração de Fogo piscou agradecido à gata laranja e continuou: – ... e Tempestade de Areia.

– E a patrulha? Se não decidirmos logo, vai passar o sol alto! – miou Risca de Carvão.

– Você pode ir com a patrulha de Vento Veloz – disparou Coração de Fogo.

– E a patrulha da noite? – Pelo de Rato perguntou baixinho. Coração de Fogo voltou a fixar o olhar na gata marrom-escuro, com um lapso mental repentino.

O miado estridente de Nevasca soou ao lado de Coração de Fogo. – Queria conduzir a patrulha da noite. Você acha que, quando voltarem, Pata Ligeira e Rabo Longo viriam comigo?

– Claro. – Coração de Fogo olhou para os olhos dos gatos em círculo e ficou aliviado ao ver que eles pareciam satisfeitos.

Os gatos se retiraram, deixando o representante sozinho com Nevasca. – Obrigado – miou Coração de Fogo, inclinando a cabeça para o velho guerreiro. – Acho que eu devia ter organizado as patrulhas antes.

– Vai ficar mais fácil – Nevasca assegurou. – Todos crescemos acostumados a Garra de Tigre dizendo o que fazer e quando.

Coração de Fogo desviou o olhar, com o peito apertado.

– Eles também parecem mais ansiosos do que o normal – continuou Nevasca. – A traição de Garra de Tigre abalou todo o clã.

Coração de Fogo olhou para o guerreiro branco e compreendeu que Nevasca estava tentando animá-lo. Era fácil esquecer que as atitudes de Garra de Tigre tinham sido um enorme choque para todos. Coração de Fogo sabia há muito tempo da sede de poder de Garra de Tigre, que o levara a matar e mentir. Mas os outros felinos tinham achado difícil acreditar que o destemido guerreiro se voltara contra o próprio clã. As palavras de Nevasca lembraram a Coração de Fogo que, apesar de ele ainda não ter a autoridade confiante de Garra de Tigre, jamais trairia o clã, como ele o fizera.

A voz de Nevasca interrompeu-lhe os pensamentos. – Preciso ver Cara Rajada. Ela disse que tinha algo para me dizer. – Ele abaixou a cabeça. O gesto respeitoso do guerreiro surpreendeu Coração de Fogo, e ele respondeu com um aceno desajeitado.

Quando Nevasca saía, a barriga de Coração de Fogo roncou de fome e ele pensou no pombo suculento que Pata de Nuvem pegara. A aprendiz de Nevasca, Pata Brilhante, gata de pelo alaranjado e branco, estava do lado de fora da toca dos aprendizes, e Coração de Fogo se perguntava se ela trouxera alguma presa fresca para os anciãos. Ele caminhou suavemente até o velho toco de árvore onde ela estava lambendo a cauda. A gata levantou a cabeça e miou:

– Olá, Coração de Fogo.

– Oi, Pata Brilhante. Estava caçando? – perguntou.

– Estava – ela respondeu, com os olhos faiscando. – Foi a primeira vez que Nevasca me deixou caçar sozinha.

– Foi boa a caça?

A aprendiz, envergonhada, olhou para as próprias patas. – Dois pardais e um esquilo.

– Muito bem – o guerreiro ronronou. – Aposto que Nevasca ficou satisfeito.

A gata fez que sim.

– E você levou a caça direto para os anciãos? – ele quis saber.

– Levei. – Os olhos de Pata Brilhante nublaram de preocupação. – Era para levar? – ela miou, ansiosa.

– Foi perfeito – Coração de Fogo assegurou. Se ele ao menos pudesse confiar no seu aprendiz! Pata de Nuvem já devia ter voltado. Os anciãos iam precisar de mais do que dois pardais e um esquilo para encher a barriga. Ele decidiu visitá-los para ver se não estavam sofrendo muito com o calor da estação. Quando se aproximava do carvalho caído onde os anciãos tinham feito sua toca, ouviu vozes que vinham de trás dos galhos sem folhas.

– Os filhotes de Pele de Salgueiro logo vão nascer. – Era Cauda Sarapintada, a mais velha das rainhas do berçário; seu único filhote era pequeno e fraco para a idade, porque tinha sofrido de tosse branca.

– Novos filhotes são sempre um bom presságio – ronronou Caolha.

– O Clã das Estrelas sabe que bons presságios sempre caem bem – Orelhinha murmurou, sombrio.

– Você não está mais aborrecido por causa do ritual, não é? Ou ainda está? – grunhiu Retalho. Coração de Fogo podia imaginar o velho gato preto e branco virando ansiosamente as orelhas para Orelhinha.

– Que ritual? – miou Caolha.

– A cerimônia de nomeação do novo representante do clã – Retalho explicou, falando alto. – Você sabe, quando Garra de Tigre partiu, há um quarto de lua.

– São meus ouvidos que não funcionam mais tão bem, não minha memória! – disparou Caolha. Ela continuou e os demais gatos ouviram em silêncio, porque ela era respeitada pela sabedoria, apesar do mau humor. – Não acho que o Clã das Estrelas nos puniria só porque Estrela Azul não nomeou o novo representante antes da lua alta. As circunstâncias eram bem pouco comuns.

– Mas isso só piora a situação! – grunhiu Cauda Mosqueada. – O que o Clã das Estrelas vai pensar de um clã cujo representante se volta contra o próprio grupo e cujo novo representante foi nomeado *depois* da lua alta? Parece que não somos capazes de manter a lealdade de nossos gatos, nem ao menos de realizar as cerimônias de forma apropriada.

Um arrepio gelado percorreu a espinha de Coração de Fogo. Quando Estrela Azul soube da traição de Garra de Tigre e o baniu do clã, ela também precisou realizar os rituais devidos para a nomeação do novo representante. Mas Coração de Fogo só foi nomeado sucessor de Garra de Tigre no dia seguinte, o que, para muitos gatos, era um mau presságio.

– A nomeação de Coração de Fogo quebrou o ritual do clã pela primeira vez, que eu me lembre – miou Orelhinha em tom grave. – Detesto dizer, mas tenho a nítida impressão de que o período desse representante será difícil para o Clã do Trovão.

Retalho miou, concordando, e Coração de Fogo sentiu o coração disparar enquanto esperava Caolha acalmar os medos dos demais com suas palavras sábias. Mas, desta vez, até ela se calou. Embora o sol continuasse a brilhar, implacável, no céu claro, o guerreiro de pelos avermelhados sentiu os ossos congelarem.

Coração de Fogo se afastou da toca dos anciãos, incapaz de encará-los, e caminhou ansioso ao longo dos limites da clareira. O guerreiro caminhava olhando para o chão, perdido em pensamentos, quando um movimento repentino na entrada do berçário fez com que levantasse o olhar. Coração de Fogo ficou paralisado, e seu coração disparou quando ele reconheceu os olhos cor de âmbar de Garra de Tigre que o fitavam, brilhantes. Horrorizado, piscou, alarmado. Mas se deu conta de que não era o feroz guerreiro, e sim Amora Doce, o filho de Garra de Tigre.

CAPÍTULO 2

Coração de Fogo percebeu uma ondulante pelagem amarelo-pálido e, ao olhar para cima, viu Flor Dourada, que escorregava para fora do berçário atrás do filhote malhado escuro. De suas mandíbulas, pendia um filhote de coloração arruivada clara, que ela colocou gentilmente no chão, ao lado de Amora Doce. Coração de Fogo soube imediatamente que Flor Dourada tinha notado sua reação, pois a rainha enrolou a cauda protetora em torno dos bebês e levantou o queixo, como que desafiando Coração de Fogo a dizer alguma coisa.

O guerreiro de pelagem cor de fogo sentiu uma onda de culpa. O que é que ele estava pensando? Pelo amor do Clã das Estrelas, ele era o representante do clã! Sabia que precisava garantir que Flor Dourada e seus filhotes seriam cuidados e respeitados como qualquer outro membro do Clã do Trovão.

– Seus... seus bebês parecem saudáveis – gaguejou, mas seu pelo se arrepiou quando o filhote malhado escuro o encarou, sem piscar, com os olhos cor de âmbar, imitando fielmente o olhar ameaçador do pai, Garra de Tigre.

Coração de Fogo tentou afastar o medo e a raiva que o fizeram, instintivamente, colocar as garras à mostra e pressioná-las contra o chão duro. *Foi Garra de Tigre quem traiu o Clã do Trovão*, pensou. *Não esse minúsculo filhote.*

– É a primeira vez que Açafrão sai do berçário – disse Flor Dourada, olhando com ansiedade para o bebê.

– Eles cresceram depressa – murmurou Coração de Fogo.

Flor Dourada inclinou-se e lambeu a cabeça dos bebês; depois caminhou na direção de Coração de Fogo. – Entendo como você se sente – ela miou suavemente. – Seus olhos sempre traíram o seu coração. Mas esses são meus filhotes e, se for preciso, morrerei para protegê-los. – Ela olhou para o representante, que percebeu, na profundeza de seus olhos, a intensidade do que ela sentia.

– Temo por eles, Coração de Fogo. O clã nunca perdoará Garra de Tigre; nem deve fazê-lo. Mas Amora Doce e Açafrão não fizeram nada de errado e eu não vou deixar que sejam punidos por causa do pai. Nem mesmo vou lhes contar a história do pai deles, direi apenas que ele era um guerreiro valente e poderoso.

Coração de Fogo sentiu uma intensa e repentina simpatia pela rainha, que precisava enfrentar aquele problema. – Eles estarão seguros aqui – prometeu. Mas, enquanto Flor Dourada se afastava, os olhos cor de âmbar de Amora Doce ainda faziam com que as patas do gato avermelhado pinicassem desconfortavelmente.

Atrás deles, Nevasca espremeu-se para fora do berçário.

– Cara Rajada acha que os dois filhotes que lhe restam estão prontos para começar o treinamento – ele disse a Coração de Fogo.

– Estrela Azul sabe? – perguntou o representante.

Nevasca negou com a cabeça. – Cara Rajada queria dar ela mesma a notícia a Estrela Azul, mas nossa líder não visita o berçário há dias.

Coração de Fogo franziu a testa. Estrela Azul normalmente se interessava por todos os aspectos da vida do clã, mas especialmente pelo berçário. Todos os gatos sabiam como era importante para o Clã do Trovão ter filhotes saudáveis.

– Acho que isso não é nenhuma surpresa – continuou Nevasca. – Ela ainda está se recuperando dos ferimentos que sofreu na batalha com os gatos vilões.

– Quer que eu vá contar a ela agora? – ofereceu-se Coração de Fogo.

– Sim. Algumas boas notícias podem animá-la – comentou Nevasca.

Com grande surpresa, Coração de Fogo se deu conta de que Nevasca estava tão preocupado com a líder quanto ele.

– Tenho certeza de que ela vai se animar – concordou. – Há muitas luas o Clã do Trovão não tem tantos aprendizes.

– Isso me faz lembrar – miou Nevasca, os olhos brilhando de repente. – Onde está Pata de Nuvem? Pensei que ele estivesse procurando presas para os anciãos.

Coração de Fogo desviou o rosto, sem graça – Hã, sim, ele está sim. Não sei por que está demorando tanto.

Nevasca levantou a enorme pata e deu-lhe uma lambida. – As florestas não são mais tão seguras quanto costumavam ser – murmurou, como se pudesse ler os pensamentos inquietos de Coração de Fogo. – Não se esqueça de que o Clã do Vento e o Clã das Sombras ainda estão com raiva porque abrigamos Cauda Partida. Como não sabem que ele morreu, podem nos atacar novamente.

Cauda Partida fora líder do Clã das Sombras e quase destruíra os outros clãs da floresta com sua cobiça por mais território. O Clã do Trovão tinha ajudado a expulsar Cauda Partida de seu conturbado clã, mas, depois, concedera-lhe asilo, uma vez que ele estava cego e indefeso, uma decisão misericordiosa que não fora muito bem recebida por seus antigos inimigos.

Coração de Fogo sabia que Nevasca estava tentando alertá-lo com o máximo de cuidado possível – o guerreiro não tinha sequer mencionado a possibilidade de Garra de Tigre ainda estar por perto –, mas a culpa que estava sentindo por ter deixado Pata de Nuvem sair sozinho fez com que ficasse na defensiva. – Você deixou Pata Brilhante caçar sozinha esta manhã – retorquiu.

– Sim. Eu disse para ela ficar na ravina e estar de volta até o sol alto. – O tom de Nevasca era suave, mas ele parou de lavar a pata e olhou preocupado para Coração de Fogo. – Espero que Pata de Nuvem não tenha se afastado muito do acampamento.

Coração de Fogo desviou o olhar e resmungou: – Eu deveria ir contar a Estrela Azul que os filhotes estão prontos.

– Boa ideia – respondeu Nevasca. – Posso levar Pata Brilhante para treinar um pouco. Ela caça bem, mas suas habilidades de combate precisam melhorar um pouco.

Amaldiçoando Pata de Nuvem em silêncio, Coração de Fogo caminhou em direção à Pedra Grande. Do lado de fora da toca de Estrela Azul, lavou as orelhas rapidamente e afastou Pata de Nuvem de seus pensamentos antes de chamar a líder através da cortina de líquen que cobria a entrada da toca. De dentro da toca, veio um suave – Entre. – E Coração de Fogo aceitou o convite.

Estava fresco no interior da pequena caverna escavada na base da Pedra Grande por um antigo riacho. A luz solar filtrada pela cortina de líquen fazia com que as paredes brilhassem de forma aconchegante. Estrela Azul estava sentada no seu ninho como uma pata chocando. Sua pelagem cinzenta e longa estava suja e emaranhada. *Talvez suas feridas ainda estejam muito doloridas para que ela possa se lavar adequadamente*, pensou Coração de Fogo. Sua mente evitava considerar a outra possibilidade, a de que a líder do clã talvez não quisesse mais cuidar de si mesma.

Mas a preocupação que ele vira nos olhos de Nevasca fazia seu pelo pinicar. A magreza de Estrela Azul era evidente, e Coração de Fogo se lembrou do pássaro que ela abandonara pela metade na noite anterior, voltando para a toca sozinha em vez de ficar trocando lambidas com os guerreiros veteranos, como costumava fazer.

A gata levantou os olhos quando Coração de Fogo entrou, e ele ficou aliviado ao ver uma faísca de interesse nos olhos dela.

– Coração de Fogo – ela cumprimentou, sentando-se e levantando o queixo. Ela mantinha a cabeça cinzenta erguida com a mesma dignidade que Coração de Fogo admirara quando a encontrara pela primeira vez, na floresta, perto de sua antiga casa, no lugar dos Duas-Pernas. Fora Estrela Azul quem o convidara a se juntar ao clã, e a confiança que ela depositava nele tinha estabelecido, de imediato, uma ligação especial entre os dois.

– Estrela Azul – ele começou, abaixando respeitosamente a cabeça. – Nevasca esteve no berçário hoje. Cara Rajada disse a ele que seus filhotes estão prontos para começar seu aprendizado.

Estrela Azul arregalou os olhos devagar. – Já? – murmurou.

Coração de Fogo esperava que a gata começasse a dar ordens para a cerimônia dos aprendizes, mas ela apenas fixou o olhar nele.

– Hã... Quem você quer que sejam os mentores deles? – ele se apressou a perguntar.

– Mentores – repetiu Estrela Azul, a voz fraca.

O pelo de Coração de Fogo começou a formigar, deixando-o desconfortável.

De repente, uma dureza de pedra cintilou em seus olhos azuis. – Há algum gato em quem possamos confiar para treinar esses filhotes inocentes? – ela disparou.

Coração de Fogo se encolheu, chocado demais para responder. Os olhos da líder brilharam outra vez. – *Você* pode treiná-los? – perguntou. – Ou Listra Cinzenta?

O representante balançou a cabeça, tentando afastar o alarme que o picara como uma víbora. Estrela Azul tinha esquecido que Listra Cinzenta não fazia mais parte do Clã do Trovão? – Eu... Eu já tenho Pata de Nuvem. E Listra Cinzenta... – Suas palavras foram morrendo. Ele respirou brevemente e recomeçou. – Estrela Azul, o único guerreiro inadequado para o treinamento desses filhotes seria Garra de Tigre, e ele foi exilado, lembra? Qualquer guerreiro do Clã do Trovão poderia ser um bom mentor para os filhotes de Cara Rajada.

Ele procurou uma reação no rosto da gata, mas Estrela Azul fixava um olhar vago no chão da toca. – Cara Rajada espera que a cerimônia de nomeação aconteça em breve – ele insistiu. – Seus filhotes estão mais do que prontos. Pata de Nuvem era da mesma ninhada e já faz meia-lua que ele é aprendiz.

Coração de Fogo se inclinou para a frente, esperando que Estrela Azul respondesse. Finalmente a gata fez um movimento rápido com a cabeça e levantou os olhos para Coração de Fogo. Com alívio, ele viu seus ombros relaxarem. E, embora seu olhar ainda parecesse distante e gelado, agora estava mais calmo. – A cerimônia de nomeação será esta noite, antes de comermos – ela miou, como se nunca tivesse tido dúvidas a respeito.

– Então, quem você quer que sejam os mentores? – perguntou Coração de Fogo, com cuidado. E sentiu um tremor percorrer sua cauda quando Estrela Azul ficou novamente tensa e seu olhar pasmado percorreu com ansiedade o interior da caverna.

– Você decide.

Sua resposta foi quase inaudível, e Coração de Fogo decidiu não pressioná-la mais. Abaixou a cabeça e miou: – Sim, Estrela Azul – antes de sair da toca.

O guerreiro sentou-se à sombra da Pedra Grande por um momento para colocar as ideias em ordem. A traição de Garra de Tigre devia tê-la abalado muito mais do que ele imaginara, pois agora ela não confiava em nenhum de seus guerreiros. Coração de Fogo abaixou a cabeça para dar uma lambida confortadora no próprio peito. Apenas um quarto de lua se passara desde o ataque dos gatos vilões. Estrela Azul iria superar isso, disse a si mesmo. Enquanto isso, ele precisava esconder dos outros gatos o estado de ansiedade da líder. Se o clã já estava se sentindo desconfortável, como dissera Nevasca, ver a líder nesse estado só os alarmaria mais.

Coração de Fogo flexionou os músculos do ombro e caminhou em direção ao berçário. – Olá, Pele de Salgueiro – ele miou quando chegou perto da rainha. A gata de pelos cinza-claro estava deitada fora do espesso tufo de amoreiras que abrigava os filhotes, aproveitando a tepidez do sol.

A gata levantou a cabeça quando o gato parou ao seu lado. – Olá, Coração de Fogo. Como vai a vida de representante?

Seus olhos mostravam uma curiosidade gentil, e a voz soava amigável, não desafiadora.

– Está tudo bem – Coração de Fogo respondeu. *Ou estaria, se não fosse o chato de galochas que eu tenho como apren-*

diz, ele pensou, frustrado, *ou anciãos que se preocupam com a ira do Clã das Estrelas, ou uma líder que não consegue nem decidir quem deve ser o mentor dos filhotes de Cara Rajada.*

– Fico feliz em ouvir isso – ronronou Pele de Salgueiro. Ela torceu a cabeça para lavar as costas.

– Cara Rajada está por aqui? – Coração de Fogo perguntou.

– Ela está lá dentro – miou Pele de Salgueiro entre uma lambida e outra.

– Obrigado. – O representante abriu caminho entre as amoreiras. Lá dentro estava surpreendentemente claro. A luz do sol atravessava as frestas dos galhos retorcidos, e Coração de Fogo pensou que teria que tapar aqueles buracos antes que chegassem os ventos frios da estação sem folhas.

– Olá, Cara Rajada – ele miou. – Boas notícias! Estrela Azul disse que a cerimônia de nomeação dos seus filhotes será esta noite.

Cara Rajada estava deitada de lado e seus dois filhotes cinza-claro subiam por seu corpo. – Obrigada, Clã das Estrelas! – ela grunhiu, enquanto o mais pesado dos filhotes, de pelo salpicado com manchas escuras, pulou do flanco da mãe e se atirou sobre a irmã. – Esses dois estão ficando muito grandes para o berçário.

Os filhotes se embolaram e rolaram pelas costas da mãe, em um emaranhado de patas e caudas. Cara Rajada suavemente os empurrou e quis saber: – Você sabe quem serão os mentores?

Coração de Fogo já estava preparado para a pergunta.

– Estrela Azul ainda não decidiu. Você tem preferência por algum guerreiro?

Ela pareceu surpresa: – Estrela Azul é quem sabe; ela deve escolher.

Como todos os gatos do clã, Coração de Fogo conhecia a tradição de o líder do clã selecionar os mentores, e miou com a voz grave: – Sim, você está certa.

Seu pelo arrepiou quando a brisa trouxe o cheiro do filhote malhado de Garra de Tigre até suas glândulas de cheiro. – Onde está Flor Dourada? – ele perguntou a Cara Rajada, com mais ênfase do que pretendia.

A rainha arregalou os olhos e respondeu: – Ela levou os filhotes para conhecer os anciãos. – E estreitando os olhos para Coração de Fogo: – Você reconhece Garra de Tigre em seu filho, não é?

O guerreiro inclinou a cabeça, assentindo, sem graça.

– Ele se parece fisicamente com o pai, mas é só isso – Cara Rajada assegurou. – Ele é bastante gentil com os outros filhotes, e a irmã dele certamente o mantém em seu devido lugar!

– Isso é bom. – Coração de Fogo se virou. – Vejo você mais tarde, na cerimônia – ele miou enquanto abria caminho de volta pela entrada.

– Quer dizer que Estrela Azul decidiu quando vai ser a cerimônia de nomeação? – perguntou Pele de Salgueiro assim que ele apareceu do lado de fora.

– Sim – ele respondeu.

– Quem serão os ment...?

Mas Coração de Fogo afastou-se a passos rápidos antes de ouvir o resto da pergunta. As notícias sobre a cerimônia de nomeação se espalhariam pelo acampamento como um incêndio na floresta, e todos os gatos fariam a mesma pergunta. Coração de Fogo teria que decidir logo, mas suas narinas ainda estavam inundadas pelo cheiro de Amora Doce, e sua mente rodopiava com os pensamentos sombrios que desdobravam asas sinistras dentro dele.

Instintivamente ele se dirigiu para o túnel de samambaia que levava à clareira da curandeira. Pata de Cinza, a aprendiz de Presa Amarela, poderia estar lá. Agora que Listra Cinzenta tinha ido viver no Clã do Rio, ela era sua amiga mais próxima. Ele sabia que a doce gata cinzenta conseguiria entender as confusas emoções que fervilhavam em seu peito.

Ele acelerou o passo através das samambaias frescas e chegou à clareira iluminada. Em uma de suas extremidades assomava a face plana de uma rocha alta, partida ao meio. O nicho no meio da pedra era largo apenas o suficiente para encaixar a toca de Presa Amarela e armazenar suas ervas curativas.

Coração de Fogo estava prestes a chamar quando Pata de Cinza surgiu, mancando, da sombria fenda na rocha. Como sempre, a dor que ele sentia ao ver a perna manca da amiga, que a impedira de se tornar uma guerreira, diminuía a alegria do encontro. A jovem tinha sido gravemente ferida em um acidente no Caminho do Trovão e Coração de Fogo não conseguia deixar de se sentir responsável, porque, na ocasião do acidente, Pata de Cinza era sua aprendiz. Mas, enquanto ela se recuperava, sob o olhar atento da curandeira do clã, Presa Amarela, esta tinha começado a lhe ensinar como cuidar de gatos doentes, e, uma lua e meia atrás, a tomara como aprendiz. Pata de Cinza finalmente encontrara seu lugar no clã.

Um grande molho de ervas pendia da boca da gata cinza-escuro enquanto ela se dirigia, mancando, para a clareira. Seu rosto estava franzido em uma expressão preocupada, e ela nem percebeu Coração de Fogo de pé na entrada do túnel. Deixou cair o feixe de ervas sobre o terreno cozido pelo sol e, aflita, começou a ordenar as folhas com as patas.

– Pata de Cinza? – ele chamou.

A pequena gata olhou para cima, surpresa. – Coração de Fogo! O que está fazendo aqui? Está doente?

Ele balançou a cabeça. – Não. Está tudo bem?

Pata de Cinza olhou, desanimada, para a pilha de folhas diante dela, e Coração de Fogo se aproximou e esfregou seu nariz no dela. – Qual é o problema? Não me diga que você derramou bile de camundongo no ninho de Presa Amarela de novo?

– Não! – respondeu Pata de Cinza, indignada. Em seguida, abaixou os olhos. – Eu nunca deveria ter concordado em ser treinada para ser curandeira. Sou um desastre. Eu deveria ter lido os sinais quando descobri aquela ave podre!

Coração de Fogo lembrou-se de quando aquilo acontecera; fora logo após sua cerimônia de nomeação. Pata de

Cinza escolhera uma agácia da pilha de presas frescas para dar a Estrela Azul, mas logo descobrira que, sob as penas macias, a ave estava cheia de vermes.

– Presa Amarela achou que fosse um presságio para você? – Coração de Fogo perguntou.

– Bem, não – Pata de Cinza admitiu.

– Então, o que faz com que pense que não foi talhada para ser curandeira? – Ele tentou não deixar sua mente insistir na ideia de que a agácia podre talvez fosse um presságio para outra gata, a líder do clã, Estrela Azul.

Frustrada, Pata de Cinza fez um movimento de chicote com a cauda. – Presa Amarela pediu que eu preparasse um cataplasma para ela. Algo simples, para limpeza de feridas. Foi uma das primeiras coisas que ela me ensinou, mas, agora, esqueci que ervas devo colocar. Ela vai pensar que sou uma idiota! – Sua voz se transformou em um gemido e os olhos azuis estavam enormes e apreensivos.

– Você não é idiota, e Presa Amarela sabe disso – disse Coração de Fogo com convicção.

– Mas essa não é a única coisa estúpida que fiz nos últimos tempos. Ontem precisei perguntar a ela a diferença entre dedaleiras e sementes de papoula. – Pata de Cinza abaixou ainda mais a cabeça. – Presa Amarela disse que eu era um perigo para o clã.

– Oh, você sabe como ela é – Coração de Fogo assegurou. – Está sempre dizendo coisas assim. – Presa Amarela tinha sido curandeira do Clã das Sombras e, embora tivesse passado a fazer parte do Clã do Trovão depois de ter sido banida por Cauda Partida, seu cruel líder, ainda se traía por lampejos do temperamento feroz dos guerreiros do Clã das Sombras. Mas uma das razões pelas quais ela e Pata de Cinza se davam tão bem é que a aprendiz era mais do que capaz de fazer frente às explosões de mau humor da curandeira.

Pata de Cinza suspirou. – Não acho que eu tenha o que é necessário para ser uma curandeira. Pensei que estivesse fazendo a coisa certa, tornando-me aprendiz de Presa Amarela, mas não foi uma boa ideia. Simplesmente não consigo aprender tudo o que preciso saber.

Coração de Fogo se agachou até poder fitar os olhos da gata. – Tudo isso é por causa de Arroio de Prata, não é? – ele miou, veemente. Ele se lembrou do dia em que, nas Rochas Ensolaradas, a rainha do Clã do Rio, o amor de Listra Cinzenta, dera à luz antes do tempo. Pata de Cinza tentara desesperadamente salvá-la, mas Arroio de Prata tinha perdido muito sangue. A linda rainha cor de prata morreu, mas seus bebês recém-nascidos sobreviveram.

Pata de Cinza não respondeu, mas Coração de Fogo sabia que estava certo. – Você salvou os bebês! – ele destacou.

– Mas perdi *a mãe*.

– Você fez tudo o que podia. – Coração de Fogo se inclinou para dar uma lambida na macia cabeça cinzenta da amiga. – Olhe, é só perguntar à Presa Amarela que ervas usar no cataplasma. Ela não vai se importar.

– Assim espero. – Pata de Cinza não parecia convencida. Em seguida, ficou agitada. – Preciso parar de sentir pena de mim mesma, não é?

– Sim – respondeu Coração de Fogo, agitando a cauda para ela.

– Desculpe. – Pata de Cinza lançou-lhe um olhar pesaroso, mas onde brilhava uma pitada de seu antigo bom humor. – Suponho que você não tenha uma presa fresca aí com você.

Coração de Fogo balançou a cabeça. – Desculpe. Vim só para conversar com você. Não me diga que Presa Amarela faz você passar fome?

– Não, mas essa história de ser curandeira é mais difícil do que você pensa – a jovem respondeu – Hoje nem tive tempo de comer uma presa fresca. – Seus olhos faiscavam, curiosos. – O que você quer conversar comigo?

– Quero falar sobre os filhos de Garra de Tigre. – Coração de Fogo voltou a ter uma sensação de frio na barriga. – Especialmente Amora Doce.

– Porque ele se parece com o pai?

Coração de Fogo estremeceu. Seus sentimentos seriam assim tão fáceis de ler? – Sei que eu não deveria julgá-lo. Ele é apenas um filhote. Mas quando eu o vi, foi como se Garra de Tigre estivesse olhando para mim. Eu... eu não conseguia me mover. – Coração de Fogo balançou a cabeça devagar, envergonhado do que admitira, mas contente com a oportunidade de confiar na amiga. – Não sei se conseguirei acreditar nele algum dia.

– Se você vê Garra de Tigre sempre que olha para ele, não me surpreende que se sinta assim – miou Pata de Cinza suavemente. – Mas você deve olhar além da cor de sua pelagem e tentar ver o gato que há lá dentro. Lembre-se, ele não é filho somente de Garra de Tigre. Nele também há alguma coisa de Flor Dourada. Ele jamais conhecerá o pai. Caberá ao clã educá-lo. – E acrescentou: – Você mais do que todos os outros gatos deve saber que não se pode julgar alguém pelas circunstâncias de seu nascimento.

Pata de Cinza estava certa. Coração de Fogo nunca tinha deixado que suas raízes de gatinho de gente interferissem em sua lealdade para com o clã. – O Clã das Estrelas falou com você sobre Amora Doce? – ele perguntou, pois sabia que Pata de Cinza e Presa Amarela tinham estudado o Tule de Prata do momento do nascimento do filhote.

Sentiu uma pontada desconfortável no coração enquanto a gata cinzenta olhava para longe e murmurava: – O Clã das Estrelas não compartilha tudo comigo.

Coração de Fogo conhecia Pata de Cinza bem o bastante para saber que ela estava escondendo um segredo. – Mas *alguma coisa* eles compartilharam com você, certo?

Pata de Cinza o encarou com os olhos azuis. – O destino dele será tão importante quanto o de qualquer filhote nascido no Clã do Trovão – ela miou com firmeza.

O representante sabia que, se Pata de Cinza não quisesse, ele não conseguiria fazê-la contar o que fora revelado pelo Clã das Estrelas. Então decidiu falar sobre outro problema que o incomodava. – Eu também queria lhe dizer outra coisa – confessou. – Preciso decidir quem serão os mentores dos filhos de Cara Rajada.

– Não é Estrela Azul quem decide?

– Ela pediu que eu escolhesse por ela.

Pata de Cinza levantou a cabeça, surpresa. – Então por que está tão preocupado? Devia estar lisonjeado.

Lisonjeado? Repetiu para si mesmo Coração de Fogo, recordando a hostilidade e a confusão nos olhos de Estrela Azul. Ele deu de ombros. – Talvez. Mas não tenho certeza de quem devo escolher.

– Você deve ter alguma ideia – sugeriu Pata de Cinza.

– Nem a mais remota.

Pata de Cinza franziu a testa, pensativa. – Bem, como você se sentiu quando fui indicada como sua aprendiz?

A pergunta pegou o gato de surpresa. – Orgulhoso. E com medo. E muito ansioso para testar a mim mesmo – respondeu lentamente.

Qual dos guerreiros você acha que mais deseja testar a si mesmo? – miou Pata de Cinza.

Coração de Fogo estreitou os olhos. A imagem de um gato malhado marrom-escuro brilhou subitamente em sua mente. – Pelagem de Poeira. – Pata de Cinza concordou pensativamente enquanto o gato prosseguia. – Ele deve estar morto de vontade de ter seu primeiro aprendiz. Ele era muito próximo de Garra de Tigre, então vai querer provar a sua lealdade ao clã agora que Garra de Tigre foi banido. Ele é um bom guerreiro e acho que será um bom mentor. – No momento em que dizia isso, Coração de Fogo percebeu que, na verdade, ele tinha um motivo pessoal para escolher Pelagem de Poeira. Os olhos do gato malhado tinham faiscado de inveja quando Estrela Azul, por duas vezes, fizera de Coração de Fogo um mentor; primeiro, de Pata de Cinza, depois, de Pata de Nuvem. *Dar um aprendiz a Pelagem de Poeira talvez acalme o seu ciúme e torne mais fácil a convivência com ele*, pensou Coração de Fogo, cheio de culpa.

– Bem, então, um já está escolhido – Pata de Cinza miou, encorajadora.

Coração de Fogo fitou os olhos grandes e claros da curandeira. Ela fizera parecer tão simples.

– E quanto ao outro? – perguntou Pata de Cinza.

– O outro o quê? – o miado áspero de Presa Amarela soou, vindo do túnel de samambaia, e a gata cinza-escuro entrou na clareira caminhando com firmeza. Coração de Fogo virou-se para cumprimentá-la. Como de costume, seus longos pelos pareciam muito embaraçados e opacos, como se cuidar do clã não lhe deixasse muito tempo para se arrumar, mas seus brilhantes olhos cor de laranja nada perdiam.

– Estrela Azul pediu que Coração de Fogo escolhesse os mentores dos filhos de Cara Rajada – explicou Pata de Cinza.

– Ah, foi? – Os olhos de Presa Amarela se arregalaram de surpresa. – E quem vai ser?

– Já escolhemos Pelagem de Poeira – Coração de Fogo começou.

Presa Amarela interrompeu asperamente: – *Nós*? *Nós*, quem?

– Pata de Cinza me ajudou – o guerreiro admitiu.

– Tenho certeza de que Estrela Azul ficará encantada em saber que uma gata que mal começou seu aprendizado está tomando decisões tão importantes para o clã – Presa Amarela comentou. E, virando-se para Pata de Cinza: – Já acabou de fazer o cataplasma?

Pata de Cinza abriu a boca; depois, sacudiu a cabeça e, sem uma palavra, caminhou de volta para a pilha de ervas no meio da clareira.

Presa Amarela bufou ao observá-la se afastar. – Há dias ela não me faz uma malcriação! – queixou-se a Coração de Fogo. – Houve um tempo em que eu nunca conseguia ter a última palavra. Quanto mais cedo ela voltar ao normal, melhor para nós duas! – A velha curandeira franziu a testa, depois, virou-se para Coração de Fogo. – E nós, onde nós estávamos?

– Tentando decidir quem poderia ser o mentor do outro filhote de Cara Rajada – ele respondeu, sério.

– Quem está sem aprendiz? – indagou Presa Amarela com a voz áspera.

– Bem, Tempestade de Areia – o guerreiro respondeu, achando que seria injusto dar um aprendiz a Pelagem de Poeira sem também dar um a Tempestade de Areia. Afinal, os dois tinham treinado juntos e, juntos, tinham recebido seus nomes de guerreiro.

– Você acha que seria prudente ter dois mentores inexperientes ao mesmo tempo? – Presa Amarela observou.

Coração de Fogo balançou a cabeça.

– Então, há no Clã do Trovão algum guerreiro mais experiente que não tenha um aprendiz? – Presa Amarela pressionou.

Risca de Carvão, pensou Coração de Fogo, relutante. Todos os gatos sabiam que Risca de Carvão fora amigo íntimo de Garra de Tigre, ainda que ele tivesse escolhido ficar com o clã quando o traidor fora enviado para o exílio. Coração de Fogo percebeu que, se não escolhesse Risca de Carvão para mentor, ficaria parecendo vingança, por causa da hostilidade que o guerreiro lhe demonstrara desde que ele viera para o Clã do Trovão. Afinal, Risca de Carvão era uma escolha óbvia para receber um dos aprendizes.

Presa Amarela deve ter percebido a expressão de determinação no rosto de Coração de Fogo, pois miou: – Certo, está decidido. Você se importaria de nos deixar em paz agora? Eu e minha aprendiz temos trabalho a fazer.

Coração de Fogo pôs-se de pé em um impulso. O alívio por ter encontrado dois mentores mesclava-se à desagradável sensação de que, se a lealdade desses gatos para com o clã não estava em questão, nada garantia a lealdade deles para com ele.

CAPÍTULO 3

– Você viu Pata de Nuvem? – Coração de Fogo saiu do túnel de samambaia e perguntou a Pata de Espinho, aprendiz de Pelo de Rato. O gato alaranjado se dirigia a passos rápidos para a pilha de presas frescas, com dois camundongos que lhe pendiam da mandíbula, e negou balançando a cabeça. Coração de Fogo sentiu um lampejo de aborrecimento. Pata de Nuvem devia ter voltado há séculos.

– Certo. Leve esses camundongos direto para os anciãos – ordenou a Pata de Espinho. O aprendiz deu um miado abafado e se foi rapidamente.

Coração de Fogo sentiu a cauda arrepiar de raiva de Pata de Nuvem, mas sabia que era o medo que o deixava tão furioso. *Será que Garra de Tigre o encontrara?* Cada vez mais assustado, o gato avermelhado correu para a toca de Estrela Azul. Queria falar-lhe sobre o que decidira a respeito dos mentores e, então, poderia procurar Pata de Nuvem.

Na Pedra Grande, Coração de Fogo nem parou um pouco para alisar o pelo ondulado; apenas chamou e, assim que ouviu a resposta da líder, abriu caminho pela cortina de líquen. A gata estava agachada no ninho, do jeito que ele a deixara, com os olhos fixos na parede.

– Estrela Azul – o representante começou, inclinando a cabeça. – Acho que Pelagem de Poeira e Risca de Carvão podem ser bons mentores.

A idosa gata virou a cabeça e olhou para Coração de Fogo; então, pôs-se de pé com algum esforço. – Está bem – concordou, com a voz sem entonação.

Uma onda de desapontamento se quebrou sobre Coração de Fogo. Estrela Azul parecia não se importar com a escolha.

– Devo mandá-los aqui, para que você lhes dê a boa notícia? – perguntou. – Eles estão fora do acampamento – acrescentou. – Mas, quando voltarem, eu posso...

– Fora do acampamento? – Os bigodes de Estrela Azul se mexeram. – Os dois?

– Estão em patrulha – Coração de Fogo explicou, incomodado com a situação.

– Onde está Nevasca?

– Ele está treinando Pata Brilhante.

– E Pelo de Rato?

– Caçando com Pelo de Samambaia e Tempestade de Areia.

– *Todos* os guerreiros estão fora do acampamento? – perguntou Estrela Azul.

Coração de Fogo viu os ombros da líder se retesarem e sentiu uma pontada no coração. O que Estrela Azul receava?

Seus pensamentos voltaram a Pata de Nuvem e ao medo que ele próprio sentira pela manhã na floresta silenciosa. – A patrulha logo deve retornar. – Coração de Fogo lutava para permanecer sereno ao tentar acalmar a líder. – E eu estou aqui.

– Não fique me paparicando! Não sou um filhote assustado! – ela cuspiu. Coração de Fogo se encolheu e ela continuou: – Trate de ficar no acampamento até a patrulha voltar. Fomos atacados duas vezes na última lua. Não quero o acampamento sem proteção. A partir de agora, quero ao menos três guerreiros como guardas permanentes.

Coração de Fogo sentiu um arrepio de medo percorrer sua pelagem. Pela primeira vez não ousou encarar a gata, com medo de não reconhecê-la. – Sim, Estrela Azul – ele murmurou com vagar.

– Quando Risca de Carvão e Pelagem de Poeira voltarem, mande-os à minha toca. Quero falar com eles antes da cerimônia.

– Claro.

– Vá agora! – Estrela Azul bateu de leve nele com a cauda, como se achasse que o clã corria perigo enquanto perdia tempo.

Coração de Fogo saiu da toca e sentou-se à sombra da Pedra Grande, virando a cabeça para lamber a cauda. O que devia fazer? Seu coração, aos pinotes, lhe dizia para correr e entrar na floresta, achar Pata de Nuvem e trazê-lo a salvo para o acampamento. Mas Estrela Azul lhe ordenara que esperasse a volta das patrulhas.

Foi quando ouviu uma barulheira de gatos na vegetação rasteira do lado de fora do acampamento e identificou, no ar morno, os cheiros familiares de Risca de Carvão, Vento Veloz e Pelagem de Poeira. Seus passos se tornaram mais lentos quando eles chegaram à entrada de tojo, Vento Veloz à frente.

Coração de Fogo saltou nas patas, aliviado. Agora podia sair e procurar Pata de Nuvem. Atravessou a clareira correndo, para encontrá-los. – Como foi a patrulha? – perguntou.

– Nem sinal dos outros clãs – relatou Vento Veloz.

– Mas sentimos o odor de seu aprendiz – acrescentou Risca de Carvão. – Perto do Lugar dos Duas-Pernas.

– Você o viu? – Coração de Fogo miou, tentando parecer despreocupado.

Risca de Carvão balançou a cabeça.

– Suponho que estivesse procurando pássaros em algum jardim dos Duas-Pernas. – Pelagem de Poeira deu um riso de deboche. – Provavelmente, são mais do gosto dele.

Coração de Fogo ignorou a provocação de Pelagem de Poeira. – O cheiro era fresco? – perguntou a Vento Veloz.

– Muito. Perdemos a trilha dele quando começamos a voltar para o acampamento.

Coração de Fogo inclinou a cabeça. Pelo menos tinha uma ideia de onde procurar Pata de Nuvem. – Risca de Carvão e Pelagem de Poeira, Estrela Azul quer vê-los, ela os espera em sua toca – miou, avisando.

Enquanto os guerreiros se afastavam, Coração de Fogo pensava se deveria ir com eles, como prevenção, caso Estrela Azul ainda estivesse agindo de forma estranha. Então percebeu que Vento Veloz ia à frente de Pata de Espinho, na direção da entrada do acampamento.

– Aonde você vai? – perguntou, ansioso. Estrela Azul tinha dito que três guerreiros deveriam permanecer de guarda no acampamento; se Vento Veloz saísse novamente, ele não poderia procurar Pata de Nuvem.

– Prometi a Pelo de Rato que hoje à tarde ensinaria Pata de Espinho a pegar esquilos – Vento Veloz miou sobre o ombro.

– Mas eu... – A voz de Coração de Fogo morreu na garganta quando ele percebeu a curiosidade no olhar do esbelto guerreiro. Ele não podia admitir que estivesse preocupado com Pata de Nuvem. Balançou a cabeça negativamente. – Não é nada – miou. E Vento Veloz e Pata de Espinho desapareceram no túnel de tojo.

Coração de Fogo sentiu uma pontada de culpa ao observar o aprendiz de Pelo de Rato, obediente, seguir a guerreira. Por que não conseguia estimular esse tipo de comportamento no sobrinho?

* * *

O resto da tarde se arrastou. Coração de Fogo, acomodado ao lado da moita de urtigas próxima à toca dos guerreiros, orelhas retesadas, procurava nos sons da floresta algum sinal de que Pata de Nuvem estava voltando. Mas o medo de que Estrela Azul lhe desse uma bronca diminuíra um pouco, pois, durante a patrulha, Risca de Carvão sentira apenas o cheiro do jovem aprendiz, não o de invasores do território do Clã do Trovão.

Quando o sol começou a mergulhar nas copas das árvores, o grupo de caça voltou. Atrás dele, vieram Nevasca e Pata Brilhante, que, certamente, atraídos pelo odor de presas frescas, deixaram o vale de treinamento. Rabo Longo e Pata Ligeira voltaram logo depois, mas ainda não havia sinal de Pata de Nuvem.

Havia muitas presas à disposição, mas nenhum gato se aproximou da pilha. A notícia da cerimônia de nomeação se espalhou pelo acampamento. Coração de Fogo podia ouvir Pata de Espinho, Pata Brilhante e Pata Ligeira cochichando, com miados empolgados, do lado de fora da toca dos aprendizes. Até que Estrela Azul saiu de sua toca, e eles se calaram, elevando o rosto com os olhos ansiosos.

A líder do Clã do Trovão pulou para a Pedra Grande com um único e ágil movimento. Era evidente que ela já estava recuperada dos ferimentos que sofrera durante a batalha com os gatos vilões, mas Coração de Fogo não sabia se isso era motivo de alívio ou de preocupação. Por que sua mente não se recuperara tão depressa quanto o corpo? Seu coração acelerou quando ela levantou o queixo, preparando-se para conclamar os felinos. A voz da líder soou seca e trêmula, como que fragilizada pela falta de uso; mas, quando ela miou as palavras costumeiras, o representante sentiu sua confiança voltar.

O sol poente brilhava na pelagem cor de flama de Coração de Fogo, que se lembrou da cerimônia de sua própria nomeação, quando ele se juntara ao clã. Com orgulho, ajeitou os ombros e tomou seu lugar como representante aos pés da Pedra Grande, na ponta da clareira, enquanto o resto do clã fazia um círculo em torno dela. Risca de Carvão, calmo, colocou-se à frente, sem sequer piscar. Pelagem de Poeira ficou imóvel ao lado dele, sem conseguir disfarçar a empolgação que lhe iluminava os olhos.

– Estamos aqui hoje para dar a dois filhotes do clã seus nomes de aprendiz – começou formalmente Estrela Azul, olhando para baixo, onde estava Cara Rajada, com um filhote de cada lado. Coração de Fogo mal podia reconhecer os turbulentos filhotes cinzentos que, mais cedo, no berçário, brincavam de luta. Ali fora, com a pelagem muito bem penteada, eles pareciam bem menores. Um deles inclinou-se na direção da mãe, com os bigodes tremendo de tanta empolgação. O filhote maior arranhava o chão com as patas.

Um silêncio de expectativa dominava o resto do clã.

– Deem um passo à frente – Coração de Fogo ouviu Estrela Azul dar o comando, lá do alto.

Os filhotes caminharam lado a lado até o centro da clareira, com as pelagens sarapintadas de cinza eriçadas, tamanha a ansiedade deles.

– Pelagem de Poeira – ordenou Estrela Azul. – Você será o mentor de Pata Gris.

Coração de Fogo observou Pelagem de Poeira caminhar na direção do filhote maior e se colocar a seu lado.

– Pelagem de Poeira – continuou Estrela Azul – esse é seu primeiro aprendiz. Compartilhe com ele sua coragem e determinação. Sei que você fará um bom trabalho, mas não hesite em pedir conselhos aos guerreiros veteranos.

Os olhos de Pelagem de Poeira brilharam de orgulho, e ele se inclinou para trocar toques de nariz com Pata Gris, que ronronou em voz alta e seguiu o novo mentor para a beira do círculo.

O filhote menor, uma fêmea, permaneceu no centro da clareira, os olhos brilhando, o peito agitado. Coração de Fogo percebeu a aflição da gatinha e piscou-lhe com carinho. Como resposta, a gata olhou para ele como se achasse que sua vida dependia daquilo.

— Risca de Carvão — Estrela Azul fez uma pausa ao miar o nome do guerreiro. A espinha de Coração de Fogo pinicou quando ele viu um lampejo de medo nos olhos da líder. Ele prendeu a respiração, mas Estrela Azul piscou, afastando as próprias dúvidas, e continuou: — Você será o mentor de Pata de Avenca. — Os olhos da pequena se arregalaram, e ela deu meia-volta para ver o guerreiro grande e malhado que vinha em sua direção.

— Risca de Carvão — miou Estrela Azul — você é inteligente e corajoso. Passe esses valores à jovem aprendiz.

— Certamente — prometeu o gato. Ele se inclinou para trocar toques de nariz com Pata de Avenca, que pareceu se retrair por um tique-taque de coração antes de se esticar para receber o cumprimento. Enquanto acompanhava Risca de Carvão até a beira da clareira, a nova aprendiz lançou um olhar ansioso para Coração de Fogo. O guerreiro lhe acenou com a cabeça, encorajando-a.

Os demais felinos começaram a cumprimentar os dois novos aprendizes, cercando-os e chamando-os por seus novos nomes. Coração de Fogo ia se juntar a eles quando viu uma pelagem branca escorregando para dentro do acampamento. Pata de Nuvem tinha voltado.

Coração de Fogo correu para encontrá-lo. – Onde você esteve? – perguntou.

Pata de Nuvem colocou no chão um rato silvestre que pendia de sua boca e miou: – Caçando.

– Isso foi tudo o que conseguiu? Você já caçou mais do que isso durante a estação sem folhas!

Pata de Nuvem deu de ombros. – Isso é melhor do que nada.

– E o pombo que você pegou esta manhã?

– Você não o trouxe?

– Era *sua* caça! – cuspiu Coração de Fogo.

Pata de Nuvem sentou-se, enrolou a cauda sobre as patas dianteiras e miou: – Acho que vou ter de buscá-lo amanhã.

– Vai, sim – concordou Coração de Fogo, exasperado com a indiferença de Pata de Nuvem. – E, até lá, vai ficar com fome. Vá e coloque isso na pilha de presas frescas – disse, apontando o rato silvestre com o nariz.

Pata de Nuvem deu de ombros novamente, apanhou a presa e se foi.

Coração de Fogo, ainda furioso, virou-se e deu de cara com Nevasca, que estava atrás dele.

– Quando estiver pronto, ele vai aprender – miou com delicadeza o guerreiro branco.

– Conto com isso – Coração de Fogo murmurou.

– Já decidiu quem vai comandar a patrulha do amanhecer? – Nevasca perguntou, mudando de assunto diplomaticamente.

Coração de Fogo hesitou. Ele nem sequer pensara a respeito, tampouco pensara sobre o resto das patrulhas ou os grupos de caça para o dia seguinte. Estivera muitíssimo ocupado, preocupando-se com Pata de Nuvem.

– Pois comece a pensar – disse Nevasca, já saindo. – Ainda há tempo de sobra.

– Eu mesmo comandarei a patrulha – decidiu rapidamente Coração de Fogo. E levarei comigo Rabo Longo e Pelo de Rato.

– Boa ideia – ronronou Nevasca. – Posso dizer a eles? – Ele olhou para a pilha de presas frescas, onde os gatos começavam a se reunir.

– Sim – respondeu Coração de Fogo. – Obrigado.

Ele observou o guerreiro branco dirigir-se à pilha de presas e sentiu a própria barriga roncar de fome. Quando também pensava em ir até lá, percebeu outra pelagem branca, de pelos longos, cor de neve fresca, misturando-se aos gatos em torno da pilha. Pata de Nuvem, naturalmente, desobedecera às ordens de Coração de Fogo de se manter afastado da divisão de comida. O gato sentiu a raiva percorrer-lhe o corpo, mas não se mexeu, as patas pesadas como pedras. Não queria discutir com o sobrinho na frente dos outros gatos do clã.

Enquanto observava, Coração de Fogo viu Pata de Nuvem pegar um camundongo gorducho e dar de cara com

Nevasca. Ele também viu o guerreiro branco olhar de modo severo para seu sobrinho e ouviu-o murmurar algo – ele não sabia o que Nevasca dissera a Pata de Nuvem, mas este deixou cair imediatamente o camundongo e se encaminhou discretamente para sua toca, com a cauda abaixada.

Coração de Fogo virou rapidamente a cabeça, envergonhado por não ter confrontado Pata de Nuvem antes do guerreiro veterano. De repente, perdeu completamente a fome. Viu Estrela Azul deitada sob a moita de samambaias ao lado da toca dos guerreiros e quis muito partilhar com a antiga mentora sua preocupação com o aprendiz desobediente. Mas, quando a viu bicar sem nenhum entusiasmo um pequeno sabiá, notou que o olhar assustado voltara aos olhos dela. Coração de Fogo sentiu seu peito gelar de tristeza quando viu a líder do Clã do Trovão se levantar com esforço e caminhar devagar para sua toca, deixando a presa intocada.

CAPÍTULO 4

Patas macias caminharam pelos sonhos de Coração de Fogo naquela noite. Uma gata atartarugada saiu da floresta ao lado dele, os olhos cor de âmbar brilhando. Coração de Fogo olhou Folha Manchada e sentiu uma dor conhecida no coração. A dor pela morte da curandeira, tantas luas atrás, ainda era bem vívida. Ele esperou ansiosamente por seu suave cumprimento, mas, desta vez, Folha Manchada não lhe tocou a face com o nariz, como costumava fazer. Em vez disso, desviou-se dele e se afastou. Surpreso, Coração de Fogo começou a correr atrás dela, caçando a gata de pelo sarapintado pela floresta. Ele gritou o nome dela, mas, embora a curandeira não parecesse acelerar seu ritmo, continuava à sua frente, surda aos seus apelos.

De repente, uma forma cinza-escuro surgiu de trás de uma árvore. Era Estrela Azul, e ela tinha os olhos arregalados de medo. Coração de Fogo desviou-se para evitá-la, tentando desesperadamente não perder de vista Folha Manchada, mas, então, Pata de Nuvem, vindo das samambaias que margeavam o outro lado do caminho, saltou em cima dele, derrubando-o. Deitado e, por um momento, sem conseguir respirar, Coração de Fogo sentiu os olhos de Nevasca queimando-o através do pelo, enquanto o guerreiro branco, nos galhos de uma árvore, o observava.

Coração de Fogo pôs-se de pé e, mais uma vez, correu atrás de Folha Manchada. Ela ainda estava várias caudas de raposa à frente, caminhando com passos surdos e firmes e sem sequer se virar para ver quem a chamava. Agora o resto do Clã do Trovão tinha se reunido ao longo do caminho de Coração de Fogo. Como ele se esquivava e ziguezagueava por entre eles, eles gritavam, chamando-o – ele não conseguia entender as palavras, mas suas vozes formavam um coro ensurdecedor de miados, questionando, criticando, implorando ajuda. Os miados foram ficando cada vez mais altos até que abafaram o grito de Coração de Fogo; então, mesmo que Folha Manchada estivesse ouvindo, ela não lhe teria dado atenção.

– Coração de Fogo! – Uma voz sobressaiu entre as outras. Era Nevasca. – Pelo de Rato e Rabo Longo estão esperando para sair. Acorde, Coração de Fogo!

Meio sonhando e confuso por causa do sono, Coração de Fogo pôs-se de pé. – O-o quê? – miou, meio grogue.

A luz da manhã jorrava para dentro da toca dos Guerreiros. Nevasca estava de pé, ao seu lado, no ninho vazio onde Listra Cinzenta costumava dormir. – A patrulha está esperando – repetiu. – E Estrela Azul quer vê-lo antes de você sair.

Coração de Fogo balançou a cabeça para clarear as ideias. O sonho o assustara. Folha Manchada sempre fora mais próxima dele nos sonhos do que quando estava viva. O comportamento dela nessa noite o ferira como a picada de uma víbora. Estaria a doce curandeira abandonando-o?

Ele encurvou as costas, espreguiçando-se, sentindo as pernas tremerem. – Diga a Pelo de Rato e a Rabo Longo que irei o mais rápido que puder. – E deslizou rapidamente em meio aos corpos sonolentos dos outros guerreiros. Cara Rajada estava dormindo perto da parede da toca, com Pele de Geada enrolada ao lado dela; as duas gatas estavam de volta à vida de guerreiras, agora que seus filhotes tinham deixado o berçário.

Coração de Fogo abriu caminho e saiu para a clareira. Já estava quente, embora o sol ainda não estivesse tão alto quanto o topo das árvores, e a floresta parecia verde e convidativa no alto da ravina. Assim que Coração de Fogo farejou o odor familiar da floresta, a dor do sonho começou a desvanecer-se, e ele sentiu a pele dos ombros relaxar.

Rabo Longo e Pelo de Rato estavam esperando na entrada do acampamento. Coração de Fogo acenou para eles enquanto se dirigia para a toca de Estrela Azul. O que a líder do clã poderia querer tão cedo? Seria uma missão especial? O guerreiro não pôde evitar a sensação de que aquilo era um sinal de que Estrela Azul estava voltando a ser como era antes; e ele a saudou, alegre, através do líquen.

– Entre! – A líder parecia animada e a esperança do representante disparou. Ela estava andando sem parar de lá para cá no chão de areia, e não parou nem com a chegada de Coração de Fogo, que precisou espremer-se contra a parede da toca para sair do caminho dela.

– Coração de Fogo – ela começou, sem olhar para ele. – Preciso compartilhar sonhos com o Clã das Estrelas. Devo viajar para a Pedra da Lua. – A Pedra da Lua era uma pedra brilhante que ficava nas profundezas do solo, além do território do Clã do Vento, onde o sol se põe.

– Você quer ir para as Pedras Altas? – ele perguntou, surpreso.

– Você conhece outra Pedra da Lua? – retorquiu Estrela Azul, impaciente. Ela continuava andando, seus passos ecoavam na toca.

– Mas é uma longa jornada. Você tem certeza de que já está bem para fazer essa viagem? – gaguejou Coração de Fogo.

– Devo falar com o Clã das Estrelas! – insistiu a líder. Ela parou completamente e estreitou os olhos, dirigindo-se ao representante. – E quero que você venha comigo. Nevasca pode assumir seu cargo enquanto estivermos fora.

O desconforto de Coração de Fogo crescia rapidamente. – Quem mais vem conosco?

– Ninguém – respondeu Estrela Azul, muito séria.

Coração de Fogo estremeceu. Sentiu-se perplexo com a sombria intensidade do tom de voz da líder; como se sua vida dependesse daquela viagem. – Mas não é um pouco perigoso irmos só nós dois? – ele se aventurou a perguntar.

Estrela Azul dirigiu-lhe um olhar gelado. Coração de Fogo sentiu a boca seca quando a gata sibilou. – Você quer levar outros? Por quê?

Coração de Fogo tentou manter a voz firme. – E se formos atacados?

– Você vai me proteger – disse Estrela Azul, em um sussurro baixo e rascante – Não vai?

– Com a minha vida! – Coração de Fogo prometeu solenemente. O que quer que ele pensasse sobre o comportamento de Estrela Azul, sua lealdade à líder era inabalável.

Suas palavras pareceram tranquilizar Estrela Azul, que se sentou à sua frente. – Ótimo.

Coração de Fogo inclinou a cabeça para o lado. – Mas e quanto às ameaças do Clã do Vento e do Clã das Sombras? – ele miou, hesitante. – Você mesma mencionou isso ontem.

Estrela Azul balançou a cabeça lentamente. Coração de Fogo continuou:

– Nós teremos que atravessar o território do Clã do Vento para chegar às Pedras Altas.

Estrela Azul pulou nas patas. – Eu *tenho que* falar com o Clã das Estrelas – ela cuspiu, com o pelo dos ombros eriçado. – Por que está tentando me dissuadir? Se você não vier comigo, eu vou sozinha!

Coração de Fogo a fitou. Ele não tinha escolha. – Eu vou – concordou.

– Bom. – Estrela Azul assentiu novamente, suavizando um pouco a voz. – Vamos precisar de ervas de viagem para manter a nossa força. Vou ver Presa Amarela e falar-lhe a esse respeito. – Ela passou por Coração de Fogo, abrindo caminho para sair da toca.

– Vamos *agora*? – Coração de Fogo perguntou.

– Agora – respondeu a líder, sem se deter.

Coração de Fogo pulou para fora da toca atrás dela. – Mas estou escalado para liderar a patrulha do amanhecer – protestou.

– Diga-lhes para irem sem você – ordenou Estrela Azul.

– Certo. – Coração de Fogo parou e observou a gata desaparecer em meio às samambaias que levavam à clareira de Presa Amarela. Ele se sentia muito desconfortável enquanto caminhava para a entrada do acampamento, onde Rabo Longo e Pelo de Rato o esperavam. Rabo Longo balançava a cauda com impaciência, enquanto Pelo de Rato tinha se acomodado sobre a barriga e assistia à chegada do representante com os olhos semicerrados.

– O que está acontecendo? – Rabo Longo perguntou. – Por que Estrela Azul foi ver Presa Amarela? Ela está bem?

– Ela foi pegar ervas de viagem. Estrela Azul precisa compartilhar sonhos com o Clã das Estrelas, por isso estamos indo para a Pedra da Lua – Coração de Fogo explicou.

– É um longo caminho – observou Pelo de Rato, levantando-se lentamente. – Isso é prudente? Estrela Azul ainda deve estar fraca por causa do ataque dos gatos vilões. – Coração de Fogo não pôde deixar de perceber que ela, cuidadosamente, evitou mencionar a participação de Garra de Tigre no ataque.

– Ela me disse que o Clã das Estrelas a convocou – ele respondeu.

– Quem mais vai? – perguntou Rabo Longo.

– Só Estrela Azul e eu.

– Se você quiser, eu também vou – ofereceu-se Pelo de Rato.

Pesaroso, Coração de Fogo balançou a cabeça negativamente.

Rabo Longo torceu a boca com desdém. – Você acha que pode protegê-la sozinho, não é? Você pode ser o representante, mas não é Garra de Tigre! – sibilou.

– E é bom que ele não seja! – Coração de Fogo sentiu-se aliviado ao ouvir a voz de Nevasca atrás dele. O guerreiro branco devia ter ouvido toda a conversa, pois continuou: – Será mais difícil notarem Coração de Fogo e Estrela Azul se os dois estiverem sozinhos. Além de eles terem passagem franqueada para as Pedras Altas, se houver mais gatos, poderá parecer um grupo de ataque ao Clã do Vento.

Pelo de Rato concordou, balançando a cabeça, mas Rabo Longo virou a sua, em sinal de rejeição. Coração de Fogo piscou com gratidão para Nevasca.

– Presa Amarela! – ouviu-se o miado agitado de Estrela Azul, vindo da toca da curandeira.

– Vá ter com ela – miou Nevasca, baixinho. – Eu vou liderar a patrulha.

– Mas Estrela Azul quer que você assuma o comando do clã enquanto estivermos fora – disse-lhe Coração de Fogo.

– Nesse caso, vou ficar e organizar as patrulhas de caça de hoje. Pelo de Rato pode liderar a patrulha.

– Certo – concordou Coração de Fogo, tentando não demonstrar como se sentia perturbado. Virou-se para Pelo de Rato. – Leve Pata de Espinho com você – ordenou.

Pelo de Rato abaixou a cabeça e o representante atravessou correndo a clareira, direto para a toca da curandeira.

– Suponho que também queira ervas de viagem – comentou Presa Amarela quando Coração de Fogo surgiu do túnel. A velha curandeira estava sentada calmamente na clareira, enquanto Estrela Azul andava sem descanso, perdida nos próprios pensamentos.

– Sim, por favor – respondeu Coração de Fogo.

Pata de Cinza saiu mancando da toca na fenda da rocha e foi direto para Presa Amarela, sem parar para cumprimentar Coração de Fogo. – Qual é a camomila? – sussurrou ao ouvido da curandeira.

– Você já deveria saber! – Presa Amarela sibilou, com mau humor.

As orelhas de Pata de Cinza se contraíram. – Pensei que soubesse, mas depois não tinha mais certeza. Só achei que deveria verificar.

Presa Amarela bufou e foi até o pé da rocha, onde várias pilhas pequenas de ervas estavam alinhadas.

Coração de Fogo olhou de relance para Estrela Azul. Ela tinha parado de andar e estava olhando fixamente para o céu, com cautela, cheirando o ar. Coração de Fogo foi até Presa Amarela. – Camomila não é uma erva de viagem – ele miou baixinho.

Presa Amarela estreitou os olhos. – Estrela Azul precisa de algo que acalme seu coração, e não apenas de ervas que lhe deem força física. – Ela olhou severamente para Pata de Cinza e acrescentou: – Eu esperava acrescentar isso às ervas de viagem sem ter que informar o acampamento inteiro! – Ela empurrou um dos montes com uma pata pesada. – Isto é camomila.

– Sim, agora me lembro – Pata de Cinza miou com humildade.

– Em primeiro lugar, você nunca deveria ter esquecido – repreendeu Presa Amarela. – Uma curandeira não tem tempo para dúvidas. Coloque sua energia no *hoje* e pare de se preocupar com o passado. Você tem um dever para com seu clã. Pare de hesitar e vá em frente!

Coração de Fogo não pôde deixar de sentir pena da jovem. Tentou encontrar seus olhos, mas não teve sucesso. Evitando olhar para ele, Pata de Cinza cuidou de aprontar o preparado de viagem, pegando pequenas quantidades de ervas de cada pilha e misturando tudo, observada por Presa Amarela e seu olhar crítico.

Atrás deles, Estrela Azul voltara a andar pela clareira. – Ainda não estão prontas? – miou, irritada. Coração de Fogo aproximou-se dela e disse: – Quase, não se preocupe. Vamos estar nas Pedras Altas até o pôr do sol. – Estrela Azul piscou para ele enquanto Pata de Cinza, coxeando, trouxe-lhe um pacote de ervas.

– Estas são suas – ela miou, deixando cair a mistura de folhas diante de Estrela Azul. E, apontando com a cabeça para a rocha, disse a Coração de Fogo: – As suas estão lá.

O representante ainda estava salivando para lavar da boca o gosto amargo das ervas quando Estrela Azul saiu da clareira, acenando para que ele a seguisse. Em torno deles, o acampamento começava a se agitar. Pele de Salgueiro, que acabara de sair do berçário, piscava por causa do brilho da luz do sol, enquanto Retalho alongava os velhos membros na frente do carvalho caído. Os dois gatos olharam, curiosos, para a líder e o representante; em seguida, continuaram com sua rotina matinal.

– Ei!

Coração de Fogo ouviu uma voz familiar atrás dele e sentiu um aperto no peito. Era Pata de Nuvem, que saía correndo de sua toca, com os pelos espetados, despenteados depois de uma noite de sono. – Aonde você vai? Posso ir junto?

Coração de Fogo parou na entrada do túnel. – Você não tem que ir buscar um pombo?

– O pombo pode esperar. De qualquer maneira, aposto que algumas corujas já o levaram – respondeu o jovem. – Leve-me com você, por favor!

– Corujas comem presas *vivas* – Coração de Fogo o corrigiu. Ele avistou Vento Veloz saindo sonolento da toca dos guerreiros e chamou o gato malhado do outro lado da clareira. – Vento Veloz, você pode levar Pata de Nuvem para caçar esta manhã? – Ele percebeu uma faísca de indignação nos olhos do guerreiro, que concordou sem entusiasmo. Coração de Fogo se lembrou de como Vento Veloz tinha levado, de boa vontade, Pata de Espinho para pegar esquilos no dia anterior; era evidente que o guerreiro não era tão afeiçoado a Pata de Nuvem e, sinceramente, o representante não podia culpá-lo. Seu aprendiz não se esforçava muito para ganhar o respeito dos gatos do clã.

– Isso não é justo – choramingou Pata de Nuvem. – Fui caçar ontem. Não posso ir com você?

– Não. Hoje você vai caçar com Vento Veloz! – disparou Coração de Fogo. Antes que Pata de Nuvem pudesse argumentar novamente, ele se virou e correu atrás de Estrela Azul.

CAPÍTULO 5

A LÍDER DO CLÃ DO TROVÃO CHEGARA AO alto da ravina quando Coração de Fogo conseguiu alcançá-la. Ela parou para cheirar o ar antes de entrar na floresta. Coração de Fogo, aliviado, viu como ela parecia relaxada agora, fora do acampamento, farejando cautelosamente entre a vegetação rasteira o caminho que levava à fronteira do território do Clã do Rio.

Coração de Fogo olhou-a, surpreso. Aquele não era o caminho mais rápido para Quatro Árvores e o planalto além delas, mas ele não a questionou, pois estava feliz em pensar que poderia avistar Listra Cinzenta, mesmo de relance, do outro lado do rio.

Os dois gatos chegaram ao limite de território do Clã do Rio, acima das Rochas Ensolaradas, e seguiram as marcas de cheiro rio acima. Uma brisa morna fazia chegar até eles o odor fraco de urze da charneca. Coração de Fogo podia ouvir o rio correndo, do outro lado das samambaias. Levantou o pescoço e viu o brilho das águas na luz salpicada pela sombra das árvores. Acima dele, o verde brilhante das folhas fulgurava nos espaços em que a luz do sol penetrava o espesso dossel da floresta. Apesar de estar na sombra, Coração de Fogo sentia calor, e gostaria de poder mergulhar na água, como um gato do Clã do Rio, para se refrescar.

Finalmente o rio fez uma curva, chegando mais perto do território do Clã do Rio, mas Estrela Azul continuou adiante, seguindo as marcas de cheiro ao longo da fronteira entre os territórios do Clã do Trovão e do Clã do Rio. Coração de Fogo não parava de olhar além da trilha de cheiro, procurando na floresta um sinal dos felinos do Clã do Rio, cauteloso, para não ser localizado por uma patrulha, mas sempre esperançoso de rever seu velho amigo. Estrela Azul ia à frente, sem se preocupar, chegando bem perto do limite de territórios, cruzando-o, às vezes, enquanto eles caminhavam pela vegetação rasteira. Coração de Fogo não tinha ideia de como os gatos do Clã do Rio reagiriam se os pegassem ali. Os dois clãs quase tinham iniciado um conflito por causa dos filhotes de Arroio de Prata; e só não houvera uma batalha porque Listra Cinzenta levou os bebês para o clã da mãe.

De repente Estrela Azul parou e levantou o focinho, abrindo a boca para experimentar o ar. Ela se agachou e Coração de Fogo, confiando nos instintos guerreiros da líder, também se abaixou, enfiando-se atrás de um canteiro de urtigas.

– Guerreiros do Clã do Rio – a gata avisou baixinho.

Coração de Fogo agora também podia sentir o odor dos felinos; os pelos de seu cangote se eriçaram quando o cheiro ficou mais intenso e ele ouviu o barulho característico de pelagem de gato roçando a vegetação rasteira diante deles. Levantou a cabeça bem devagar e olhou atentamente por entre as árvores; com o coração aos pinotes, procurava pela conhecida pelagem cinza. Ao lado dele, Estrela Azul tinha os olhos arregalados e a lateral do corpo quase imóvel, pois respirava superficialmente, sem fazer ruído. Coração de Fogo se perguntava: *Será que ela também espera ver Listra Cinzenta?* Até agora não tinha lhe ocorrido a ideia de que talvez a líder também quisesse encontrar gatos do Clã do Rio. Isso certamente explicaria o caminho escolhido.

Porém, o representante não acreditava que ela quisesse ver Listra Cinzenta. Na véspera, confusa, ela nem se lembrara de que o guerreiro cinza já tinha deixado o clã, e Coração de Fogo percebera que sua mente estava ocupada com outros pensamentos. Foi quando sentiu as patas coçarem: os bebês de Estrela Azul. Muitas luas atrás a líder do Clã do Trovão dera à luz dois filhotes, que tinham sido criados no Clã do Rio; ela os entregara ao pai, guerreiro daquele clã, logo que tiveram idade para deixar o ninho. A ambição e a lealdade da gata ao seu clã não lhe tinham permitido criar os bebês. Agora seus filhos eram guerreiros do Clã do Rio e não sabiam que sua verdadeira mãe pertencia ao clã inimigo. Mas Estrela Azul jamais os esquecera; contudo, apenas Coração de Fogo conhecia seu segredo. Devia ser por causa de Pelo de Pedra e Pé de Bruma que a gata examinava com tanto cuidado a vegetação rasteira.

Um relance de uma pelagem sarapintada de marrom ao longe fez Coração de Fogo se abaixar novamente. Não era Listra Cinzenta, tampouco um dos filhotes de Estrela Azul. Um odor vagamente familiar confirmou ao guerreiro a identidade do inimigo: era Pelo de Leopardo, a representante do Clã do Rio.

Coração de Fogo olhou de relance para Estrela Azul; ela continuava com a cabeça erguida, perscrutando entre as árvores. O farfalhar de samambaias avisou que Pelo de Leopardo estava cada vez mais perto, e ele sentiu a respiração acelerar. O que iria acontecer se ela visse a líder do Clã do Trovão tão perto da fronteira do Clã do Rio?

Coração de Fogo ficou imóvel quando o barulho na vegetação aumentou. Ele ouviu a representante do Clã do Rio parar e, pelo silêncio da gata, percebeu que ela tinha detectado alguma coisa. Desesperado, olhou para Estrela Azul, tentando avisá-la com um sinal de cauda, quando a gata abaixou a cabeça e sibilou em seu ouvido: – Vamos, é melhor ficarmos no nosso território.

Coração de Fogo suspirou aliviado quando a líder do Clã do Trovão, sem dizer mais nada, afastou-se rastejando. Com as orelhas coladas à cabeça e a barriga encostada ao chão, Coração de Fogo fez o mesmo, afastando-se das marcas de cheiro, rumo à segurança da floresta do Clã do Trovão.

– Pelo de Leopardo é barulhenta. Acho que até o Clã das Sombras a ouviu chegar – observou Estrela Azul, já longe da fronteira. Os bigodes de Coração de Fogo tremiam de surpresa. Ele tinha começado a achar que Estrela Azul esquecera como os clãs defendem ferozmente suas fronteiras, especialmente em épocas difíceis.

— Ela é uma boa guerreira, mas também se distrai com facilidade — continuou calmamente Estrela Azul. — Ela estava mais interessada naquele coelho que estava contra o vento do que em procurar guerreiros inimigos.

Coração de Fogo não podia deixar de se alegrar com a autoconfiança da líder. Pensando bem, havia mesmo um cheiro de coelho na brisa, mas ele ficara preocupado demais com Pelo de Leopardo para tomar conhecimento disso.

— Isso me faz lembrar os dias em que eu levava você para treinar — ronronou Estrela Azul, enquanto caminhava pela floresta salpicada pelo sol.

Coração de Fogo correu para alcançá-la. — A mim também — respondeu.

— Você aprendia depressa. Fiz bem em convidá-lo para se juntar ao clã — Estrela Azul murmurou. Ela se virou para fitar Coração de Fogo, que viu orgulho nos olhos da gata e, reconhecido, piscou para ela.

— Todos os clãs têm muito a agradecer-lhe — Estrela Azul continuou. — Você expulsou Cauda Partida do Clã das Sombras, trouxe o Clã do Vento de volta para casa, ajudou o Clã do Rio quando houve a enchente e salvou o Clã do Trovão de Garra de Tigre. — Coração de Fogo começou a se sentir um pouco constrangido com tantos elogios, pois ela prosseguiu: — Nenhum outro guerreiro tem o seu senso de justiça, lealdade ou coragem...

Coração de Fogo se arrepiou, sem graça. — Mas todos os gatos do Clã do Trovão respeitam o Código dos Guerreiros como eu – ele salientou. – Todos se sacrificariam para proteger você e o clã.

Estrela Azul parou e se virou para o representante. – Você foi o único que ousou enfrentar Garra de Tigre – ela lembrou ao guerreiro.

– Mas só eu sabia que ele matara Rabo Vermelho! – Coração de Fogo ainda era um aprendiz quando descobriu que o guerreiro do Clã do Trovão fora o responsável pela morte do leal representante de Estrela Azul. Mas ele só tinha conseguido provar a culpa de Garra de Tigre quando o traidor liderou os gatos vilões em um ataque contra o próprio clã.

Um ressentimento terrível lampejou nos olhos de Estrela Azul. – Listra Cinzenta também sabia, mas só você me salvou!

Coração de Fogo desviou o olhar, sem saber o que dizer. Incomodado, sentiu as orelhas estremecerem. Parecia que Estrela Azul não confiava em nenhum de seus guerreiros, com exceção dele e, talvez, de Nevasca. O gato avermelhado se deu conta de que Garra de Tigre causara mais danos do que qualquer gato do clã poderia imaginar. O guerreiro escuro tinha envenenado a capacidade de julgamento da líder e a fizera perder a confiança em seus guerreiros.

– Vamos! – disparou Estrela Azul.

Coração de Fogo observou a gata cinzenta avançar silenciosamente pela floresta, perscrutando tudo, os ombros retesados, a cauda arrepiada. O representante estremeceu. Embora o céu ainda brilhasse, ele sentiu como se uma nuvem negra tivesse encoberto o sol e lançado uma sombra de mau agouro sobre a jornada.

Eles chegaram a Quatro Árvores quando o sol ultrapassava as folhas da copa das árvores. Coração de Fogo seguiu Estrela Azul na descida da encosta até o vale onde ficavam os quatro carvalhos imponentes, guardando o lugar onde os clãs se reuniam em uma única noite de trégua. Os dois gatos passaram pela Pedra do Conselho, de onde os líderes de cada clã comandavam cada Assembleia, e rumaram para o outro extremo do vale.

Quando a montanha, até então de grama macia, tornou-se mais escarpada e rochosa, Coração de Fogo percebeu que Estrela Azul se esforçava para manter o passo. Ela grunhia a cada salto que dava para a pedra seguinte, e o guerreiro precisou reduzir o ritmo para não ultrapassá-la.

No alto da encosta, Estrela Azul parou e se sentou, ofegante.

– Tudo bem? – Coração de Fogo perguntou.

– Já não sou tão jovem... – ela comentou, arfando.

Coração de Fogo sentiu uma preocupação súbita. Ele presumira que os ferimentos que a líder sofrera na batalha já tinham sarado. De onde vinha essa súbita fraqueza? Ela parecia mais velha e mais frágil do que nunca. *Talvez seja apenas porque está muito calor para subir esta encosta*, ele pensou, otimista. *Afinal, a pelagem dela é mais espessa que a minha.*

Enquanto Estrela Azul recuperava o fôlego, o representante perscrutava nervosamente a mirrada vegetação de tojo e urze que cobria a encosta. Estavam no território do Clã do Vento, que, a partir dali, se estendia sob o céu sem nuvens. Ele se sentiu ainda mais desconfortável do que quando estavam na fronteira do Clã do Rio. O Clã do Vento ainda estava zangado com o Clã do Trovão por eles terem dado refúgio ao antigo líder do Clã das Sombras, e fora a própria Estrela Azul que decidira proteger Cauda Partida quando ele ficara cego. O que fariam os gatos de uma patrulha do Clã do Vento se descobrissem que a líder do Clã do Trovão estava no território deles, protegida por apenas um guerreiro? Coração de Fogo não tinha certeza de poder fazer alguma coisa contra uma patrulha inteira.

– Precisamos ter cuidado para que não nos localizem – ele falou baixinho.

– O que você disse? – perguntou Estrela Azul. A brisa era mais forte ali e, apesar de não diminuir em nada o escaldante calor do sol, levou embora as palavras do guerreiro.

– Precisamos ter cuidado para que não nos vejam! – Coração de Fogo, relutante, aumentou o tom de sua voz.

– Por quê? – a líder perguntou. – Estamos indo para a Pedra da Lua. O Clã das Estrelas nos garantiu o direito de viajar em segurança!

Coração de Fogo percebeu que era perda de tempo discutir. – Vou na frente – se ofereceu.

Ele conhecia bem a encosta, melhor do que a maioria dos gatos do Clã do Trovão. Já estivera ali muitas vezes, mas jamais se sentira tão exposto e vulnerável como agora. Rapidamente conduziu Estrela Azul através do mar de urzes, rezando para que o Clã das Estrelas estivesse tão convicto quanto ela do direito deles de circular por aquela região, e que os guerreiros ancestrais os protegessem de patrulhas do Clã do Vento que passassem por ali. Ele também esperava que Estrela Azul tivesse senso o bastante para manter orelhas coladas à cabeça e a cauda abaixada.

O sol atingia o ápice quando eles se aproximavam da faixa de tojo que ficava no coração do território do Clã do Vento. As Quatro Árvores já tinham ficado muito para trás, mas ainda havia um longo caminho a percorrer antes que atingissem a encosta à beira da charneca que ia dar na fazenda dos Duas-Pernas. Coração de Fogo fez uma pausa. Uma brisa quente, sufocante como o hálito de um gato doente, soprava em sua direção, e ele sabia que o seu odor poderia chegar ao território do Clã do Vento. Ele esperava que o perfume adocicado da urze o disfarçasse. Ao lado dele, Estrela Azul chicoteou com a cauda e desapareceu em um tojo.

Uma coruja zangada se fez ouvir atrás deles. Coração de Fogo fez alguns giros e, então, recuou, retraindo-se como se tivesse sido espetado nos quadris pelo tojo. Três gatos do Clã do Vento o encaravam, o pelo arrepiado, as orelhas coladas à cabeça.

– Invasores. Por que estão aqui? – sibilou um gato malhado de marrom. Coração de Fogo reconheceu Garra de Lama, um guerreiro veterano. A seu lado, um guerreiro malhado de cinza, chamado Orelha Rasgada, tinha as costas arqueadas e as garras à mostra. Coração de Fogo passara a conhecer e respeitar esses gatos quando escoltara o Clã do

Vento na volta do exílio deles no território dos Duas-Pernas, mas, agora, todos os vestígios da antiga aliança tinham desaparecido. Ele não reconheceu o terceiro gato, o menor deles – um aprendiz, talvez, mas tão feroz e vigoroso quanto seus companheiros de clã.

O pelo ao longo da espinha de Coração de Fogo se arrepiou e seu coração dava pinotes, mas ele tentou permanecer calmo. – Estamos só de passagem...

– Você está em nossas terras – cuspiu Garra de Lama, os olhos raivosos ao fitar Coração de Fogo.

Onde está Estrela Azul?, pensou Coração de Fogo, desesperado, em parte desejando seu apoio, em parte esperando que ela não tivesse ouvido o grito de Garra de Lama e estivesse segura, caminhando pelo tojo, rumo ao território dos Duas-Pernas.

Um bramido a seu lado lhe avisou que ela voltara para ajudá-lo. Em um relance de olhos, ele a viu na beira do tojo, a cabeça erguida, os olhos chispando de ódio. – Estamos indo para as Pedras Altas. O Clã das Estrelas nos garante a passagem em segurança. Você não pode nos deter!

Garra de Lama não se moveu. – Você abriu mão de seu direito à proteção do Clã das Estrelas quando aceitou Cauda Partida em seu clã! – ele retorquiu.

Coração de Fogo entendia a raiva dos gatos do Clã do Vento. Ele próprio vira a terrível situação que eles tinham vivido quando foram expulsos de seu território pelos guerreiros do clã de Cauda Partida. Com um forte sentimento de compaixão, lembrou-se do pequenino filhote do Clã do

Vento que ele ajudara a levar para casa – o único sobrevivente da ninhada. O antigo líder do Clã das Sombras quase destruíra o Clã do Vento com sua crueldade.

Coração de Fogo encarou seu olhar feroz e disse: – Cauda Partida está morto.

Os olhos de Garra de Lama brilharam quando ele perguntou: – Vocês o mataram?

Diante da hesitação de Coração de Fogo, Estrela Azul, a seu lado, grunhiu, ameaçadora.

– Claro que não. Os gatos do Clã do Trovão não são assassinos.

– Não – devolveu Garra de Lama. – Vocês apenas os protegem! – O guerreiro do Clã do Vento arqueou as costas, agressivo.

Desapontado, Coração de Fogo sentiu a cabeça rodar enquanto tentava achar uma maneira de convencer o Clã do Vento.

– Deixem-nos passar! – Estrela Azul sibilou. Coração de Fogo ficou imóvel ao ver a líder dobrar suas garras e eriçar o pelo do cangote, pronta para atacar.

CAPÍTULO 6

– O Clã das Estrelas nos garante a passagem em segurança – Estrela Azul repetiu, obstinadamente.

– Vá para casa! – roncou Garra de Lama.

As patas de Coração de Fogo formigavam enquanto ele avaliava seus adversários. Três gatos fortes contra ele e a frágil líder do Clã do Trovão. Se lutassem, certamente sofreriam ferimentos graves, e de maneira alguma ele arriscaria uma vida de Estrela Azul – não quando ele sabia que essa era a última de suas nove vidas, concedidas a todos os líderes pelo Clã das Estrelas.

– Devemos ir para casa – Coração de Fogo sibilou para a líder, que balançou a cabeça e olhou para ele, incrédula. – Estamos muito longe da zona de segurança, e essa não é uma batalha que podemos enfrentar – ele frisou.

– Mas eu devo falar com o Clã das Estrelas! – miou Estrela Azul.

– Outra vez – Coração de Fogo insistiu. Os olhos de Estrela Azul se anuviaram, indecisos, e ele acrescentou: – Perderíamos a batalha.

Ele estremeceu com alívio quando Estrela Azul retraiu as garras e relaxou o pelo dos ombros. A líder do Clã do Trovão se voltou para Garra de Lama e miou. – Muito bem, vamos para casa. Mas vamos voltar. Você não pode nos afastar do Clã das Estrelas para sempre!

Garra de Lama abaixou as costas e respondeu: – Sábia decisão.

Coração de Fogo roncou para Garra de Lama. – Você ouviu o que Estrela Azul disse? – Garra de Lama estreitou os olhos ameaçadoramente, mas o gato avermelhado continuou: – Desta vez vamos embora, mas você nunca mais vai nos impedir de chegar à Pedra da Lua.

Garra de Lama se afastou. – Vamos acompanhá-los até as Quatro Árvores.

Coração de Fogo ficou tenso, com medo da reação de Estrela Azul à sugestão de que o guerreiro do Clã do Vento não confiava que os gatos do Clã do Trovão deixariam seu território. Mas ela simplesmente foi em frente, roçando os gatos do Clã do Vento ao voltar ao caminho por onde eles tinham vindo.

Coração de Fogo foi atrás dela, seguido a distância pelos gatos do Clã do Vento. Ele sabia que os felinos estavam atrás deles porque ouvia o roçar de seus pelos na urze, e, quando olhava para trás, vislumbrava suas ágeis formas marrons entre as flores roxas. Sentia as patas pinicarem de frustração a cada passo. Ele não deixaria o Clã do Vento bloquear seu caminho novamente.

Eles chegaram a Quatro Árvores e iniciaram a descida da encosta rochosa, deixando lá no alto os guerreiros do

Clã do Vento, a observá-los com olhos estreitados e hostis. Estrela Azul começava a parecer muito cansada. A cada salto, ela chegava pesadamente ao solo, grunhindo. Coração de Fogo teve medo de que a gata escorregasse, mas ela se manteve firme até eles chegarem à parte plana e gramada. Coração de Fogo olhou para trás e viu, no alto da colina, a silhueta dos três gatos do Clã do Vento recortada contra o céu amplo e brilhante, até que eles se viraram e desapareceram, de volta a seu território.

Quando os dois felinos do Clã do Trovão ultrapassaram a Pedra do Conselho, Estrela Azul soltou um longo gemido. – Você está bem? – perguntou Coração de Fogo, fazendo uma parada.

A líder balançou a cabeça com impaciência e resmungou: – O Clã das Estrelas não quer partilhar sonhos comigo. Por que estão tão zangados com o meu clã?

– O Clã do Vento estava no nosso caminho, não o Clã das Estrelas – lembrou Coração de Fogo. Mas ele não podia deixar de achar que o Clã das Estrelas poderia ter lhes concedido melhor sorte. As palavras de Orelhinha ecoaram em sua mente: *A nomeação de Coração de Fogo quebrou o ritual do clã pela primeira vez desde antes de eu nascer.*

Alarmado, Coração de Fogo sentiu a cabeça girar. Será que os guerreiros ancestrais estavam realmente zangados com o Clã do Trovão?

Pelos murmúrios surpresos com que eles foram recebidos na chegada ao acampamento, Coração de Fogo adivinhou que o clã compartilhava seus medos. Nunca, antes, se tinha negado a um líder a passagem à Pedra da Lua.

Estrela Azul cruzou a clareira sem parar, os olhos fixos no chão empoeirado, e foi direto para sua toca. Coração de Fogo a observava com o coração pesado. De repente, o sol pareceu quente demais para aquele casaco grosso que ele usava. Ele procurava uma sombra na borda da clareira quando percebeu Pelagem de Poeira vindo do túnel de tojo em sua direção, com Pata Gris nos seus calcanhares.

— Voltaram cedo — miou o guerreiro malhado. Ele fez a volta em torno de Coração de Fogo enquanto Pata Gris parou, olhando para eles com os olhos arregalados.

— O Clã do Vento nos impediu de passar — Coração de Fogo explicou.

— Você não disse a eles que vocês iam para as Pedras Altas? – perguntou Pelagem de Poeira, sentando-se ao lado de seu aprendiz.

— Claro — disparou, irritado, Coração de Fogo.

Ele viu Pelagem de Poeira voltar rapidamente o olhar para o túnel de tojo e, quando se virou, viu Risca de Carvão e Pata de Avenca entrando no acampamento. Pata de Avenca, com o pelo emaranhado e empoeirado, parecia exausta enquanto corria para acompanhar seu mentor.

— O que você está fazendo aqui? – Risca de Carvão perguntou, estreitando os olhos para Coração de Fogo.

— O Clã do Vento não os deixou passar — Pelagem de Poeira anunciou. Pata de Avenca olhou para Pelagem de Poeira, os lindos olhos verdes redondos de surpresa.

– O quê? Como se atreveram? – Risca de Carvão miou, o rabo eriçado de raiva.

– Eu não sei por que Coração de Fogo deixou que lhe dissesem o que fazer – comentou Pelagem de Poeira.

– Não tive muita escolha – Coração de Fogo roncou. – Será que *você* teria arriscado a segurança de sua líder?

O miado de Vento Veloz soou através da clareira. – Coração de Fogo! – O esbelto guerreiro vinha a trote em sua direção, parecendo agitado. Risca de Carvão e Pelagem de Poeira entreolharam-se e se afastaram com seus aprendizes. Vento Veloz alcançou Coração de Fogo e lhe perguntou: – Você viu Pata de Nuvem por aí?

– Não – ele respondeu, sentindo uma pontada no coração. – Pensei que ele fosse sair com você esta tarde.

– Eu disse a ele que esperasse eu me lavar. – Vento Veloz parecia mais zangado do que preocupado. – Mas, quando terminei, Pata Brilhante me disse que ele tinha ido caçar sozinho.

– Sinto muito – Coração de Fogo se desculpou, suspirando interiormente. A última coisa de que ele precisava agora era a desobediência de Pata de Nuvem. – Vou repreendê-lo quando ele voltar.

Os olhos de Vento Veloz brilhavam de aborrecimento e ele não parecia nada convencido daquela promessa. Coração de Fogo estava prestes a se desculpar de novo quando notou a expressão de incredulidade de Vento Veloz ao ver Pata de Nuvem chegar correndo, com um esquilo entre os dentes, os olhos brilhando com orgulho, por causa da presa, que era quase do tamanho dele. Vento Veloz resfolegou, exasperado.

– Vou resolver isso – miou Coração de Fogo rapidamente. Ele percebeu que Vento Veloz tinha muito mais a dizer sobre Pata de Nuvem, mas o guerreiro apenas balançou a cabeça e se afastou.

Coração de Fogo observou o gato branco levar o esquilo para a pilha de presas frescas. Pata de Nuvem o soltou e caminhou em direção à toca dos aprendizes sem pegar comida para si mesmo, embora houvesse bastante alimento ali. Sentindo-se arrasado, Coração de Fogo se deu conta de que o sobrinho já tinha comido durante a caçada. *Quantas vezes, em um único dia, Pata de Nuvem conseguia quebrar o Código dos Guerreiros?*, ele se perguntava, irritado.

– Pata de Nuvem! – chamou Coração de Fogo.

O aprendiz olhou para cima e miou: – O que é?

– Quero falar com você.

Enquanto Pata de Nuvem se aproximava, devagar, Coração de Fogo, desconfortável, estava ciente de que Vento Veloz, do lado de fora da toca dos guerreiros, os observava.

– Você comeu durante a caçada? – ele perguntou assim que Pata de Nuvem chegou mais perto.

O jovem deu de ombros. – E daí se eu tiver comido? Eu estava com fome.

– O que diz o Código dos Guerreiros sobre comer antes de o Clã estar alimentado?

Pata de Nuvem olhava para as copas das árvores. – Se é como o resto do Código, vai me dizer que não posso fazer isso – murmurou.

Coração de Fogo repeliu sua crescente exasperação. – Você trouxe aquele pombo?

– Não pude. Ele não estava mais lá.

Chocado, Coração de Fogo se viu duvidando de Pata de Nuvem. Não adiantava continuar com o assunto. – Por que não foi caçar com Vento Veloz? – perguntou, em vez disso.

– Ele estava demorando muito para se aprontar. De qualquer forma, prefiro caçar sozinho!

– Você é apenas um aprendiz – Coração de Fogo lembrou-lhe com firmeza. – Vai aprender melhor se caçar com um guerreiro.

Pata de Nuvem suspirou e balançou a cabeça. – Sim, Coração de Fogo.

O guerreiro não sabia se Pata de Nuvem realmente o ouvira. – Você nunca vai receber seu nome de guerreiro se continuar assim! Como vai se sentir assistindo à cerimônia de nomeação de Pata Gris e Pata de Avenca enquanto você continua um aprendiz?

– Isso nunca vai acontecer – argumentou Pata de Nuvem.

– Bem, uma coisa é certa – disse Coração de Fogo. – *Você* vai ficar no acampamento, enquanto *eles* irão à próxima Assembleia.

Finalmente o representante parecia ter conseguido a atenção de Pata de Nuvem. O branco e peludo aprendiz, incrédulo, arregalou os olhos para ele e tentou falar: – Mas...

Coração de Fogo o interrompeu ferozmente: – Quando eu relatar esse fato a Estrela Azul, acho que ela vai concordar. – Agora, vá!

Com a cauda abaixada, Pata de Nuvem caminhou em direção aos outros aprendizes, que, do lado de fora da toca, observavam tudo. Coração de Fogo nem se incomodou com o fato de Vento Veloz ter presenciado a cena. Já não importava mais o que o clã pensava de seu aprendiz. A opinião alheia era bobagem se comparada ao seu medo crescente de que Pata de Nuvem nunca se tornasse um guerreiro de verdade.

CAPÍTULO 7

— Estrela Azul, já se passou um quarto de lua desde que voltamos das terras altas. — Coração de Fogo evitou cuidadosamente mencionar a Pedra da Lua. Embora estivessem sozinhos na toca da líder, ele ainda não se sentia à vontade para mencionar a infrutífera expedição. — Não tivemos sinal do Clã do Vento ou do Clã das Sombras em nosso território. — Estrela Azul estreitou os olhos, descrente, mas o representante continuou. — Com tantos aprendizes em treinamento e a floresta tão cheia de presas fica difícil manter os guerreiros o tempo todo no acampamento... Eu... eu acho que dois bastariam...

— Mas e se formos atacados novamente? — respondeu Estrela Azul, preocupada.

— Se o Clã do Vento quisesse realmente ferir o Clã do Trovão — destacou Coração de Fogo — Garra de Lama não teria permitido que você deixasse a encosta... – ... *viva* – ele completou, deixando as palavras morrerem aos poucos.

– Certo. – A líder deixou pender a cabeça, os olhos nublados de uma emoção indecifrável. – Bastam dois guerreiros no acampamento.

– Obrigado, Estrela Azul. – Isso faria com que a tarefa de organizar a guarda, os grupos de caça e o treinamento dos aprendizes ficasse muito mais fácil. – Então estou indo organizar as patrulhas de amanhã. Coração de Fogo inclinou respeitosamente a cabeça e saiu.

Os guerreiros o esperavam do lado de fora. – Nevasca, você comanda a patrulha do amanhecer – Coração de Fogo determinou. – Leve Tempestade de Areia e Pata Gris com você. Pelo de Samambaia e Pelagem de Poeira, vocês ficarão de guarda no acampamento enquanto eu vou caçar com Pata de Nuvem. – Olhou para os demais guerreiros ao seu redor e percebeu que estava muito mais confiante para organizar as patrulhas. Adquirira muita prática desde que Estrela Azul começara a passar muito tempo na toca. Afastando o pensamento perturbador, Coração de Fogo continuou: – Vou deixar que os restantes decidam se treinam seus aprendizes ou se os levam para caçar, mas quero que a pilha de presas frescas continue tão alta quanto está hoje. Estamos nos acostumando a comer bem! – Um rom-rom divertido correu entre os guerreiros. – Risca de Carvão, você comanda a patrulha do sol alto. Vento Veloz, você fica com a do pôr do sol. Podem escolher quem vocês levarão junto; mas não se esqueçam de avisar os escolhidos, para que todos estejam prontos na hora certa.

Vento Veloz concordou com a cabeça, mas os olhos de Risca de Carvão brilharam, e ele perguntou: – Quem vai à Assembleia esta noite?

– Não sei – Coração de Fogo admitiu.

Risca de Carvão estreitou os olhos. – Estrela Azul não lhe disse ou ela ainda não decidiu?

– Ela ainda não falou comigo a respeito – Coração de Fogo respondeu. – Ela dirá quando se sentir pronta.

Risca de Carvão virou a cabeça e fixou o olhar na sombra das árvores. – É melhor que nos diga logo. O sol está começando a baixar.

O representante alertou: – Então seria melhor você tratar de se alimentar. Vai precisar de sua força caso tenha que ir à Assembleia. – O tom de Risca de Carvão o incomodou, mas ele se recusou a deixar que sua pelagem se arrepiasse por causa disso. Sentou-se e esperou que os guerreiros se afastassem. Somente quando todos já tinham ido, ele se dirigiu para a toca de Estrela Azul. Ela não tinha mencionado a Assembleia e ele estivera tão ocupado pensando nas patrulhas do dia seguinte que não se lembrara.

– Ah, Coração de Fogo. – A líder e ele se cruzaram na cortina de líquen. Parecia que ela tinha acabado de se lavar; sua pelagem brilhava ao lusco-fusco. Coração de Fogo sentiu um forte alívio; tudo indicava que ela voltara a cuidar da aparência. – Depois que você tiver comido, reúna os guerreiros para a Assembleia.

– Hã... Quem eu devo chamar? – perguntou o guerreiro.

Estrela Azul pareceu surpresa. Ela listou os nomes com tanta facilidade – deixando Pata de Nuvem de fora e incluindo Pata Gris, que, muitos dias antes, pedira para estar presente – que Coração de Fogo ficou pensando que talvez ela já lhe tivesse dito os nomes e ele é que esquecera.

– Certo, Estrela Azul – ele respondeu; em seguida, abaixando a cabeça, cruzou a clareira até a pilha de presas frescas. Um pombo gordo tinha sido deixado no alto da pilha. Ele decidiu deixá-lo para Estrela Azul. Talvez assim ela se sentisse tentada a comer mais do que duas bocadas. Ele apanhou um rato silvestre; não estava com muita fome. Além disso, estava muito preocupado com o humor de Estrela Azul, instável, diferente do usual.

Quando carregava a presa para o cantinho onde gostava de comer, Coração de Fogo sentiu um arrepio ao longo da espinha. Instintivamente, olhou para trás e experimentou uma ferroada de apreensão ao notar que era observado por Amora Doce. Lembrou-se das palavras de Pata de Cinza: *Ele jamais conhecerá o pai. Caberá ao clã educá-lo.* Coração de Fogo se obrigou a cumprimentar o filhote; então se virou e foi comer na moita de urtigas.

Quando acabou de comer, o gato avermelhado relanceou o olhar pela clareira. O resto dos felinos do clã trocava lambidas, enquanto a noite, ampliando as sombras, trazia um frescor bem-vindo ao acampamento. Ultimamente os dias tinham sido tão quentes que Coração de Fogo andava morrendo de vontade de nadar como os gatos do Clã do Rio. Olhou para a toca dos aprendizes, pensando consigo se o sobrinho se lembraria de que não iria à Assembleia, como castigo por ter comido durante a caçada.

Pata de Nuvem estava agachado em um toco de árvore, na entrada de sua toca, brincando de luta com Pata Gris, que, abaixo dele, engatinhava em sua direção. Coração de

Fogo ficou satisfeito de ver que, pelo menos, Pata de Nuvem estava se dando bem com os companheiros de toca. Ficou pensando se Listra Cinzenta estaria em Quatro Árvores naquela noite. Parecia-lhe improvável, pois, afinal, fazia apenas uma lua que seu antigo amigo estava no Clã do Rio. Mas ele dera ao clã os filhotes de Arroio de Prata, e Estrela Torta, o líder, devia estar agradecido; afinal, Arroio de Prata era sua filha, então, os bebês eram seus parentes. Embora isso significasse a confirmação de que seu amigo fora aceito em outro clã, Coração de Fogo descobriu-se esperando que eles concedessem a Listra Cinzenta o privilégio de participar da Assembleia.

O gato de pelagem vermelha se levantou e convocou os gatos para a patrulha do Clã do Trovão. Ao ler a lista de nomes que a líder lhe fornecera – Pelo de Rato, Vento Veloz, Tempestade de Areia, Pelo de Samambaia, Pata Brilhante, Pata Gris e Pata Ligeira – ele se deu conta, muito incomodado, de que Risca de Carvão, Rabo Longo e Pelagem de Poeira não faziam parte da relação. Os três guerreiros tinham sido muito próximos de Garra de Tigre, e Coração de Fogo se perguntava se Estrela Azul os deixara de fora de caso pensado. Um tremor desconfortável percorreu seu pelo quando os três gatos se entreolharam e, então, o encararam. Era evidente a raiva nos olhos de Risca de Carvão. Intimidado, Coração de Fogo deu meia-volta e juntou-se aos demais para esperar Estrela Azul.

A líder trocava lambidas com Nevasca do lado de fora da toca e só se levantou e atravessou a clareira quando os guerreiros começaram a arranhar o chão, ansiosos.

– Nevasca ficará responsável pelo acampamento enquanto estivermos fora – ela anunciou.

– Estrela Azul – Pelo de Rato perguntou, com cautela –, o que você vai dizer sobre a maneira pela qual o Clã do Vento lhes impediu a passagem para as Pedras Altas?

Coração de Fogo sentiu os ombros tensos. Estava claro que o que Pelo de Rato queria saber era se os gatos do Clã do Trovão deviam se preparar para hostilidades.

– Não vou dizer nada – Estrela Azul foi firme na resposta. – Os gatos do Clã do Vento sabem que agiram errado. Não vale a pena nos arriscarmos à agressão deles destacando esse fato na frente dos outros.

Os guerreiros do Clã do Trovão receberam a resposta com expressões relutantes; Coração de Fogo se perguntou se eles viam fraqueza ou sabedoria na decisão da líder, enquanto seguiam Estrela Azul pelo túnel de tojo para entrar na floresta iluminada pela lua.

Terra e pedregulhos despencavam à medida que os gatos subiam aos tropeços pela lateral da ravina. Com a falta de chuva, a floresta estava completamente seca e o chão, maltratado pelo sol inclemente, parecia virar poeira sob suas patas. Chegando à floresta, Estrela Azul tomou a frente do grupo e Coração de Fogo se colocou na retaguarda, enquanto os felinos corriam em silêncio entre as árvores, abaixando o corpo sob samambaias quebradiças e desviando de amoreiras pelo caminho.

Tempestade de Areia diminuiu o passo até emparelhar com Coração de Fogo, e os dois saltaram um galho caído com um único e ágil pulo. Quando aterrissaram, ela se virou para o representante e murmurou: – Estrela Azul parece ter voltado à velha forma.

– É verdade – ele concordou com cautela, concentrando-se em passar sem se arranhar entre os galhos das amoreiras.

Tempestade de Areia continuou, abaixando a voz para não ser ouvida pelos outros. – Mas ela parece distante. Não parece estar... – Ela hesitou, e Coração de Fogo não tentou preencher o silêncio que se seguiu. Seus piores medos estavam se confirmando. Os outros gatos do Clã do Trovão começavam a perceber que Estrela Azul não era mais a mesma.

– Ela está mudada – concluiu Tempestade de Areia.

Coração de Fogo não olhou para a gata alaranjada. Em vez disso, mudou de direção para evitar uma espessa moita de urtigas que Tempestade de Areia pulou, levantando-se de um salto e passando sobre as folhas cheias de espinhos para aterrissar mais adiante.

Coração de Fogo correu para alcançá-la. – Estrela Azul ainda está abalada – ele disse, arfando. – A traição de Garra de Tigre foi um baque enorme para ela.

– Não compreendo como ela jamais suspeitou dele.

– E *você* por acaso suspeitou? – Coração de Fogo provocou.

– Não – ela admitiu. – Ninguém suspeitou. Mas o resto do clã se recuperou do choque. Estrela Azul parece ainda... – Novamente ela ficou sem palavras.

– Ela está nos conduzindo à Assembleia – Coração de Fogo ressaltou.

– É verdade – respondeu Tempestade de Areia, animada.

– Ela ainda é a mesma Estrela Azul – Coração de Fogo assegurou. – Você vai ver.

Os dois guerreiros apressaram o passo. Com um pulo, ultrapassaram o riacho que fora tão difícil atravessar durante as inundações da estação do renovo. Agora ele corria de forma irregular sobre um leito de pedras, tão seco que era quase impossível imaginar que o nível da água, um dia, estivera mais alto.

O resto do grupo estava um pouco à frente quando eles se aproximaram de Quatro Árvores. Coração de Fogo guiou Tempestade de Areia pela trilha de cheiros dos outros felinos; por onde eles tinham passado, a vegetação rasteira ainda tremia, como se as folhas compartilhassem com eles a ansiedade pela Assembleia.

Estrela Azul parou no alto da encosta, olhando fixamente para o vale. Coração de Fogo podia ver as formas dos felinos se movimentando, deslizando entre as sombras, cumprimentando-se com uma espécie de ronronar mudo. Pelos odores no ar parado, ele era capaz de dizer que os gatos do Clã do Trovão tinham sido os últimos a chegar. O felino avermelhado observou o olhar fixo de Estrela Azul para a Pedra do Conselho, no centro da clareira, e notou que um tremor percorreu a espinha da gata. Pareceu-lhe que ela respirava profundamente antes de descer correndo pela encosta.

Coração de Fogo foi atrás dela com seus companheiros de clã. Ao chegar à clareira, diminuiu o passo e observou os outros gatos, procurando um sinal de Listra Cinzenta.

A representante do Clã do Rio, Pelo de Leopardo, falava com um guerreiro do Clã das Sombras que Coração de Fogo não reconheceu. Estrela Torta, líder do Clã do Rio, estava ao lado de Pelo de Pedra, percorrendo a clareira com o olhar, sem nada dizer. Coração de Fogo sentiu bem perto dele o odor de outro gato do Clã do Rio, mas, quando se virou, constatou que era um aprendiz, que caminhava na direção de Pata Brilhante, para cumprimentá-la. Nenhum cheiro ou sinal de seu amigo, Listra Cinzenta. Coração de Fogo não ficou surpreso, mas abaixou a cauda, tal sua decepção.

Um aprendiz cinzento do Clã das Sombras também se juntou à Pata Brilhante. Coração de Fogo, como quem não quer nada, esticou uma orelha para ouvir a conversa.

– O seu clã viu outros gatos vilões? Manto da Noite receia que eles ainda estejam vagando pela floresta.

Coração de Fogo ficou paralisado ao ouvir isso. Todos os clãs se preocupavam com aquele grupo de vilões, cujo odor era sentido nos diversos territórios. O que os outros clãs não sabiam era que o representante do Clã do Trovão, Garra de Tigre, tinha se juntado a esses gatos de má índole e se valera deles para atacar o próprio acampamento. Coração de Fogo, com um olhar, ia avisar Pata Brilhante que mantivesse silêncio, mas não houve necessidade. A gata de pelo branco e laranja comentou, impassível: – Faz quase uma lua que não sentimos o cheiro deles em nosso território.

Foi um grande alívio para Coração de Fogo ouvir o gato do Clã do Rio acrescentar: – Tampouco no nosso. Eles devem ter deixado a floresta. – O gato avermelhado desejou sentir a mesma confiança, mas seus instintos lhe diziam que, se Garra de Tigre estava envolvido, os vilões retornariam um dia.

Garra de Lama, o guerreiro do Clã do Vento que tinha impedido a passagem de Coração de Fogo e Estrela Azul rumo às Pedras Altas, estava a uma raposa de distância. Coração de Fogo reconheceu o jovem guerreiro do Clã do Vento, Bigode Ralo, ao lado de Garra de Lama. Ele fizera amizade com aquele gato pequeno, malhado de marrom, durante a jornada de volta do exílio, mas não ousava se aproximar dele agora. Garra de Lama o observava friamente, e Coração de Fogo sabia que ali não era lugar para continuar a discussão que tinham começado no caminho para a Pedra da Lua.

Mas ele não pôde resistir a dobrar suas garras, ainda zangado com a lembrança, e ficou ainda mais furioso quando Garra de Lama se inclinou lateralmente para cochichar alguma coisa no ouvido do companheiro, com um olhar significativo para Coração de Fogo. Para sua surpresa, Bigode Ralo piscou-lhe de maneira simpática, antes de se afastar, deixando Garra de Lama chicoteando com a cauda, aborrecido. Parecia que ao menos um guerreiro do Clã do Vento ainda se lembrava da velha dívida de lealdade para com o Clã do Trovão. Coração de Fogo não conseguiu impedir um tremor de satisfação de seus bigodes, enquanto ele, cauteloso, deixou Garra de Lama para trás e foi na direção de Pelo de Leopardo e do desconhecido guerreiro do Clã das Sombras.

Sua confiança evaporou quando ele se aproximou da representante do Clã do Rio. Embora os dois tivessem agora o mesmo posto na hierarquia dos clãs, essa gata tinha uma presença truculenta e dominadora. Desde que os felinos do Clã do Trovão e do Clã do Rio tinham lutado em um desfiladeiro e um guerreiro do Clã do Rio, Garra Branca, tinha despencado para a morte, Coração de Fogo sentia nela uma hostilidade de quem não perdoa, tão afiada quanto um espinho. Mas ele precisava descobrir como estava Listra Cinzenta. Cumprimentou-os com a cabeça, respeitosamente, e Pelo de Leopardo retribuiu o cumprimento.

O guerreiro do Clã das Sombras, ao lado de Pelo de Leopardo, começou a ensaiar uma saudação, mas parou, tossindo, engasgado. Coração de Fogo percebeu, pela primeira vez, como a pelagem do guerreiro estava maltratada, como se ele não se penteasse há uma lua.

Pelo de Leopardo lambeu a pata e a esfregou no rosto, enquanto o guerreiro do Clã das Sombras cambaleava para a escuridão.

– Ele está bem? – Coração de Fogo perguntou.

– Ele parece bem? – retorquiu Pelo de Leopardo, crispando os lábios com antipatia. – Os gatos não deveriam comparecer à Assembleia quando estão com problemas de saúde.

– Não deveríamos fazer alguma coisa?

– Como o quê? – miou Pelo de Leopardo. – O Clã das Sombras tem um curandeiro. – Ela abaixou a pata, os bigodes brilhando ao luar. Os seus olhos, curiosos, faiscavam.

– Soube que você é o novo representante do Clã do Trovão.
– Coração de Fogo acenou com a cabeça, concordando, imaginando que Listra Cinzenta devia ter contado a novidade ao seu novo clã. Pelo de Leopardo continuou: – O que aconteceu com Garra de Tigre? Parece que ninguém sabe nos outros clãs. Ele morreu?

Coração de Fogo balançava a cauda, incomodado com a situação. Podia imaginar que, sem perda de tempo, Pelo de Leopardo iria contar aos outros clãs que o Clã do Trovão tinha substituído seu antigo representante por um gatinho de gente. – O que aconteceu com Garra de Tigre não interessa ao Clã do Rio – ele miou, tentando manter um tom indiferente, como o dela. Ele se perguntava se Estrela Azul iria falar alguma coisa sobre o seu antigo representante quando, mais tarde, anunciasse a nova posição de Coração de Fogo.

Pelo de Leopardo estreitou os olhos, mas não deu continuidade ao assunto. Apenas perguntou: – Então, você veio até mim para se gabar de seu novo título ou para descobrir alguma coisa a respeito do seu velho amigo?

Coração de Fogo levantou o queixo, surpreso com a clara oportunidade que ela lhe dava de perguntar sobre Listra Cinzenta. – Como ele está? – miou.

– Ele vai conseguir. – Pelo de Leopardo deu de ombros. – Jamais será um legítimo guerreiro do Clã do Rio, mas pelo menos está se acostumando à água, o que é mais do que eu esperava. – Coração de Fogo precisou se segurar nas garras ao ouvir aquele tom de desprezo. – Seus filhotes são fortes e inteligentes – continuou Pelo de Leopardo. – Devem ter puxado à mãe.

Aquilo era uma tentativa deliberada de aborrecê-lo? Coração de Fogo estava se segurando para não lhe dar uma resposta atravessada quando Pelo de Rato apareceu.

– Olá, Pelo de Leopardo – ela cumprimentou a representante do Clã do Rio. – Pelo de Pedra me contou que há novos filhotes em seu acampamento, além dos filhos de Listra Cinzenta.

– É verdade. O Clã das Estrelas abençoou nosso berçário nesta estação do renovo.

– Ele também disse que os filhotes de Pé de Bruma já vão começar o treinamento – miou Pelo de Rato. – Você sabe, aqueles que Coração de Fogo salvou da inundação – ela acrescentou, os olhos faiscando de malícia.

Coração de Fogo percebeu que o corpo de Pelo de Leopardo se enrijeceu, mas o pensamento dele estava em Pé de Bruma e em seu irmão, Pelo de Pedra. Relanceando o olhar pela clareira, ele viu Estrela Azul sozinha, ao pé da Pedra do Conselho. Será que ela sabia que seu filho estava ali? Teria ouvido que os filhotes de Pé de Bruma já estavam prontos para começar o aprendizado? Quando ele voltou a olhar para Pelo de Leopardo e Pelo de Rato, a representante do Clã do Rio já estava indo embora.

Pelo de Rato olhou com simpatia para Coração de Fogo. – Não se preocupe. Você vai se sentir menos intimidado quando se acostumar com ela. Os outros gatos do Clã do Rio parecem felizes em nos ver. Não teriam sobrevivido às enchentes sem a ajuda do Clã do Trovão, e nós deixamos que ficassem com os bebês de Arroio de Prata sem que precisassem brigar por isso.

– Listra Cinzenta nunca foi o gato preferido de Pele de Leopardo no Clã do Trovão, é verdade. – Coração de Fogo lembrou. – Pelo menos não depois que Garra Branca caiu no abismo.

– Ela devia aprender a perdoar e esquecer. Listra Cinzenta deu ao Clã do Rio dois filhotes bonitos e saudáveis. – Pelo de Rato agitou a cauda. – Ela fez perguntas sobre Garra de Tigre?

– Fez sim.

– Todos estão loucos para saber o que aconteceu a ele.

– E por que ele foi substituído por um gatinho de gente. – acrescentou Coração de Fogo com a voz amarga.

– Isso também – Pelo de Rato olhou para ele rapidamente. – Não leve para o lado pessoal, Coração de Fogo. Apenas ficamos curiosos sobre as substituições de representantes em outros clãs. – Ela passou brevemente os olhos por toda a clareira antes de observar: – Você reparou como a patrulha do Clã das Sombras está reduzida?

Coração de Fogo balançou a cabeça, concordando. – Vi apenas uma dupla de guerreiros até agora. E um deles estava com uma tosse terrível.

– É mesmo? – Pelo de Rato miou, curiosa.

– É a temporada da bola de pelo – Coração de Fogo lembrou.

Uma voz veio da Pedra do Conselho. Coração de Fogo olhou para cima e viu o líder do Clã do Rio, Estrela Torta, no alto da enorme pedra, com a pelagem espessa brilhando ao luar, entre Estrela Azul e Estrela Alta, líder do Clã do Vento. E, um pouco afastado, meio escondido sob a sombra de um carvalho, estava Manto da Noite.

Coração de Fogo ficou abismado com a aparência do líder do Clã das Sombras. O gato negro parecia ainda mais magro do que os gatos do Clã do Vento, que se mantêm magros porque caçam coelhos na charneca. Mas Manto da Noite não estava apenas magro. Ele mantinha a cabeça baixa e estava com os ombros arqueados. Por um momento, Coração de Fogo pensou que ele talvez estivesse doente, mas então lembrou que Manto da Noite já era um ancião quando se tornara líder do Clã das Sombras. Talvez sua aparência frágil fosse normal. Ele pode ter nove vidas, como líder, mas nem o Clã das Estrelas podia fazer o tempo andar para trás.

– Vamos – murmurou Pelo de Rato. Coração de Fogo seguiu a gata marrom, que se colocou à frente dos demais, e sentou-se entre ela e Pé de Bruma.

Estrela Torta miou da Pedra do Conselho: – Estrela Azul quer ser a primeira a falar. – Ele inclinou a cabeça em reverência à líder do Clã do Trovão, enquanto ela dava um passo à frente e elevava a voz, que soou firme como sempre.

– Vocês já devem ter ouvido a notícia dos gatos do Clã do Vento, mas, para quem ainda não sabe, Cauda Partida está morto!

Um murmúrio de satisfação percorreu o grupo. Coração de Fogo percebeu que as orelhas e a cauda de Manto da

Noite se agitavam. O líder do Clã das Sombras parecia quase empolgado por saber que o inimigo estava morto.

– Como ele morreu? – Manto da Noite perguntou asperamente.

Estrela Azul pareceu não ouvi-lo e continuou: – E o Clã do Trovão tem um novo representante.

– Então é verdade o que os gatos do Clã do Rio estavam dizendo! – O estupefato miado de um guerreiro do Clã do Vento elevou-se entre os felinos. – Aconteceu alguma coisa a Garra de Tigre!

– Ele morreu? – Garra de Lama perguntou. Suas palavras trouxeram uma enxurrada de gritos de preocupação, e Coração de Fogo sentiu uma pontada de ressentimento ao perceber quão respeitado pelos outros clãs era Garra de Tigre. Ansioso, ele observou Estrela Azul, enquanto os felinos a bombardeavam com perguntas.

– Ele morreu de alguma doença?

– Foi um acidente?

Coração de Fogo sentiu a tensão dos companheiros de clã. Como Pata Brilhante, eles eram contra a revelação da verdade a respeito da traição do antigo representante.

O berro autoritário de Estrela Azul calou a todos. – O destino de Garra de Tigre só interessa ao Clã do Trovão, e vocês não têm nada a ver com isso.

Os felinos começaram a murmurar, aborrecidos, uma vez que sua curiosidade não tinha sido satisfeita. Coração de Fogo se perguntava se Estrela Azul não deveria avisar os outros clãs de que Garra de Tigre ainda estava vivo – de que havia um perigoso traidor, sem nenhum compromisso com o Código dos Guerreiros, vagando pela floresta.

Entretanto, quando Estrela Azul voltou a miar, não mencionou Garra de Tigre. Em vez disso, anunciou: – Nosso novo representante é Coração de Fogo.

Dezenas de cabeças se viraram para o gato avermelhado, que enrubesceu com os olhares questionadores. O silêncio parecia martelar em seus ouvidos. Ele esfregou o chão com as patas, e, em silêncio, consciente apenas da respiração de fileiras e mais fileiras de gatos que nem sequer piscavam, desejou ansiosamente que os líderes continuassem com a Assembleia.

CAPÍTULO 8

MIADOS DE ALARME E BATIDAS DE patas na clareira desperta-ram Coração de Fogo do sono. Ele piscou contra a brilhan-te luz do sol que jorrava entre os ramos acima da toca dos guerreiros.

Uma cabeça dourada apareceu entre a parede de folhas. Era Tempestade de Areia, os pálidos olhos verdes brilhando de empolgação. – Capturamos dois guerreiros do Clã das Sombras! – ela miou, ofegante.

Coração de Fogo pulou, imediatamente desperto. – O quê? Onde?

– Na Árvore da Coruja – explicou Tempestade de Areia, acrescentando: – Eles estavam dormindo! – Sua voz traía o escárnio pelo descuido dos gatos do Clã das Sombras.

– Você contou a Estrela Azul?

– Pelagem de Poeira está contando agora. – Ela se abai-xou para sair da toca e Coração de Fogo a seguiu. Quando ele passava por Vento Veloz, este ergueu a cabeça, acordan-do assustado com a agitação.

Coração de Fogo tinha dormido muito mal depois de voltar da Assembleia, abalado pelo silêncio carregado que se seguira ao anúncio de seu nome como representante. Sonhara com gatos desconhecidos que o evitavam, como se ele fosse uma coruja de mau agouro voando em uma floresta de sombras. Ele pensava que seus dias de forasteiro tinham ficado para trás, mas os olhares desafiadores dos outros felinos advertiram-no de que ele ainda não fora totalmente aceito na vida da floresta. Só esperava que não descobrissem a respeito da quebra do ritual de nomeação, o que apenas reforçaria a inquietação deles com o fato de um gatinho de gente substituir um respeitável representante nascido no clã.

Ele agora devia enfrentar mais um desafio. Como lidar com os inimigos capturados no território do Clã do Trovão? Coração de Fogo esperava que Estrela Azul estivesse calma o bastante para orientá-lo.

A patrulha do amanhecer estava reunida em círculo no meio da clareira. Coração de Fogo abriu caminho no meio deles e viu dois gatos do Clã das Sombras agachados sobre a terra dura, com as caudas eriçadas e as orelhas coladas à cabeça.

Ele reconheceu um dos guerreiros. Era Nuvenzinha, um gato malhado castanho. Eles tinham se conhecido em uma Assembleia, quando Nuvenzinha não era mais que um filhote. Ele fora forçado por Cauda Partida a se tornar aprendiz com apenas três luas de idade. Já era adulto agora, mas ainda era de pequeno porte, e não parecia estar bem. Seu pelo estava emaranhado e ele cheirava a carniça e a medo. Os quadris eram osso puro, como asas sem penas, e os olhos estavam fundos nas órbitas. O outro gato não estava muito melhor. *Quase não dá para sentir medo desses guerreiros*, pensou Coração de Fogo com uma pontada de desconforto.

Ele olhou para Nevasca, que guiara a patrulha do amanhecer. – Eles lutaram quando vocês os encontraram?

– Não – admitiu Nevasca, sacudindo a cauda. – Quando os acordamos, eles nos suplicaram que os trouxéssemos.

Coração de Fogo se sentiu confuso. – Suplicaram? Por que teriam feito isso?

– Onde estão os tais guerreiros do Clã das Sombras? – roncou Estrela Azul, abrindo caminho na plateia de felinos, com o rosto retorcido de medo e raiva. Coração de Fogo sentiu a barriga tensa. – Isso é outro ataque? – ela sibilou para os dois gatos em estado deplorável.

– Nevasca os encontrou durante a patrulha – Coração de Fogo explicou rapidamente. – Eles estavam dormindo no território do Clã do Trovão.

– Dormindo? – roncou Estrela Azul, as orelhas achatadas. – Bem, fomos invadidos ou não?

– Esses foram os únicos guerreiros que encontramos – miou Nevasca.

– Tem certeza? – perguntou Estrela Azul. – Pode ser uma armadilha.

Coração de Fogo olhava para aquelas duas miseráveis criaturas e seu instinto lhe dizia que uma invasão seria a última coisa que passaria em suas mentes. Mas a líder estava certa. Seria sensato certificar-se de que não havia outros gatos do Clã das Sombras escondidos na mata, aguardando um sinal para atacar. Ele chamou Pelo de Rato e Pelagem de Poeira. – Vocês dois, peguem um guerreiro e um aprendiz cada um. Comecem pelo Caminho do Trovão e verifiquem todo o caminho de volta até o acampamento. Quero que cada pedaço do território seja vasculhado em busca de sinais do Clã das Sombras.

Para alívio de Coração de Fogo, os dois guerreiros obedeceram imediatamente. Pelagem de Poeira chamou Vento Veloz e Pata Gris, enquanto Pelo de Rato indicou Pata Ligeira e Pelo de Samambaia, e os seis gatos correram na direção da floresta.

O representante voltou aos trêmulos prisioneiros. – O que vocês estavam fazendo no território do Clã do Trovão? – perguntou – Nuvenzinha, por que você está aqui?

Com olhos redondos e assustados, o gato malhado olhou para Coração de Fogo, que se solidarizou com ele. O pobre gato parecia perdido e desamparado, como naquela primeira Assembleia, quando era apenas um filhote recém-desmamado.

– Go…Gogó de Algodão e eu viemos aqui na esperança de que vocês nos dessem comida e ervas de cura. – Nuvenzinha gaguejou, por fim.

Ouviram-se assobios de descrença dos gatos do Clã do Trovão, e Nuvenzinha se encolheu, pressionando o corpo esquelético contra a terra.

O representante do Clã do Trovão olhou espantado para o prisioneiro. Desde quando os gatos do Clã das Sombras procuravam a ajuda de seus piores inimigos?

– Coração de Fogo, espere. – Ele ouviu Pata de Cinza chamá-lo, falando baixinho. Estreitando os olhos, ela observava os dois felinos do clã inimigo. – Esses gatos não são ameaça para nós. Eles estão doentes. – Ela avançou e tocou delicadamente com o nariz uma das patas de Nuvenzinha. – A almofadinha da pata está quente – miou –, ele está com febre.

Pata de Cinza já ia farejar a pata do segundo gato quando Presa Amarela forçou caminho através da multidão, gritando: – Não, Pata de Cinza! Fique longe deles!

A jovem gata deu um salto. – Por quê? Esses gatos estão doentes. Devemos ajudá-los! – Ela virou a cabeça e, suplicante, olhou primeiro para Coração de Fogo e, depois, para Estrela Azul.

Todos os gatos olharam com expectativa para a líder do Clã do Trovão, mas ela apenas fixou os olhos enormes nos prisioneiros. Coração de Fogo podia ver que a velha gata cinzenta lutava com a perplexidade e o medo, os olhos nublados de confusão. Ele se deu conta de que era preciso distrair a atenção dos outros felinos enquanto a líder, perturbada, arrumava os próprios pensamentos.

– Por que nós? O que fez com que viessem ao nosso território? – ele perguntou aos prisioneiros novamente.

Desta vez, o outro gato do Clã das Sombras, Gogó de Algodão, falou. Ele era preto e tinha as patas e o peito de uma cor que costumava ser branco, mas que agora estava manchada por causa da poeira. – Você ajudou o Clã das Sombras antes, quando expulsamos Cauda Partida – ele explicou calmamente.

Mas o Clã do Trovão também dera abrigo ao líder do Clã das Sombras, pensou Coração de Fogo com uma onda de inquietação. *Será que Gogó de Algodão tinha se esquecido disso?* Então ele se deu conta de que Cauda Partida forçara esses gatos a se tornarem aprendizes quando eles ainda nem tinham idade suficiente para deixar suas mães. O banimento do líder cruel devia ter representado tamanho alívio para eles que o que acontecera com o gato depois disso tinha perdido a importância. E agora que Cauda Partida estava morto, não havia nenhuma ameaça para os guerreiros do Clã das Sombras no acampamento do Clã do Trovão, exceto a rivalidade normal entre os clãs.

Gogó de Algodão continuou: – Esperávamos que vocês pudessem nos ajudar agora. Manto da Noite está doente. O acampamento está um caos com tantos gatos enfermos. Não há ervas nem presas frescas suficientes.

– O que Nariz Molhado está fazendo? Ele é o curandeiro. Cabe a ele cuidar de vocês! – cuspiu Presa Amarela antes que Coração de Fogo pudesse dizer qualquer coisa.

Coração de Fogo foi pego de surpresa pelo tom da gata. Presa Amarela tinha pertencido ao Clã das Sombras. Embora o gato avermelhado soubesse que ela agora era leal ao Clã do Trovão, ficou surpreso com sua falta de compaixão para com seus ex-companheiros de clã.

– Manto da Noite parecia bem na Assembleia na noite passada – roncou Risca de Carvão.

– Sim – concordou Estrela Azul, estreitando os olhos, desconfiada.

Coração de Fogo, porém, lembrou-se de quão frágil o líder do Clã das Sombras lhe parecera, e não ficou surpreso quando Nuvenzinha miou: – Ele piorou quando retornou ao acampamento. Nariz Molhado ficou com ele a noite toda e não vai sair do lado de Manto da Noite. Ele deixou um filhote morrer na barriga da mãe sem lhe dar sequer uma semente de papoula que lhe facilitasse a jornada até o Clã das Estrelas! Temos medo de que nos deixe morrer também. Por favor, ajude-nos!

O apelo de Nuvenzinha soou bastante verdadeiro para Coração de Fogo. Ele olhou com esperança para Estrela Azul, mas os olhos azuis da gata ainda pareciam desnorteados.

– Eles devem ir embora – insistiu Presa Amarela com um ronco baixo.

– Por quê? – Coração de Fogo deixou escapar. – Nesse estado, não são uma ameaça para nós!

– São portadores de uma doença que eu já vi antes no Clã das Sombras. – Presa Amarela começou a andar em círculos em torno dos gatos do Clã das Sombras, observando-os, mas mantendo distância. – Da última vez, essa doença fez muitas vítimas.

– Não é tosse verde, é? – Coração de Fogo perguntou. Alguns dos gatos do Clã do Trovão começaram a recuar lentamente quando o representante mencionou a doença que tinha devastado seu próprio clã durante a estação sem folhas.

– Não. A doença não tem nome – Presa Amarela resmungou, olhos fixos nos prisioneiros. – Ela vem dos ratos que vivem no lixo dos Duas-Pernas, do outro lado do território do Clã das Sombras. – Ela fixou o olhar em Nuvenzinha. – Os anciãos não sabem que esses ratos dos Duas-Pernas carregam doenças e nunca devem ser capturados como presas?

– Um aprendiz trouxe o rato ao acampamento – explicou Nuvenzinha. – Ele era muito jovem para saber.

Coração de Fogo ouvia a respiração difícil do gato doente enquanto os felinos do Clã do Trovão olhavam para eles em silêncio. – O que devemos fazer? – ele perguntou a Estrela Azul.

Presa Amarela falou antes que ela pudesse responder. – Estrela Azul, não faz muito tempo desde que a tosse verde devastou o nosso clã – ela lembrou. – Você perdeu uma vida naquela ocasião. – A curandeira estreitou os olhos e Coração de Fogo adivinhou seus pensamentos. Apenas ele e Presa Amarela sabiam que Estrela Azul estava em sua última vida. Se a doença se espalhasse, ela poderia morrer, e o Clã do Trovão ficaria sem líder. Esse pensamento fez gelar o sangue de Coração de Fogo, e, apesar do sol quente da manhã, ele estremeceu.

Estrela Azul concordou. – Você está certa, Presa Amarela – ela miou calmamente. – Esses gatos devem partir. Coração de Fogo, mande-os embora – disse, com voz inexpressiva, enquanto se virava e voltava para a toca.

Dividido entre o alívio pela decisão tomada e a compaixão pelos gatos doentes, Coração de Fogo miou: – Tempestade de Areia e eu vamos acompanhar os guerreiros do Clã das Sombras até a fronteira. – Ouviram-se miados de aprovação. Nuvenzinha fitou Coração de Fogo, implorando com o olhar. O representante se forçou a desviar os olhos. – Voltem para suas tocas – ele disse aos companheiros de clã.

Os gatos deslizaram silenciosamente para a beira da clareira até que apenas Pata de Cinza se deixasse ficar ao lado de Coração de Fogo e Tempestade de Areia. Gogó de Algodão começou a tossir, o corpo torturado por espasmos dolorosos.

– Por favor, deixe-me ajudá-los – implorou Pata de Cinza.

Coração de Fogo balançou a cabeça, impotente, enquanto Presa Amarela chamava do túnel: – Pata de Cinza! Venha aqui. Você tem que lavar o focinho para tirar dele essa doença.

Pata de Cinza olhou para o representante.

– Venha já – Presa Amarela cuspiu. – A menos que você queira que eu adicione algumas folhas de urtiga à mistura!

Pata de Cinza recuou com um último olhar de reprovação a Coração de Fogo. Mas ele nada podia fazer. Estrela Azul lhe dera uma ordem, e o clã concordara com ela.

Coração de Fogo olhou para Tempestade de Areia e ficou aliviado ao senti-la solidária. Ele sabia que ela compreendia seu conflito entre a compaixão pelos enfermos e o desejo de proteger o clã.

– Vamos – miou Tempestade de Areia suavemente. – Quanto mais cedo eles voltarem para o próprio acampamento, melhor.

– Certo – respondeu Coração de Fogo. Ele olhou para Nuvenzinha, obrigando-se a ignorar o desespero no rosto do pequeno gato. – O Caminho do Trovão está muito movimentado. Há sempre mais monstros na estação das folhas verdes. Vamos ajudar vocês a atravessá-lo.

– Não é preciso – sussurrou Nuvenzinha. – Podemos atravessar sozinhos.

– Vamos levá-los até lá de qualquer maneira – o representante disse. – Vamos. Os guerreiros do Clã das Sombras se puseram de pé e cambalearam até a entrada do acampamento. Tempestade de Areia e Coração de Fogo os seguiam sem falar nada, embora o gato avermelhado prendesse nitidamente a respiração enquanto observava os gatos doentes subindo penosamente a ravina.

Enquanto caminhavam pela floresta, um camundongo cruzou correndo o caminho deles. As orelhas dos guerreiros do Clã das Sombras se contraíram, mas eles estavam muito fracos para caçar. Sem pensar, Coração de Fogo disparou na frente de Tempestade de Areia e farejou o camundongo na vegetação rasteira. Ele o matou e o levou para os gatos doentes do Clã das Sombras, colocando-o diante das patas de Nuvenzinha. Como se sentiam muito fracos para agradecer, eles nada disseram, mas se agacharam e mordiscaram a presa fresca.

Coração de Fogo viu que Tempestade de Areia olhava para eles, em dúvida. – Eles não podem espalhar a doença por comer – ele ressaltou. – E eles vão precisar de forças para regressar ao acampamento.

– Eles não parecem estar com muito apetite de qualquer maneira – Tempestade de Areia comentou quando Nuvenzinha e Gogó de Algodão se levantaram de repente e se afastaram cambaleantes do camundongo meio comido. Um momento depois Coração de Fogo os ouviu vomitar.

– Que desperdício de presa – Tempestade de Areia resmungou, jogando terra sobre os restos do camundongo.

– Também acho – respondeu Coração de Fogo, desapontado. Ele esperou até que os dois gatos reaparecessem e então guiou-os, sendo seguido por Tempestade de Areia.

Coração de Fogo sentiu o cheiro acre de fumaça do Caminho do Trovão alguns momentos antes de o estrondo dos monstros chegar até eles através das árvores carregadas de folhas. Tempestade de Areia miou para os gatos do Clã das Sombras: – Sei que vocês não querem, mas vamos ajudá-los a atravessar o Caminho do Trovão. – Coração de Fogo balançou a cabeça concordando. Ele estava mais preocupado com a segurança deles do que desconfiado de que eles não deixariam o território do Clã do Trovão.

– Vamos atravessar sozinhos – insistiu Nuvenzinha. – Deixem-nos aqui.

Coração de Fogo o olhou duramente, de repente perguntando a si mesmo se não deveria ser mais desconfiado. Mas ele ainda achava difícil acreditar que aqueles guerreiros doentes representassem alguma ameaça ao seu clã. – Está bem – admitiu. Tempestade de Areia olhou para ele sem entender bem, mas o representante lhe fez um pequeno sinal com a cauda e a gata se sentou. Nuvenzinha e Gogó de Algodão se despediram com um aceno de cabeça e desapareceram nas samambaias.

– Vamos... – começou Tempestade de Areia.

– Segui-los? – Coração de Fogo adivinhou o que ela ia dizer. – Acho que deveríamos.

Eles esperaram alguns minutos até que o som dos gatos do Clã das Sombras desaparecesse entre os arbustos e começaram a segui-los pela floresta.

– Por aqui não se chega ao Caminho do Trovão – a gata sussurrou quando a trilha se desviou em direção a Quatro Árvores.

– Talvez estejam seguindo o caminho pelo qual vieram – Coração de Fogo sugeriu, tocando com o nariz a ponta de um ramo de amoreira. O fedor recente dos gatos doentes fez seus lábios se contorcerem. – Venha – ele miou. – Vamos alcançá-los. – A ansiedade o consumia. Será que ele estava errado a respeito dos gatos do Clã das Sombras? Estariam eles voltando para o território do Clã do Trovão, apesar de terem prometido ir embora? Ele acelerou o passo e Tempestade de Areia o seguiu silenciosamente.

A distância, o barulho do Caminho do Trovão zumbia como abelhas sonolentas. Os gatos do Clã das Sombras pareciam estar seguindo uma trilha paralela ao malcheiroso caminho de pedra. O odor dos felinos levou Coração de Fogo e Tempestade de Areia da cobertura de samambaias da floresta para um trecho de terreno aberto. Um pouco adiante, os gatos do Clã das Sombras tinham atravessado a trilha de odores que delimitava os dois territórios e estavam abaixados em uma moita de amoreiras, sem perceber que eram seguidos pelos gatos do Clã do Trovão.

Tempestade de Areia estreitou os olhos. – Para onde eles estão indo?

– Vamos descobrir – respondeu Coração de Fogo. Precipitando-se na dianteira, ele engoliu uma ferroada de medo ao atravessar a trilha de cheiros. O barulho do Caminho do Trovão estava muito mais alto, e suas orelhas se contraíam desconfortavelmente por causa da barulheira que as maltratava.

Os guerreiros do Clã do Trovão seguiram um caminho por entre as plantas espinhentas. Coração de Fogo sentia-se mal sabendo que estavam em território hostil, mas precisava ter certeza de que os gatos enfermos estavam voltando para casa. Pelo barulho, o Caminho do Trovão estava poucas raposas de distância à frente, e o cheiro dos gatos doentes quase desaparecia por causa da fumaça.

De repente não havia mais amoreiras e Coração de Fogo se viu pisando a grama suja à margem do Caminho do Trovão. – Cuidado! – ele advertiu, enquanto Tempestade de Areia pulava para perto dele. O perigoso caminho cinzento estava bem diante deles, tremeluzindo por causa do calor. A gata cor de gengibre encolheu-se quando um monstro passou rugindo.

– Onde estão os gatos do Clã das Sombras? – ela perguntou.

Coração de Fogo olhou fixamente para o outro lado do Caminho do Trovão, apertando os olhos e achatando as orelhas quando mais monstros passavam gritando e o vento cortante que provocavam arrastava seus pelos e seus bigodes. Os gatos doentes não estavam à vista, mas era impossível já terem atravessado.

– Veja – sibilou Tempestade de Areia, apontando com o nariz. Coração de Fogo seguiu seu olhar espantado ao longo da faixa de grama empoeirada. Só um pequeno movimento era visível na vegetação: a ponta da cauda de Gogó de Algodão desaparecia no chão, sob a pedra plana e fedorenta do Caminho do Trovão.

Os olhos do representante se arregalaram de descrença. Era como se o Caminho do Trovão tivesse aberto a boca e engolido completamente os gatos do Clã das Sombras.

CAPÍTULO 9

— Para onde eles foram? — Coração de Fogo perguntou, quase sem fôlego.

— Vamos ver mais de perto — sugeriu Tempestade de Areia, dirigindo-se, em passos rápidos, ao local onde os gatos tinham desaparecido.

O gato de pelagem vermelha correu atrás dela. Quando se aproximava do canteiro de grama que engolira a cauda negra, ele percebeu uma sombra onde a terra afundava de repente e formava um vale ao lado do Caminho do Trovão. Era a entrada para um túnel de pedra que levava para baixo do temido caminho, como a que ele e Listra Cinzenta tinham utilizado em sua viagem em busca do Clã do Vento. A pelagem de Tempestade de Areia roçou a dele enquanto eles se arrastavam pela encosta e, com cuidado, farejavam a sombria entrada. Coração de Fogo sentia em suas orelhas o barulho do vento que vinha dos monstros rugindo acima deles; mas, além do fedor do Caminho do Trovão, ele sentia os odores recentes dos gatos do Clã das Sombras. Definitivamente, eles tinham percorrido aquela rota.

O túnel era completamente redondo, pavimentado com pedras de cor creme clara, e tinha a altura de uns dois gatos. O musgo que cobria parcialmente suas laterais indicava que, durante a estação sem folhas, a água corria por ali. Agora o túnel estava seco, o chão coberto de folhas e de lixo dos Duas-Pernas.

– Você já tinha ouvido falar deste lugar? – a gata perguntou.

Coração de Fogo fez que não. – Deve ser por aqui que os gatos do Clã das Sombras chegam às Quatro Árvores.

– Muito mais fácil do que fugir dos monstros – comentou Tempestade de Areia.

– Não me admira que Nuvenzinha quisesse ficar sozinho para atravessar o Caminho do Trovão. Este túnel é um segredo que o Clã das Sombras deve querer guardar só para si. Vamos voltar e contar a Estrela Azul.

Coração de Fogo disparou encosta acima, rumo à floresta, olhando para trás para ter certeza de que Tempestade de Areia o acompanhava. Ela o seguia em disparada, e os dois se dirigiram ao acampamento. Ao cruzar a trilha de cheiro, Coração de Fogo se sentiu aliviado por estar de volta à segurança do lar; ainda que, depois de ter ouvido as novidades de Nuvenzinha sobre a doença que afetava o Clã das Sombras, ele duvidasse que o clã rival tivesse condições de manter suas patrulhas na fronteira.

– Estrela Azul! – Morrendo de calor e sem fôlego, depois da corrida para casa, Coração de Fogo foi direto para a toca da líder.

– Sim? – foi a resposta que veio de trás da cortina de liquens.

O representante encontrou a líder deitada no ninho, com as patas arrumadinhas sob o peito. – Descobrimos um túnel bem dentro do território do Clã das Sombras – contou a ela. – Ele leva a um subterrâneo do Caminho do Trovão.

– Espero que não tenham entrado nele – roncou Estrela Azul.

Coração de Fogo hesitou. Esperava que a gata ficasse empolgada com a descoberta; em vez disso, seu tom era duro e acusador. – Nã... não, não entramos – ele gaguejou.

– Vocês se arriscaram muito entrando no território inimigo. Não queremos criar hostilidades com o Clã das Sombras.

– Se o Clã das Sombras está tão debilitado quanto seus guerreiros disseram, acho que não farão nada a respeito – ele ponderou, mas Estrela Azul, mergulhada em pensamentos, já não prestava atenção nele.

– Aqueles dois gatos foram embora? – ela perguntou.

– Sim, eles passaram pelo túnel. Foi assim que descobrimos que ele existia – Coração de Fogo explicou.

Estrela Azul acenou com a cabeça, meio desligada. – Ah, compreendo.

Coração de Fogo procurou os olhos da líder em busca de alguma compaixão. Será que ela não se importava com a doença do Clã das Sombras? Ele não conseguiu se calar e perguntou: – Fizemos a coisa certa, mandando-os de volta?

– Claro! – Estrela Azul respondeu bruscamente. – Não queremos doenças no nosso acampamento de novo.

– É verdade – Coração de Fogo concordou com vigor.

Quando ele se virou para sair, a gata acrescentou: – Por enquanto, não comente com ninguém sobre o túnel.

– Certo – Coração de Fogo prometeu e deslizou através do líquen. Ele se perguntava por que Estrela Azul queria manter segredo sobre o túnel. Afinal, ele tinha descoberto um ponto vulnerável na fronteira do Clã das Sombras, que poderia se tornar uma vantagem para o Clã do Trovão. Claro que ele não achava que o inimigo merecia ser atacado naquele momento, mas, certamente, conhecer melhor a floresta só podia ser uma coisa boa, não? Ele ainda suspirava, lamentando, quando Tempestade de Areia se aproximou correndo.

– O que disse. Estrela Azul? – perguntou. – Ela gostou de nossa descoberta?

Coração de Fogo balançou a cabeça. – Ela me mandou guardar segredo.

– Por quê? – miou Tempestade de Areia, surpresa.

Coração de Fogo deu de ombros e continuou na direção de sua toca, seguido pela gata. – Está tudo bem? – ela perguntou. – Você está assim por causa de Estrela Azul? Ela falou mais alguma coisa?

O guerreiro percebeu que sua ansiedade por causa da líder estava dando na vista. Ele inclinou a cabeça para dar uma lambida rápida no peito, levantou a cabeça e miou tentando parecer animado: – Tenho que ir. Prometi levar Pata de Nuvem para caçar esta tarde.

– Querem companhia? – Os olhos de Tempestade de Areia denunciavam sua preocupação. – Vai ser divertido.

Faz séculos que não caçamos juntos – acrescentou. – Ela apontou com a cabeça para a toca dos aprendizes, onde Pata de Nuvem cochilava ao sol. A barriga gorducha e peluda subia e descia, no ritmo da respiração do gato. – Ele bem que precisa fazer exercícios – acrescentou. – Está começando a parecer Pele de Salgueiro – ela ronronou, divertida. – Imagino que tipo de caçador ele pode ser! Acho que nunca vi um gato de clã tão gordo.

Não havia malícia na voz do aprendiz, mas Coração de Fogo sentiu a pelagem esquentar. Pata de Nuvem realmente estava gordo para a idade, bem mais do que os outros aprendizes, apesar de estarem todos aproveitando a fartura de presas da estação das folhas verdes. – Acho melhor eu ir sozinho com ele – miou, relutante. – Estou precisando dedicar-lhe um pouco mais de atenção. Caçaremos juntos outra hora, certo?

– É só me chamar – respondeu Tempestade de Areia, animada. – Estarei pronta. Posso pegar outro coelho para nós. – Coração de Fogo viu um lampejo travesso nos olhos verde-pálidos da jovem; ele sabia que ela estava se referindo a uma ocasião em que eles tinham caçado juntos em uma floresta coberta de neve, que brilhava por causa do gelo, e ela o surpreendera com sua velocidade e habilidade. – A não ser que você, finalmente, tenha aprendido a caçá-los sozinho! – ela provocou, tocando com a cauda a bochecha do guerreiro, antes de ir embora.

Ao observá-la se afastando, Coração de Fogo sentiu um estranho, mas feliz, formigamento nas patas. Ele balançou a cabeça e caminhou na direção de Pata de Nuvem. O sonolento aprendiz arqueou as costas e se espreguiçou, fazendo estremecer as pernas curtas com o esforço.

– Você já saiu do acampamento hoje? – Coração de Fogo perguntou.

– Ainda não.

– Bem, nós vamos sair para caçar – o tio informou secamente. Ele ficou arrepiado com o jeito de Pata de Nuvem, que parecia pensar que poderia ficar estendido ali, aproveitando o sol. – Você deve estar com fome.

– Na verdade, não – respondeu Pata de Nuvem.

Coração de Fogo ficou confuso. Será que o jovem estava roubando presas da pilha? Os aprendizes só podiam pegar comida depois de terem caçado para os anciãos, ou na volta do treinamento com os mentores. Coração de Fogo afastou o pensamento imediatamente. Pata de Nuvem não conseguiria fazer isso sem ser visto por algum gato do clã. – Bem, se está sem fome, vamos começar pelo vale do treinamento, para praticar um pouco de luta – ele miou. – Podemos caçar depois.

Sem dar ao jovem nenhuma chance de objeção, Coração de Fogo correu para fora do acampamento. Ele podia ouvir as passadas do sobrinho atrás dele, mas não olhou para trás nem reduziu o ritmo até chegar ao vale protegido onde ele próprio treinara quando aprendiz. Ele parou no meio da clareira arenosa. O ar estava tão imóvel que, mesmo na sombra, o calor do meio-dia sufocava. – Venha, ataque-me – ele deu a ordem quando, aos tropeços, Pata de Nuvem desceu a encosta e se aproximou, as patas levantando poeira vermelha, que grudava em seu pelo longo e branco.

Pata de Nuvem encarou o guerreiro, franzindo o nariz.

– Como? Assim, de repente?

– Assim mesmo. Imagine que eu sou um guerreiro inimigo.

– Certo. – Pata de Nuvem deu de ombros e começou a correr na direção dele sem muito entusiasmo. A barriga redonda o atrapalhava, fazendo as patas pequenas afundarem na areia. Coração de Fogo teve muito tempo para se preparar e, quando o aprendiz finalmente se aproximou dele, foi fácil desviar para o lado, deixando o jovem rolar na terra.

Pata de Nuvem se levantou e sacudiu o corpo, espirrando por causa da poeira, que fazia cócegas em seu nariz.

– Lento demais – disse Coração de Fogo. – Tente novamente.

Pata de Nuvem se agachou, ofegante, e estreitou os olhos. Coração de Fogo também o encarou, impressionado com a intensidade do olhar do sobrinho – desta vez parecia que ele estava realmente pensando em atacar. O jovem pulou em cima do guerreiro, torcendo o corpo ao aterrissar, e assim conseguiu chutar o mentor com as patas traseiras.

Coração de Fogo cambaleou, mas conseguiu se equilibrar e jogou Pata de Nuvem longe, com um soco forte da pata dianteira. – Bem melhor – arfou. – Mas você não está preparado para o contra-ataque.

O aprendiz jazia inerte sobre a areia.

– Pata de Nuvem? – Coração de Fogo miou. O soco tinha sido pesado, mas não o bastante para machucar. A orelha do aprendiz se mexeu, mas ele continuou imóvel.

Coração de Fogo chegou perto dele, a pelagem coçando de preocupação. Examinando o aprendiz, viu que Pata de Nuvem tinha os olhos arregalados.

– Você me matou – ele falou com voz fraca, se divertindo, antes de rolar o corpo, quase sem forças.

Coração de Fogo resfolegou e disse com rispidez – Deixe de onda. Isso não é brincadeira.

– Certo, certo. – Pata de Nuvem se atrapalhou com as patas, ainda arfando. – Mas agora estou com fome. Podemos ir caçar?

O mentor abriu a boca para argumentar. Então se lembrou das palavras de Nevasca: *Quando estiver pronto, ele vai aprender.* Talvez fosse melhor deixar o aprendiz treinar no seu ritmo. Discutir teria sido uma total perda de tempo.

– Então vamos – suspirou Coração de Fogo, e guiou Pata de Nuvem, saindo do vale de treinamento.

Enquanto caminhavam pela ravina, em direção à floresta, Pata de Nuvem parou e farejou o ar. – Sinto cheiro de coelho – ele miou. Coração de Fogo levantou o nariz. O aprendiz tinha razão.

– É ali – Pata de Nuvem falou baixinho.

Alguma coisa brilhante se agitou no meio dos arbustos, revelando a cauda branca de um coelho. Coração de Fogo se abaixou, colando a barriga ao chão. Seus músculos ficaram tensos, ele estava pronto para caçar. Ao seu lado, o sobrinho também se abaixou, com a barriga se projetando para os lados. A cauda do coelho se agitou novamente e Pata de Nuvem arremeteu na direção dele, suas patas soando pesadas contra o chão seco da floresta. O coelho ouviu o barulho e imediatamente disparou entre a vegetação rasteira. O jovem gato o seguiu com estrépito, enquanto Coração de Fogo seguia atrás, sem fazer barulho. As samambaias tremiam nos pontos em que Pata de Nuvem passava correndo, e seu tio sentiu uma pontada de desapontamento ao vê-lo escorregar, arfando, até parar de chofre à sua frente. O coelho tinha desaparecido.

– Você caçava melhor quando era um filhote! – Coração de Fogo exclamou. O sobrinho tinha as armas para ser um bom guerreiro, mas o aprendiz de pelo felpudo e branco parecia estar ficando tão mole quanto um gatinho de gente.

– Só o Clã das Estrelas sabe como você ficou tão gordo com uma técnica de caçada como essa. Mesmo um gato que esteja em forma não consegue correr mais do que um coelho. Você precisa pisar mais leve, se quiser pegar um coelho. – Ainda bem que Tempestade de Areia não estava com eles. Ele ficaria embaraçado se a gata visse como o seu aprendiz se tornara um péssimo caçador.

Dessa vez Pata de Nuvem não discutiu. – Sinto muito – ele resmungou, e Coração de Fogo acabou sentindo uma pontada de simpatia pelo jovem; parecia que ele tinha feito o melhor que podia, mas o guerreiro achava que o aprendiz, no fundo, não andava levando os treinos a sério.

– Por que não posso caçar sozinho? – Pata de Nuvem sugeriu, abaixando os olhos. – Prometo levar alguma coisa para a pilha de presas frescas.

Coração de Fogo examinou o jovem por um instante. Ele não podia ser mau caçador o tempo todo, porque estava parecendo mais bem alimentado do que qualquer outro gato do clã. Talvez ele caçasse melhor se não se sentisse observado. Num repente, o guerreiro decidiu seguir o aprendiz sem que ele percebesse, para conferir. – Boa ideia. Mas tenha o cuidado de chegar na hora da refeição.

No mesmo instante, Pata de Nuvem se mostrou feliz. – Claro, prometo não me atrasar. – Coração de Fogo ouviu a barriga do aprendiz roncar de fome. *Talvez isso melhore sua habilidade,* ele pensou.

Enquanto ouvia o aprendiz caminhar floresta adentro, sentiu um tiquinho de culpa por espioná-lo, mas se convenceu de que só fazia isso para avaliar sua habilidade, como qualquer mentor faria.

Foi fácil seguir o sobrinho entre os Pinheiros Altos. A vegetação à sombra dos altos pinheiros era esparsa, e Coração de Fogo pôde ver a pelagem branca de seu aprendiz por um bom pedaço. A floresta aqui estava cheia de vida, com pequenos pássaros, e ele esperava que Pata de Nuvem parasse para aproveitar uma oferta tão rica.

Mas Pata de Nuvem não parou. Ele começou a andar de uma forma surpreendentemente rápida, considerando o tamanho de sua barriga, saindo dos Pinheiros Altos e entrando na floresta de carvalhos que ficava atrás do Lugar dos

Duas-Pernas. Coração de Fogo sentiu uma terrível comichão nas patas. Mantendo o corpo abaixado, apertou o passo para não perder o aprendiz de vista entre a densa vegetação rasteira. Logo as árvores começaram a rarear e o guerreiro de pelos avermelhados percebeu de relance a cerca dos jardins dos Duas-Pernas mais adiante. Será que Pata de Nuvem ia visitar a mãe, Princesa? O ninho dos Duas-Pernas onde ela vivia ficava ali perto. Coração de Fogo não podia culpá-lo por querer ver a mãe de vez em quando. Ele ainda era bastante jovem para se lembrar de seu odor morno. Mas por que até agora ele não comentara nada sobre a mãe? E por que dissera que ia caçar, se ia visitá-la? Ele certamente sabia que o tio o compreenderia melhor do que o resto do clã.

O guerreiro ficou ainda mais confuso quando o jovem evitou a cerca de Princesa e prosseguiu na trilha dos ninhos dos Duas-Pernas, deixando para trás a casa da mãe. O aprendiz continuou com os passos firmes, ignorando até mesmo um odor fresco de camundongo que cruzou seu caminho, até chegar a uma bétula prateada que se espalhava junto a uma cerca de jardim verde pálido. O pequeno gato branco subiu com esforço no tronco da bétula e escalou até o alto da cerca, balançando de lá para cá porque a barriga lhe tirava o equilíbrio. Coração de Fogo se lembrou da provocação de Pelagem de Poeira e estremeceu. Quem sabe, talvez, os passarinhos de jardim fossem mais do agrado de Pata de Nuvem. Mas ele teria que dizer ao sobrinho que gatos de clã não caçam no Lugar dos Duas-Pernas. O Clã das Estrelas lhes dera a floresta para abastecê-los com alimento.

Pata de Nuvem pulou para o lado de dentro da cerca e Coração de Fogo rapidamente escalou a bétula, agradecido pelas tantas folhas que ali balançavam e lhe serviam de esconderijo. Lá embaixo, ele viu o jovem atravessar a grama cuidadosamente aparada, mantendo a cauda e o queixo erguidos. Coração de Fogo teve um pressentimento ao ver o sobrinho passar direto por um pequeno grupo de estorninhos. As aves rapidamente levantaram voo, em um farfalhar de asas, mas o gato branco nem sequer virou a cabeça.

Coração de Fogo sentiu o sangue martelar em suas orelhas. Se Pata de Nuvem não tinha vindo caçar passarinhos no jardim, o que estaria fazendo ali? Foi então que o guerreiro ficou paralisado de horror, pois viu o sobrinho se sentar do lado de fora de um ninho dos Duas-Pernas e soltar um suspiro alto, de lamento.

CAPÍTULO 10

CORAÇÃO DE FOGO PRENDEU A RESPIRAÇÃO QUANDO A porta dos Duas-Pernas se abriu. Ele torcia para que Pata de Nuvem fugisse, mas parte dele sabia que o aprendiz não tinha intenção de ir embora. Inclinou-se para a frente em seu galho, desejando que o Duas-Pernas gritasse e afugentasse Pata de Nuvem para bem longe. Os gatos da floresta normalmente não eram bem-vindos no Lugar dos Duas-Pernas. Mas este se inclinou e acariciou Pata de Nuvem, que se esticou, pressionando a cabeça contra a mão dele. O Duas-Pernas murmurou alguma coisa e, pelo tom de sua voz, ficava claro que os dois já tinham se cumprimentado assim antes. Uma decepção tão amarga quanto bile de camundongo pulsou pelo corpo de Coração de Fogo quando o sobrinho passou trotando alegremente pela porta e desapareceu no ninho do Duas-Pernas.

Coração de Fogo ficou agarrado ao fino ramo de bétula por muito tempo ainda depois que a porta se fechou. Seu aprendiz estava tentado voltar para a vida à qual ele próprio virara as costas. No final das contas, talvez ele estivesse completamente errado sobre Pata de Nuvem. Perdido em pensamentos, só se mexeu quando o sol começou a mergulhar atrás das árvores e um vento frio atravessou sua pelagem. Então, deslizou ligeiramente para a cerca e, dali para o chão, do lado de fora do jardim.

Coração de Fogo caminhou de volta para a floresta, acompanhando às cegas a própria trilha de cheiro. Apesar de a atitude de Pata de Nuvem parecer uma terrível traição, era difícil zangar-se com ele. Ansioso para provar ao clã que gatinhos de gente eram tão bons quanto os gatos nascidos na floresta, o guerreiro nem sequer considerara que o sobrinho poderia preferir viver com os Duas-Pernas. Coração de Fogo amava sua vida na floresta, mas ele próprio a escolhera. Só agora lhe ocorria que Pata de Nuvem fora entregue pela mãe ao clã quando ainda era um filhote, antes que tivesse idade suficiente para tomar decisões.

Coração de Fogo prosseguiu em sua difícil jornada, indiferente à vista e aos odores da floresta, até que, de repente, se deu conta de que chegara à cerca da casa da irmã. Ele a olhou, surpreso. Será que suas patas o tinham trazido ali de propósito? Ele se afastou, pois ainda não se sentia pronto a partilhar sua descoberta com Princesa. Não queria lhe contar que fora um erro entregar Pata de Nuvem para o clã. Com as patas pesadas como pedra, começou a caminhar de volta aos Pinheiros Altos e ao acampamento.

– Coração de Fogo! – uma voz suave o chamou. *Princesa!*

Ele ficou paralisado, com o peito apertado, mas não podia mais se afastar, não agora que sua irmã já o vira. Ele se virou e viu Princesa, que descia da cerca. Com a pelagem malhada e branca ondulando suavemente, ela saltou em sua direção.

– Faz séculos que não vejo você! – ela miou, derrapando até parar diante dele. Seu tom era agudo de preocupação.

– Nem Pata de Nuvem tem aparecido ultimamente. Está tudo bem?

– E-Está sim – Coração de Fogo gaguejou, sentindo a voz tensa e os ombros rígidos com o empenho em mentir.

Princesa piscou os olhos com gratidão, acreditando de imediato nas palavras do irmão, e encostou o focinho ao dele, saudando-o. Ele a acariciou com o nariz, aspirando o cheiro familiar, que lhe lembrava a infância. – Estou contente – ela ronronou. – Estava começando a me preocupar. Por que Pata de Nuvem não tem vindo me visitar? Continuo sentindo o cheiro dele, mas não o vejo há dias.

Coração de Fogo não conseguia pensar no que dizer e se sentiu aliviado porque Princesa continuou a tagarelar. – Imagino que você o mantenha ocupado com o treinamento. Em sua última visita, ele me disse que você estava muito impressionado com o progresso dele, e que ele estava muito à frente dos outros aprendizes! – Princesa parecia encantada, os olhos brilhavam de orgulho.

Ela quer tanto quanto eu que Pata de Nuvem se torne um grande guerreiro, pensou Coração de Fogo. Sentindo-se culpado, murmurou: – Ele tem se mostrado uma grande promessa, Princesa.

– Ele é meu primogênito – ronronou Princesa. – Eu sabia que ele seria especial. Mas ainda sinto falta dele, mesmo sabendo quanto ele é feliz.

– Tenho certeza de que todos os seus filhotes são especiais à sua maneira. – Coração de Fogo queria dizer a verdade à irmã, mas não tinha coragem de lhe contar que seu sacrifício fora inútil. Em vez disso, miou: – Preciso ir.

– Já? – exclamou Princesa. – Bem, volte logo. E traga Pata de Nuvem da próxima vez!

Coração de Fogo assentiu. Ele não queria voltar para o acampamento ainda, mas a conversa estava se tornando demasiado desconfortável, como se ele estivesse diante de um abismo intransponível, entre a floresta e a vida de gatinho de gente.

Coração de Fogo percorreu o longo caminho de volta ao acampamento, deixando que o verde familiar da floresta o acalmasse. Quando deixou a mata, no topo da ravina, viu-se pensando de novo na falta que sentia de Listra Cinzenta, um gato de confiança.

– Olá! – A voz de Tempestade de Areia o surpreendeu. Ela estava subindo a ravina e devia ter sentido o cheiro dele. – Como foi o treinamento? Onde está Pata de Nuvem?

Coração de Fogo olhou para as feições alaranjadas da gata. Seus olhos verdes brilhavam, e, de repente, ele compreendeu que podia confiar nela. Olhou em volta ansioso. – Você está sozinha?

Tempestade de Areia olhou para ele com curiosidade.

– Sim. Pensei em caçar um pouco antes da refeição.

Coração de Fogo foi até a beira da encosta e fitou as copas das árvores que abrigavam o acampamento. Tempestade de Areia colocou-se a seu lado, sem nada dizer, pressionando seu corpo contra o dele com simpatia. Coração de Fogo sabia que poderia, até mesmo, ir embora agora, e ela não lhe faria perguntas.

– Tempestade de Areia – ele começou, hesitante.

– Sim?

– Você acha que tomei a decisão errada, trazendo Pata de Nuvem para o clã?

A gata ficou calada por alguns instantes, e, quando falou, suas palavras foram cuidadosas e honestas. – Quando olhei para ele hoje, deitado do lado de fora da toca, pensei que ele mais parecia um gatinho de gente do que um guerreiro. E então me lembrei do dia em que ele pegou sua primeira presa. Ele era apenas um minúsculo filhote, mas saiu em uma nevasca e pegou aquele rato silvestre. E parecia tão destemido, tão orgulhoso do que tinha feito, como se fosse um gato nascido e criado no clã.

– Então tomei a decisão correta? – Coração de Fogo miou, com esperança.

Houve outra pausa pesada. – Acho que apenas o tempo poderá dizer – ela finalmente respondeu.

Coração de Fogo nada disse. Essa não era exatamente a resposta que ele esperara ouvir, mas ele sabia que ela estava certa.

– Aconteceu alguma coisa com ele? – a gata perguntou, estreitando os olhos com preocupação.

– Eu o vi entrar em um ninho dos Duas-Pernas esta tarde – confessou categoricamente Coração de Fogo. – Acho que há algum tempo ele tem permitido que eles o alimentem.

Tempestade de Areia franziu a testa. – Ele sabe que você o viu?

– Não.

– Pois você devia contar a ele – aconselhou Tempestade de Areia. – Pata de Nuvem precisa decidir a que lugar ele pertence.

– E se ele decidir voltar para a vida de gatinho de gente? – Coração de Fogo protestou. O acontecimento de hoje o fizera perceber o quanto ele queria que o sobrinho ficasse no clã. Não apenas para satisfazer o seu próprio interesse, nem para mostrar aos outros gatos que guerreiros não precisam ter nascido na floresta, mas para o bem do próprio Pata de Nuvem. Ele tinha tanto a dar ao clã, e seria mais do que recompensado por sua lealdade. O representante sentiu o coração dar pinotes ao pensar no que Pata de Nuvem poderia estar prestes a jogar fora.

– A decisão é dele – miou Tempestade de Areia suavemente.

– Se ao menos eu tivesse sido um mentor melhor...

– Não é sua culpa – Tempestade de Areia o interrompeu. – Você não pode mudar o coração dele.

O guerreiro deu de ombros, sem esperança.

– Apenas converse com ele – sugeriu a amiga. – Descubra o que ele quer. Deixe-o decidir por si mesmo. – Seus olhos estavam cheios de solidariedade, mas Coração de Fogo ainda se sentia infeliz. – Vá encontrá-lo – ela miou. O guerreiro concordou com a cabeça enquanto Tempestade de Areia seguia em direção às árvores.

Com um peso no peito, ele começou a descer com dificuldade a ravina, rumo ao vale de treinamento, na esperança de que Pata de Nuvem voltasse ao acampamento pelo mesmo caminho da ida. Ele não queria confrontar o aprendiz assim; tinha medo de afastá-lo para sempre. Mas, ao mesmo tempo, sabia que Tempestade de Areia tinha razão. O sobrinho não poderia ficar no Clã do Trovão se mantivesse uma pata na vida de gatinho de gente.

Coração de Fogo sentou-se no vale enquanto o sol se punha atrás das árvores. O ar ainda estava quente, embora as sombras já se alongassem sobre a areia. Logo seria a hora da refeição da noite. Coração de Fogo se perguntava se Pata de Nuvem iria voltar. Então ouviu um farfalhar de arbustos e o caminhar de pequenas patas e, antes mesmo de sentir seu cheiro, percebeu que o aprendiz se aproximava.

O jovem entrou a trote na clareira, a cauda para cima, as orelhas empinadas. Trazia na boca uma minúscula víbora, que soltou assim que viu seu mentor. – O que você está fazendo aqui? – Coração de Fogo percebeu o tom de reprovação na voz do jovem gato. – Eu lhe disse que estaria de volta até a hora da refeição. Não confia em mim?

Coração de Fogo balançou a cabeça. – Não.

Pata de Nuvem inclinou a cabeça, parecendo magoado.

– Bom, eu disse que estaria de volta, e estou – reclamou.

– Eu vi você – Coração de Fogo miou apenas.

– Onde?

– Eu vi você ir ao ninho daquele Duas-Pernas. – Ele fez uma pausa.

– E daí?

Coração de Fogo ficou sem palavras de tão chocado com a indiferença de Pata de Nuvem. Será que ele não se dava conta do que tinha feito? – Você devia estar caçando para o clã – ele sibilou, a raiva ardendo em sua barriga.

– Eu cacei – respondeu Pata de Nuvem.

Coração de Fogo olhou desdenhosamente para a víbora que o sobrinho largara no chão. – E quantos gatos você acha que vai alimentar com isso?

– Bem, não vou pegar nada para mim – miou Pata de Nuvem.

– Porque você está estufado de porcarias de gatinho de gente! – cuspiu Coração de Fogo. – Por que você voltou, afinal?

– Por que não o faria? Só fui visitar o Duas-Pernas por causa da comida. – Pata de Nuvem parecia genuinamente surpreso. – Qual é o problema?

Fervendo de frustração, Coração de Fogo roncou: – Não posso deixar de me perguntar se sua mãe fez a coisa certa ao desistir de seu primogênito para que ele fosse um gato de clã.

– Bem, mas ela fez isso – o aprendiz sibilou em resposta.

– Então, agora eu estou preso a você!

— Talvez você esteja preso a mim como meu aprendiz, mas eu posso impedi-lo de se tornar um guerreiro! – ameaçou Coração de Fogo.

Surpreso, o jovem arregalou os olhos. – Você não faria isso! Você não poderia fazer isso! Eu vou me tornar um grande lutador, tão bom que você não conseguirá me impedir – ele desafiou o tio com o olhar.

— Quantas vezes eu tenho que repetir que ser um guerreiro é mais do que caçar e lutar. Você precisa saber *pelo que* você está caçando e lutando! Coração de Fogo tentava conter a fúria que crescia dentro de seu peito.

— Eu sei pelo que estou lutando. Pelo mesmo que você – por sobrevivência!

Coração de Fogo encarou Pata de Nuvem com incredulidade. – Eu luto pelo clã, não por mim – roncou o guerreiro.

Pata de Nuvem olhou firme para o tio. – Está bem – miou. Lutarei pelo clã, se é isso o que é necessário para ser um guerreiro. No final das contas, é tudo a mesma coisa.

Coração de Fogo tinha vontade de colocar algum juízo naquele cérebro de camundongo, mas respirou fundo e tentou miar o mais calmamente possível. – Você não pode viver com uma pata em cada mundo. Vai ter que decidir se quer viver de acordo com o Código dos Guerreiros, como um gato de clã, ou se quer a vida de gatinho de gente. – Enquanto falava, lembrou-se de Estrela Azul dizendo exatamente a mesma coisa a ele quando Garra de Tigre o vira conversando com seu velho amigo Borrão, um gatinho de gente, na beira da floresta. A diferença é que Coração de Fogo não tivera problemas em reconhecer a quem devia lealdade. Ele tinha sido um gato de clã desde o momento em que entrara na floresta, pelo menos era o que achava.

Pata de Nuvem pareceu surpreso. – Por que eu devo escolher? Gosto da minha vida do jeito que ela é, e não vou mudar só para que você se sinta melhor!

– Não é só para que eu me sinta melhor – Coração de Fogo cuspiu. – É para o bem do clã! A vida de gatinho de gente contraria todo o Código dos Guerreiros. – Sem crer no que via, ele observou Pata de Nuvem pegar a víbora e, ignorando-o, dirigir-se ao acampamento. Coração de Fogo respirou fundo, resistindo ao impulso de banir Pata de Nuvem do Clã do Trovão de uma vez por todas. *Deixe-o decidir por si mesmo.* Ele repetia as palavras de Tempestade de Areia em voz baixa, enquanto seguia o aprendiz de volta ao acampamento. Afinal, disse para si mesmo, em desespero, Pata de Nuvem não está fazendo nenhum mal por comer comida de gatinho de gente. Ele só esperava que nenhum dos outros gatos descobrisse.

Quando eles se aproximavam do túnel de tojo, Coração de Fogo ouviu barulho de terra escorregando ravina abaixo. Ele parou um pouco, esperando que fosse Tempestade de Areia voltando da caça, mas um cheiro quente no ar do entardecer lhe disse que era Pata de Cinza.

A pequena gata cinzenta saltou da última pedra desajeitadamente. Ela trazia várias ervas na boca e mancava muito.

– Você está bem? – Coração de Fogo perguntou.

Pata de Cinza soltou as ervas e disse, ofegando: – Estou bem, garanto. É só minha perna que está me pregando peças, por isso demorei mais do que imaginava para encontrar as ervas.

– Você devia contar isso a Presa Amarela – Coração de Fogo miou. – Ela não gostaria que você exagerasse.

– Não! – miou Pata de Cinza, balançando a cabeça.

– Tudo bem, tudo bem – Coração de Fogo concordou, surpreendido pela intensidade da recusa. – Pelo menos, deixe-me levar estas ervas para você.

A gata agradeceu com uma piscadela. – Que o Clã das Estrelas afugente todas as pulgas de seu ninho – ela ronronou, os olhos cintilantes. – Não tive a intenção de ser chata. É que Presa Amarela está muito ocupada. Pele de Salgueiro entrou em trabalho de parto esta tarde.

Coração de Fogo sentiu um lampejo de ansiedade. O último parto que ele vira tinha sido o de Arroio de Prata. – Ela está bem?

Pata de Cinza desviou o olhar e murmurou: – Não sei. Eu me ofereci para colher ervas em vez de ajudar. – Uma sombra atravessou seu rosto. – Eu... Eu não queria estar lá...

Coração de Fogo adivinhou que ela também pensava em Arroio de Prata. – Então, vamos – ele miou, acelerando o passo. – Quanto mais cedo descobrirmos como ela está, mais cedo vamos parar de nos preocupar.

– Espere! – estremeceu Pata de Cinza, mancando atrás dele. – Você será o primeiro a saber quando eu tiver uma recuperação milagrosa. Mas, por enquanto, vá mais devagar!

Assim que entraram no acampamento, Coração de Fogo soube que o parto de Pele de Salgueiro tinha sido um sucesso. Caolha e Cauda Mosqueada estavam saindo do berçário com os olhos suaves de carinho e um ronronar que se escutava mesmo do lado oposto da clareira.

Tempestade de Areia veio correndo cumprimentá-los, trazendo a boa notícia. – Pele de Salgueiro teve duas gatinhas e um gatinho!

– Como ela está? – perguntou Pata de Cinza, ansiosa.

– Está bem – assegurou Tempestade de Areia. – Já está amamentando os filhotes.

Pata de Cinza começou a ronronar alto. – Tenho que ir ver – ela miou e foi mancando em direção ao berçário.

Coração de Fogo soltou sua bocada de ervas e olhou ao redor. – Onde está Pata de Nuvem?

Tempestade de Areia estreitou os olhos maliciosamente. – Quando Risca de Carvão viu a mísera caça que ele trouxe, mandou-o limpar a cama dos anciãos.

– Bom – Coração de Fogo miou, satisfeito pela primeira vez com a interferência de Risca de Carvão.

– Você falou com ele? – perguntou Tempestade de Areia, em tom mais sério.

– Falei. – A felicidade que Coração de Fogo sentira pelo parto de Pele de Salgueiro desapareceu como o orvalho sob o sol do meio-dia quando ele pensou na indiferença do aprendiz.

– E daí? – insistiu Tempestade de Areia. – O que ele disse?

– Acho que ele nem sequer se dá conta de que fez algo errado – o representante miou friamente.

Para sua surpresa, a gata não pareceu se incomodar. – Ele é jovem – ela lembrou. – Não fique tão aborrecido. Pense na primeira presa que ele pegou e lembre que vocês têm o mesmo sangue. – A amiga lhe deu uma lambida suave na bochecha. – Com um pouco de sorte, Pata de Nuvem vai entender isso um dia.

Pelagem de Poeira chegou correndo e os interrompeu; seus olhos brilhavam com um desprezo mal disfarçado. – Você deve estar orgulhoso de seu aprendiz – ele zombou. – Risca de Carvão me disse que ele trouxe a menor presa do dia. – Coração de Fogo se encolheu enquanto o outro guerreiro acrescentava: – Você evidentemente é um grande mentor.

– Vá embora, Pelagem de Poeira – disparou Tempestade de Areia. – Não é preciso ser maldoso. Isso não impressiona ninguém, você sabe.

Coração de Fogo ficou surpreso ao ver Pelagem de Poeira recuar como se Tempestade de Areia tivesse desferido um golpe contra ele. O guerreiro fez meia-volta e saiu correndo, lançando um olhar ressentido a Coração de Fogo por cima do ombro.

– Essa foi boa – Coração de Fogo miou, impressionado com a ferocidade de Tempestade de Areia. – Você precisa me ensinar a fazer isso!

– Receio que não funcione com você – a gata suspirou, olhando tristemente para Pelagem de Poeira. Ela compartilhara seu aprendizado com o gato malhado, mas a amizade deles tinha esfriado desde que Tempestade de Areia se aproximara de Coração de Fogo. – Não se preocupe. Vou pedir desculpas a ele mais tarde. Por que não vamos ver os bebês?

Tomando a dianteira, ela se dirigiu ao berçário, de onde Estrela Azul acabava de sair. O rosto da líder estava relaxado e seus olhos brilhavam. Enquanto Tempestade de Areia deslizava para dentro, ela declarou triunfante: – Mais guerreiros para o Clã do Trovão!

Coração de Fogo ronronou. – Em breve, vamos ter mais guerreiros do que qualquer outro clã! – miou.

Os olhos da líder se anuviaram e Coração de Fogo sentiu um arrepio de inquietação se espalhar por seu pelo. – Espero que nossos novos guerreiros sejam mais confiáveis do que os antigos – roncou sombriamente Estrela Azul.

– Você vem? – Tempestade de Areia chamou das sombras mornas do berçário. Coração de Fogo colocou de lado os temores a respeito de Estrela Azul e entrou.

Pele de Salgueiro estava deitada em um ninho de musgo macio. Três filhotes se contorciam contra seu corpo; ainda úmidos e cegos, eles pressionavam a barriga da mãe.

Coração de Fogo viu uma suavidade nova na expressão de Tempestade de Areia. Ela se inclinou e respirou o ar morno, cheirando a leite, de cada filhote, enquanto Pele de Salgueiro, sonolenta, mas contente, observava.

– Eles são fantásticos – sussurrou Coração de Fogo. Era bom ver filhotes novamente, mas ele não podia deixar de sentir uma punhalada de tristeza, afiada como um espinho. Os últimos bebês que ele vira tinham sido os de Arroio de Prata, e seu pensamento voou de imediato para Listra Cinzenta. Ele se perguntava como estaria o velho amigo – se ele ainda estaria de luto ou se sua nova vida no Clã do Rio, com seus filhotes, ajudara a abrandar sua tristeza.

Coração de Fogo sentiu a cauda arrepiar quando percebeu no ar o cheiro do filhote de Garra de Tigre. Engolindo a desconfiança que surgia como bile em sua garganta, ele se virou para ver onde estava o filhote. Atrás dele, Flor Dourada estava enroscada em seu ninho, os olhos fechados e os filhotes dormindo profundamente ao lado dela. O filhote malhado escuro parecia tão inocente quanto qualquer um de seus companheiros de berçário, e Coração de Fogo sentiu uma pontada de culpa pelo ressentimento que agitava seus pelos.

Coração de Fogo acordou cedo no dia seguinte. Em sua mente, pensamentos sobre Listra Cinzenta pesavam como nuvens de chuva. Ele sentia ainda mais falta do velho amigo agora que estava preocupado com Pata de Nuvem. A conversa com Tempestade de Areia o ajudara, mas ele queria saber o que Listra Cinzenta diria. Coração de Fogo ficou em seu ninho por alguns momentos antes de se decidir: iria ao rio hoje para ver se conseguia encontrar o amigo.

Ele saiu da toca e deu uma espreguiçada longa e gratificante. O sol estava começando a aparecer no horizonte e o céu da manhã era suave como talco. Pelagem de Poeira estava sentado no meio da clareira, conversando com Pata de Avenca. Coração de Fogo se perguntou, preocupado, o que o guerreiro marrom queria compartilhar com a doce aprendiz de Risca de Carvão. Será que Pelagem de Poeira estava envenenando a cabecinha dela com intrigas mal-intencionadas? Mas os pelos de Pelagem de Poeira desciam macios por seus ombros largos, e Coração de Fogo não detectara nada da arrogância habitual em sua voz, embora não conseguisse ouvir o que o outro dizia. Na verdade, o guerreiro estava conversando com Pata de Avenca com uma voz tão suave quanto a de uma pomba trocaz.

Coração de Fogo se aproximou do casal e foi recebido com um olhar duro por Pelagem de Poeira.

– Pelagem de Poeira – Coração de Fogo cumprimentou –, você vai comandar a patrulha do sol alto?

Empolgada, os olhos de Pata de Avenca brilhavam. – Posso ir também?

– Não sei – Coração de Fogo admitiu. – Ainda não falei com Risca de Carvão sobre o seu progresso.

– Ele diz que ela está indo bem – miou Pelagem de Poeira.

– Talvez, então, você possa falar com ele sobre isso – Coração de Fogo sugeriu. Ele não queria provocar uma resposta atrevida, mas essa poderia ser uma chance para suavizar um pouco a hostilidade que Pelagem de Poeira sempre lhe demonstrara. – Mas leve Pata Gris também, e também outro guerreiro.

– Não se preocupe – Pelagem de Poeira assegurou. Os seus olhos refletiam uma preocupação incomum. – Garantirei a segurança de Pata de Avenca.

– Hã... está bom – miou Coração de Fogo, indo embora, sem acreditar que tivera uma conversa inteira com Pelagem de Poeira sem que o guerreiro lhe atirasse uma única farpa.

Quando já estava fora da ravina, Coração de Fogo correu na direção das Rochas Ensolaradas. O chão estava tão seco que suas patas levantavam pequenas nuvens de poeira ao tocar o solo da floresta. Quando ele alcançou as lajes da pedra grande, notou que as plantas que cresciam entre as rachaduras tinham murchado e morrido, e ficou chocado quando lhe ocorreu que já fazia duas luas desde a última chuva.

Ele contornou a parte inferior das rochas e se dirigiu às marcas de cheiro no limite de território do Clã do Rio. Ali, a floresta ficava menos densa e descia até o rio. O ar estava cheio de música dos pássaros e do sussurrar do vento agitando as folhas, e, ao fundo, Coração de Fogo ouvia a batida constante da água. Ele parou e farejou o ar. Não havia cheiro de Listra Cinzenta. Se queria ver seu amigo, teria de se aventurar no território do Clã do Rio. A determinação o deixou ainda mais disposto a assumir riscos. A patrulha do amanhecer devia estar em ronda, mas com alguma sorte eles estariam patrulhando a outra fronteira agora.

Coração de Fogo rastejou cautelosamente pela trilha de cheiro e abriu caminho através das samambaias à beira da água, sentindo-se exposto e vulnerável. Ainda não havia nenhum sinal de Listra Cinzenta. Será que ele se atreveria a cruzar o rio e a desafiar a sorte, avançando ainda mais no território do Clã do Rio? Seria bastante fácil – a água agora estava rasa e ele podia atravessar a maior parte do leito andando, com exceção do canal profundo, no meio do rio, onde a corrente era fraca e era possível nadar sem muita dificuldade. Afinal, desde as terríveis enchentes da estação do renovo, ele estava mais acostumado com a água do que a maioria dos gatos do Clã do Trovão.

Um cheiro inesperado penetrou na boca semiaberta de Coração de Fogo, que se retesou, surpreso. O fedor do Clã das Sombras! O que aqueles gatos estavam fazendo tão longe de casa? Entre as terras deles e o rio havia o território inteiro do Clã do Trovão.

Alarmado, Coração de Fogo voltou para as samambaias. Ele respirou profundamente, tentando identificar com precisão de onde vinha o cheiro. Sentindo náuseas, reconheceu mais do que o odor do Clã das Sombras. Havia também um cheiro rançoso de doença, que ele sentira recentemente e cuja origem estava um pouco mais distante, rio acima.

Coração de Fogo começou a rastejar devagar no meio das samambaias, as pontas escurecidas da planta produzindo sussurros ao roçar sua pelagem. Ele podia ver à sua frente o tronco retorcido de um antigo carvalho, ainda no território do Clã do Trovão. As raízes retorcidas da árvore saltavam do chão, pois a terra abaixo delas, onde elas tinham se enterrado havia muito tempo, fora erodida pela chuva e pelo vento. Agora, embaixo da árvore havia um espaço, uma pequena caverna cercada pelas raízes. Coração de Fogo farejou de novo. O cheiro, mesclado a um inconfundível fedor de doença, certamente vinha de lá.

O medo e o desejo de proteger seu clã fizeram com que o representante instintivamente desembainhasse as garras. Não importava qual fosse a imundície escondida naquela caverna, era preciso expulsá-la do território do Clã do Trovão. Engolindo a bile que subia em sua garganta, Coração de Fogo correu para fora das samambaias e, arqueando as costas, postou-se ameaçadoramente diante da boca da caverna de raízes, pronto para a luta. Mas ele encontrou um pesado silêncio, quebrado por respirações curtas e ásperas.

Ele olhou para a escuridão lá dentro, o pelo da espinha eriçado. Quando seus olhos se acostumaram com a luz fraca, ele piscou surpreso. Na última vez em que vira esses gatos, eles estavam desaparecendo sob o Caminho do Trovão, voltando para o próprio território. Eram os dois guerreiros do Clã das Sombras que tinham pedido ajuda ao Clã do Trovão, Nuvenzinha e Gogó de Algodão.

– Por que vocês voltaram? – Coração de Fogo disparou. – Vão para casa antes que infectem todos os clãs da floresta! – Ele arreganhava a boca, mostrando os dentes, quando uma voz familiar soou atrás dele.

– Coração de Fogo, pare! Deixe-os em paz!

CAPÍTULO 11

– Pata de Cinza! O que você está fazendo aqui? Coração de Fogo girou o corpo para encarar a curandeira. – O que você sabe a respeito disso?

Havia uma pilha de ervas entre as patas de Pata de Cinza. Ela levantou o queixo, desafiadora. – Eles precisavam de minha ajuda. O acampamento deles está dominado pela doença.

– Então, eles voltaram! – Coração de Fogo fixou os olhos nela, zangado. – Onde você os encontrou?

– Perto das Rochas Ensolaradas. Farejei a doença quando estava colhendo ervas ontem. Eles procuravam um lugar seguro onde se esconder.

– E você os trouxe para cá – Coração de Fogo resfolegou. – Eles provavelmente só voltaram ao nosso território porque sabiam que você ficaria penalizada. – A preocupação de Pata de Cinza pelos gatos do Clã das Sombras ficara evidente quando eles estavam no acampamento do Clã do Trovão. – Você pensou que poderia tratar deles sem que nenhum gato descobrisse? – Coração de Fogo perguntou, sem poder acreditar que a gata tivesse se exposto – e exposto o resto do clã – a tal risco.

Pata de Cinza encarou o gato, sem temor. – Não finja que está zangado de verdade comigo. Você também ficou com pena deles – ela lembrou. E você também não os teria expulsado uma segunda vez.

Coração de Fogo podia ver que ela acreditava ter feito a coisa certa, e precisava admitir que ela estava falando a verdade. Ele não podia negar que sentira pena dos gatos doentes e que se sentira desconfortável com a falta de compaixão de Estrela Azul. – Presa Amarela sabe? – ele perguntou, agora com menos raiva.

– Não, acho que não – respondeu Pata de Cinza.

– Eles estão muito doentes?

– Estão começando a se recuperar. – Pata de Cinza falou com uma pitada de satisfação em sua voz.

– Ainda sinto o cheiro de doença – miou Coração de Fogo, desconfiado.

– Bem, ainda não estão completamente curados. Mas ficarão.

A voz de Nuvenzinha surgiu fraca nas sombras atrás dele. – Estamos melhorando, graças a Pata de Cinza.

Coração de Fogo percebeu que a voz do gato estava mais forte do que quando ele estivera no acampamento do Clã do Trovão, e os olhos do jovem guerreiro brilhavam no escuro. – Eles realmente parecem ter melhorado – ele admitiu, voltando-se para a jovem curandeira. – Como você fez isso? Presa Amarela parecia achar que a doença era mortal.

– Devo ter encontrado a combinação certa de ervas e frutinhas vermelhas – Pata de Cinza respondeu, contente. Coração de Fogo percebeu nela uma confiança inédita, e reconheceu o espírito vívido e a energia da aprendiz que ele um dia tinha treinado.

– Muito bem! – ele miou. Instintivamente, ele pensou em como Estrela Azul sentiria prazer em saber que um gato do Clã do Trovão podia ter descoberto a cura para a estranha doença do Clã das Sombras. Mas então se lembrou que a líder não era mais a mesma. Talvez não fosse seguro contar-lhe que Pata de Cinza andava escondendo gatos do Clã das Sombras. O poder de julgamento da líder andava nublado pela obsessão de ameaça de ataque.

Coração de Fogo se deu conta de que os gatos do Clã das Sombras estariam em perigo enquanto permanecessem ali. Ele temia que Estrela Azul mandasse matá-los imediatamente se descobrisse que eles ainda estavam no território do Clã do Trovão. – Sinto muito, Pata de Cinza. – Ele balançou a cabeça. – Esses gatos precisam partir; aqui não é seguro para eles.

A gata, frustrada, agitou a cauda. – Eles ainda estão doentes demais para voltar para casa. Eu sou capaz de curá-los, mas não sou boa de caça. Faz dias que eles não comem direito.

– Vou apanhar algumas presas para eles agora mesmo – Coração de Fogo ofereceu. – Isso deve dar-lhes força suficiente para que tomem o rumo de casa.

– Mas o que acontecerá conosco quando voltarmos? – o grunhido de Gogó de Algodão veio das sombras.

Coração de Fogo não tinha uma resposta, mas não podia correr o risco de que a doença deles contaminasse o seu clã. E se uma patrulha do Clã das Sombras viesse ao Clã do Trovão procurar os guerreiros desaparecidos? – Vamos alimentá-los. Depois, vocês precisam ir embora – ele repetiu.

A voz de Nuvenzinha era áspera e aguda quando ele se colocou em pé, as patas arranhando o chão duro. – Por favor, não nos mande de volta! Manto da Noite está muito fraco. É como se a doença lhe roubasse uma vida a cada dia. A maioria dos gatos do clã acha que ele vai morrer.

Coração de Fogo franziu a testa. – Certamente ele ainda dispõe de muitas vidas.

– Você não viu como ele está doente! – exclamou Gogó de Algodão. – O clã está com medo. E não há nenhum gato preparado para ficar no lugar dele.

– E Pelo Cinzento, o representante do clã? – perguntou Coração de Fogo. Os dois gatos do Clã das Sombras desviaram o olhar e não responderam. Será que aquilo queria dizer que o representante já tinha morrido, ou que estava velho demais para se tornar líder? Assim como Manto da Noite, Pelo Cinzento já era um ancião quando Cauda Partida fora expulso. Coração de Fogo sentiu sua solidariedade ficar maior do que sua razão. – Certo – ele suspirou, relutante. – Vocês podem permanecer no acampamento até que fiquem fortes o bastante para viajar.

– Obrigado, Coração de Fogo – miou Nuvenzinha, respirando com dificuldade. Seus olhos brilhavam de gratidão. O guerreiro cor de fogo abaixou a cabeça, percebendo como devia ser difícil para os orgulhosos guerreiros do Clã das Sombras admitirem que dependiam de outro clã.

Ele se virou para ir embora e, quando passou por Pata de Cinza, ela lhe falou baixinho: – Obrigada, Coração de Fogo. Quando os ajudei, sabia que você compreenderia. – Os olhos dela se encheram de compaixão. – Eu não poderia deixá-los morrer. Mesmo... mesmo eles pertencendo a outro clã. – E Coração de Fogo sabia que ela estava pensando em Arroio de Prata, a rainha do Clã do Rio que ela não tinha conseguido salvar.

Ele lambeu-lhe a orelha carinhosamente, ronronando: – Você é uma verdadeira curandeira. Por isso Presa Amarela a escolheu como aprendiz.

Não demorou muito para Coração de Fogo pegar um sabiá e um coelho para os gatos do Clã das Sombras. Essa área da floresta era rica em presas. Ele teve o cuidado de não ultrapassar a fronteira do Clã do Rio, embora a tentação fosse grande – o cheiro de presas que vinha de lá era forte e fazia já muito tempo que Coração de Fogo não provava um rato-d'água. Mas ele ficou satisfeito por ter apanhado um coelho suculento ao lado das Rochas Ensolaradas, e tinha sido fácil apanhar o sabiá, que estava muito ocupado quebrando a concha de caracol e não ouvira o guerreiro se aproximar furtivamente.

Quando ele voltou, Pata de Cinza estava agachada ao lado do velho carvalho, mascando frutinhas vermelhas e cuspindo a polpa sobre a mistura de ervas. Coração de Fogo empurrou a presa fresca com o nariz para a caverna de raízes, mas não entrou. O fedor de doença fez com que ele se acautelasse.

Observando Pata de Cinza trabalhar, ele sentiu um repentino medo pela pequena. Ela devia ter entrado muitas vezes na caverna. Bem baixinho, ele quis saber: – Você está bem?

Pata de Cinza levantou o olhar e respondeu: – Estou bem sim, e fiquei feliz por você ter descoberto a respeito dos gatos. Não gosto de esconder as coisas do clã.

Coração de Fogo balançou a cauda, desconfortável. – Acho que devemos manter o segredo entre nós – ele disse.

Pata de Cinza estreitou os olhos e perguntou: – Você não vai contar para Estrela Azul?

– Normalmente eu contaria... – ele começou, hesitante.

– Mas ela ainda não superou o que aconteceu com Garra de Tigre – Pata de Cinza terminou a frase.

Coração de Fogo suspirou. – Às vezes acho que ela está melhor, mas então ela diz alguma coisa, ou... – a voz dele morreu na garganta.

– Presa Amarela disse que vai levar algum tempo para ela se recuperar – miou Pata de Cinza.

– Então, ela também notou?

– Para ser honesta – Pata de Cinza murmurou, lamentando –, acho que a maioria do clã percebeu.

– O que eles estão dizendo? – Coração de Fogo não tinha certeza de querer ouvir a resposta.

– Ela foi uma grande líder por muito tempo. Eles estão simplesmente esperando que ela volte a ser como era. – A resposta tranquilizou o guerreiro. A confiança do clã era emocionante, era necessário acreditar; naturalmente, Estrela Azul iria se recuperar.

– Você vai voltar comigo? – ele miou.

– Preciso terminar algumas coisas aqui. – Pata de Cinza pegou outra frutinha com os dentes e começou a mascá-la.

Coração de Fogo sentiu certo mal-estar por ir embora e deixar Pata de Cinza sozinha com os dois gatos do Clã das Sombras. Aquele fedor fez sua pelagem arrepiar, e ele ficou pensando se tinha feito a coisa certa, permitindo que ficassem.

Antes de entrar no acampamento, o gato vermelho se protegeu sob um arbusto cheio de folhas e se lavou bem. O fedor dos gatos do Clã das Sombras fez com que seus olhos se apertassem. Ele gostaria de poder eliminar o gosto com um gole da água do riacho que ficava atrás do vale de treinamento, mas ele estava seco havia alguns dias. Se quisesse encontrar água, precisaria seguir o seu curso até o rio, mas estava na hora de voltar, antes que os companheiros do clã começassem a imaginar por onde ele andaria. Voltaria outro dia para procurar Listra Cinzenta.

Tempestade de Areia o encontrou quando ele saiu do túnel de tojo e chegou à clareira. – Estava caçando? – ela perguntou.

– Procurando por Listra Cinzenta, para ser sincero – Coração de Fogo decidiu contar a parte mais fácil da verdade.

– Acho que você não encontrou nenhum sinal de Pata de Nuvem – Tempestade de Areia miou, aparentemente sem se preocupar com o que o guerreiro dissera.

– Ele não está no acampamento?

– Ele voltou a caçar bem cedo, de manhã.

Coração de Fogo sabia que, assim como ele, a gata suspeitava que Pata de Nuvem podia estar visitando novamente os Duas-Pernas. – O que eu devo fazer?

– Por que não vamos procurá-lo juntos? – sugeriu Tempestade de Areia. – Talvez, se eu também conversar com ele, ele volte à razão

Coração de Fogo, agradecido, concordou. – Vale a pena tentar.

Ele tomou a dianteira na travessia dos Pinheiros Altos, e os dois gatos, sem conversar, corriam aceleradamente. O ar estava parado e as agulhas dos pinheiros pareciam macias e frescas sob suas patas. Coração de Fogo sabia muito bem que essa trilha lhe era tão familiar quanto a que levava a Quatro Árvores ou às Rochas Ensolaradas, mas Tempestade de Areia tinha mais cuidado, e parava de vez em quando para farejar o ar e conferir marcas de cheiro.

Quando eles saíram da floresta de pinheiros e entraram na floresta verde, Coração de Fogo percebeu que a ansiedade de Tempestade de Areia estava aumentando. Olhando-a de relance, ele viu seus ombros ficarem tensos com a aproximação da trilha dos ninhos dos Duas-Pernas.

– Você tem certeza de que ele teria vindo por aqui? – ela perguntou baixinho, olhando para todos os lados, nervosa. O latido de um cachorro fez seu pelo arrepiar.

– Calma, o cachorro não vai sair do jardim – Coração de Fogo assegurou, sentindo certo desconforto por saber coisas desse tipo. Quando ele se juntara ao clã, a gata zombara dele por suas origens de gatinho de gente, e, agora que ela o aceitava tão completamente como um gato da floresta, o guerreiro relutava em fazê-la lembrar que ele nascera em um lugar diferente.

– Os Duas-Pernas não trazem os cachorros aqui? – ela perguntou.

– Às vezes – Coração de Fogo admitiu. – Mas teremos avisos suficientes. Os cães dos Duas-Pernas não se arrastam entre as árvores. Você vai ouvi-los antes de poder farejá-los, e o cheiro deles não é exatamente sutil. – Ele esperava que essa conversa bem-humorada ajudasse Tempestade de Areia a relaxar, mas ela estava mais tensa do que nunca.

– Vamos – ele a apressou. – Sinto o cheiro de Pata de Nuvem. Ele esfregou a bochecha em uma haste de amoreira. – Você acha que é cheiro fresco?

Tempestade de Areia inclinou o corpo e farejou a amoreira. – É, sim.

– Acho que, então, podemos saber para onde ele foi. – Coração de Fogo rodeou a amoreira, aliviado porque, pelo menos, a trilha os levava para longe do jardim de Princesa. Ele não queria que Tempestade de Areia conhecesse sua irmã gatinho de gente, pelo menos não por enquanto. Desde que ele levara o sobrinho para o acampamento, todo o clã sabia que ele a visitava, mas eles não tinham uma ideia precisa da afeição entre os irmãos, e ele preferia que as coisas continuassem assim. Era melhor que os outros gatos continuassem a ter certeza de que ele estava completamente ligado ao clã, apesar de sua amizade com Princesa.

Quando se aproximavam da cerca que Pata de Nuvem escalara na véspera, Coração de Fogo sentiu um terrível arrepio percorrer-lhe a pelagem. Havia odores novos ali, além do de Pata de Nuvem. Alguma coisa tinha mudado. Ele levou Tempestade de Areia até a bétula prateada e ela o seguiu, pulando ligeira no tronco macio, e dali para os galhos. O guerreiro percebeu que os bigodes da gata estremeciam enquanto ela farejava o ar.

Coração de Fogo olhou através da janela do ninho dos Duas-Pernas. O lugar parecia curiosamente escuro e vazio. Ele deu um pulo ao ouvir uma porta bater e fazer um barulho estranho, como um trovão. E começou a ficar assustado.

– O que é isso? – perguntou a gata, nervosa, quando Coração de Fogo saltou para a cerca, com a cauda eriçada.

– Há alguma coisa estranha acontecendo. O ninho está vazio. Fique aqui – ordenou. – Vou chegar mais perto.

Ele rastejou através do jardim, mantendo o corpo abaixado. Quando já estava bem perto da porta do ninho dos Duas-Pernas, ele ouviu passos atrás dele. Virou-se e deu de cara com Tempestade de Areia; a gata tinha o rosto tenso, mas determinado. Com um sinal, ele mostrou que ela podia ficar ali, se quisesse, e prosseguiu em direção à porta.

Exatamente nesse momento, começou o terrível retumbar de um monstro. O guerreiro avermelhado escorregou por uma passagem lateral do ninho. Sua pelagem estava arrepiada de medo, mas ele continuou até o final do caminho. Da sombra, olhou para o labirinto sem árvores, banhado pelo sol brilhante, de ninhos de Duas-Pernas e estradas.

A seu lado, Tempestade de Areia arfava, a pelagem encostando levemente na do representante. – Veja – ele sibilou. Um monstro gigante, quase tão grande quanto um ninho de Duas-Pernas, estava no Caminho do Trovão. O barulho ensurdecedor vinha da barriga do monstro.

Os dois gatos se encolheram quando ouviram outra porta do ninho bater, bem perto do canto onde estavam. Coração de Fogo viu um Duas-Pernas se dirigir ao monstro, com alguma coisa balançando na mão. Parecia uma toca feita de galhos secos. Através da trama de uma das extremidades da toca, Coração de Fogo via uma pelagem branca e macia. Quando chegou mais perto, sentiu uma pontada no coração ao reconhecer as feições atrás da trama; e seus olhos se arregalaram de pavor.

Era Pata de Nuvem!

CAPÍTULO 12

– Socorro! Não deixe que me levem! – Coração de Fogo ouviu, sobressaindo-se ao ronco do monstro, o grito desesperado de Pata de Nuvem.

O Duas-Pernas nem ligou. Enfiou-se no monstro com Pata de Nuvem e bateu a porta. Com uma nuvem de fumaça sufocante, o monstro avançou, tomando o Caminho do Trovão.

– Não! Espere!

Coração de Fogo ignorou o grito de Tempestade de Areia e disparou para fora da passagem, atirando-se atrás do monstro. O caminho de pedra bruta feria as almofadinhas de suas patas, mas, por mais rápido que ele fosse, o monstro ia ainda mais depressa, até que virou a esquina e desapareceu.

O gato avermelhado derrapou até parar, as patas ardendo e o coração disparado. Tempestade de Areia chamou-o de novo. – Coração de Fogo! Volte!

O representante olhou desesperado para o agora vazio Caminho do Trovão, onde o monstro estivera momentos antes; depois, voltou correndo até Tempestade de Areia. Anestesiado pelo choque, ele seguiu a gata cegamente enquanto ela o levava pela passagem, além do ninho, através do jardim, e por cima da cerca, até chegar à segurança da floresta.

– Coração de Fogo! – Tempestade de Areia falou, ofegante, quando eles pisaram no chão coberto de folhas da floresta. – Você está bem?

Coração de Fogo não conseguia responder. Ele olhava fixamente para o cercado vazio, tentando entender o que acabara de ver. O Duas-Pernas tinha roubado Pata de Nuvem! Coração de Fogo não conseguia esquecer o olhar de medo no rosto do jovem. Para onde o levavam? Qualquer que fosse o destino, Pata de Nuvem não queria ir.

– Suas almofadinhas estão sangrando – murmurou Tempestade de Areia.

Coração de Fogo ergueu uma pata e virou-a para cima. Olhou fixamente para o sangue escorrendo até que Tempestade de Areia se inclinou e começou a lamber a areia de suas feridas. Ardia, mas ele não protestou. A lambida ritmada o confortou, remexendo velhas lembranças de infância. Gradualmente, o pavor que lhe congelara a mente começou a se desmanchar. – Ele se foi – miou, desanimado. Seu coração parecia um tronco oco, soando com tristeza a cada tique-taque.

– Ele vai encontrar o caminho de casa – Tempestade de Areia disse. Coração de Fogo fitou os calmos olhos verdes da gata e sentiu um lampejo de esperança.

– Se ele quiser – ela acrescentou. Suas palavras o transpassaram como espinhos, mas os olhos dela estavam cheios de simpatia, e Coração de Fogo sabia que ela estava dizendo apenas a verdade. – Talvez Pata de Nuvem seja mais feliz onde está – ela miou. – Você quer que ele seja feliz, não quer?

O representante assentiu com um gesto lento.

– Vamos, então. Vamos voltar ao acampamento – o miado de Tempestade de Areia soou animado, e Coração de Fogo sentiu uma onda de frustração.

– Para você é fácil! – ele disse. – Você tem o mesmo sangue que o resto do clã. Pata de Nuvem era a minha única família. Agora não há ninguém no clã próximo a mim.

Tempestade de Areia se encolheu como se recebesse um golpe. – Como pode dizer isso? Você tem a *mim*! – ela cuspiu. – Tenho feito de tudo para tentar ajudá-lo. Isso não significa nada? Pensei que a nossa amizade fosse importante para você, mas é evidente que eu estava errada! – Ela fez meia-volta, batendo a cauda nas pernas do gato, e correu na direção das árvores.

Perplexo com a resposta, ele a observou desaparecer. Suas patas doíam e ele se sentia mais infeliz do que nunca. Começou a andar lentamente pela floresta, na direção da cerca de Princesa. Ele não podia nem imaginar como lhe contaria o que tinha acontecido ao filhote dela.

A cada passo, a preocupação sobre como dizer aos demais o que tinha ocorrido parecia picá-lo como espinhos afiados, aumentando sua tristeza. Imaginou como Risca de Carvão tripudiaria ao descobrir que o sobrinho de Coração de Fogo tinha voltado à vida suave de gatinho de gente. Uma vez gatinho de gente, sempre gatinho de gente! No final das contas, talvez houvesse alguma verdade no deboche que assombrara Coração de Fogo por tanto tempo.

O ruído de um camundongo sob os pinheiros o distraiu. O clã ainda precisava ser alimentado. Agachou-se instintivamente, mas, desta vez, não havia alegria em caçar. Com uma rapidez fria, perseguiu e apanhou o camundongo, e o levou para o acampamento.

O sol tocava as pontas das árvores quando o representante chegou ao túnel de tojo. Ele fez uma pausa e respirou fundo antes de entrar na clareira, com a presa balançando entre os dentes.

Os gatos do clã estavam trocando lambidas na clareira, após a refeição da noite. Pelo de Rato foi encontrá-lo na entrada e Coração de Fogo perguntou a si mesmo se ela o esperava. – Você demorou tanto – a gata observou suavemente. – Está tudo bem?

Sem graça, o representante evitou encará-la. Ele sentia que, antes de mais nada, deveria compartilhar as notícias sobre Pata de Nuvem com Estrela Azul.

– Nevasca organizou a patrulha da noite em sua ausência – Pelo de Rato continuou.

– Hã... bem... obrigado – Coração de Fogo gaguejou. Pelo de Rato abaixou a cabeça educadamente e se afastou.

Observando-a ir, o gato tentava se convencer de que a perda de Pata de Nuvem não significava que ele estava sozinho no clã. A maioria dos gatos parecia aceitá-lo como representante, apesar da quebra do ritual em sua nomeação. Coração de Fogo só queria ter certeza de que o Clã das Estrelas concordava, e antigos temores perturbaram sua mente como as asas barulhentas de corvos. Será que a perda de Pata de Nuvem era um sinal de que o Clã das Estrelas queria punir o Clã do Trovão, privando-o de um guerreiro em potencial? Pior ainda, estariam os guerreiros ancestrais sinalizando que gatinhos de gente não pertencem ao clã?

Coração de Fogo sentia as pernas prestes a ceder sob o peso de sua ansiedade. Colocou o camundongo na pilha de presas frescas e olhou à sua volta. Tempestade de Areia estava deitada ao lado de Vento Veloz e tinha um pardal entre as patas. O representante se encolheu quando a gata cor de gengibre lhe lançou um olhar carregado de censura. Ele sabia que teria de pedir desculpas, mas primeiro precisava contar a Estrela Azul o que tinha acontecido com Pata de Nuvem.

Ele se dirigiu à toca da líder e, na entrada, fez uma saudação. Ficou surpreso quando ouviu Nevasca responder. Passando a cabeça pelo líquen, viu Estrela Azul enrolada no ninho, a cabeça erguida e os olhos brilhantes enquanto trocava lambidas com Nevasca. Desta vez, a líder parecia um guerreiro comum, desfrutando a companhia de um amigo de confiança. Vendo a expressão satisfeita no rosto de Estrela Azul, o gato avermelhado desistiu de perturbá-la com a má notícia. Diria a ela mais tarde.

– Sim, o que é? – perguntou a gata.

– Eu… Eu estava me perguntando se você não estaria com fome – gaguejou Coração de Fogo.

– Oh! – Estrela Azul pareceu surpresa. – Obrigada, mas Nevasca trouxe alguma coisa para mim. – Ela inclinou a cabeça sobre um pombo comido pela metade, que estava no chão.

– Hã... bem, vou deixar você continuar comendo. – Coração de Fogo saiu depressa, antes que ela perguntasse o que ele andara fazendo. Voltando à pilha de presas frescas, ele pegou o camundongo que caçara e o levou para perto da moita de urtigas, onde Tempestade de Areia e Vento Veloz estavam deitados.

Tempestade de Areia desviou o olhar quando viu que ele se aproximava e ocupou-se em arrancar as asas de sua presa fresca. Coração de Fogo soltou o camundongo no chão.

– Olá – Vento Veloz o cumprimentou. – Pensei que você fosse perder a hora da refeição.

Coração de Fogo tentou ronronar uma resposta amigável, mas ela saiu brusca. – O meu dia foi atarefado. – Vento Veloz deu uma olhada para Tempestade de Areia, que continuava ignorando o representante do clã, e Coração de Fogo pensou ter visto o bigode do esbelto guerreiro estremecer.

– Sinto muito pelo que aconteceu hoje – Coração de Fogo sussurrou para Tempestade de Areia.

– Deve sentir mesmo – ela murmurou, levantando os olhos.

– Você tem sido uma boa amiga – ele insistiu. – Desculpe-me por tê-la feito pensar que não a admiro.

– Sim, bem, da próxima vez tente enxergar além dos próprios bigodes!

— Amigos de novo?

— Sempre fomos — ela respondeu simplesmente.

Aliviado, Coração de Fogo se deitou ao lado dela e começou a triturar seu camundongo. Vento Veloz não havia dito uma palavra, mas o representante notou que seus olhos estavam brilhando, divertidos. A paquera com Tempestade de Areia estava, obviamente, atraindo a atenção dos outros guerreiros. Seu corpo pinicou quando ele se deu conta desse fato, e, sem graça, ele percorreu a clareira com o olhar.

Risca de Carvão estava sentado diante da toca dos aprendizes conversando com Pata Gris. Coração de Fogo se perguntava por que o guerreiro estava falando com o aprendiz de Pelagem de Poeira em vez de compartilhar a refeição com os outros guerreiros. Pata Gris balançava a cabeça, mas o guerreiro malhado continuou falando até que o jovem abaixou os olhos e começou a atravessar a clareira em direção ao canteiro de urtigas.

As orelhas de Coração de Fogo estremeceram. Da maneira pela qual Risca de Carvão observava o jovem e cinzento aprendiz, ele podia deduzir que algo estava acontecendo.

Pata Gris parou na frente de Coração de Fogo, o corpo pequeno esticado e a cauda estremecendo nervosamente.

— Alguma coisa errada? — Coração de Fogo perguntou.

— Eu estava me perguntando aonde Pata de Nuvem teria ido — miou Pata Gris. — Ele disse que estaria de volta na hora da refeição.

O representante percebeu que, por trás do aprendiz, o guerreiro malhado escuro os observava atentamente, os olhos cor de âmbar brilhando com interesse indisfarçável.

– Diga a Risca de Carvão que, se ele quiser saber alguma coisa, que ele mesmo venha me perguntar! – disparou.

Pata Gris se encolheu e balbuciou: – Eu... eu sinto muito. Risca de Carvão me disse... – O aprendiz embaralhou as patas e, de repente, olhou para cima, fitando Coração de Fogo. – Na verdade, não é apenas Risca de Carvão que quer saber. Estou preocupado também. Pata de Nuvem prometeu que estaria de volta a essa hora. – O jovem hesitou, olhando para longe, e terminou – Não importa o que ele faça, Pata de Nuvem sempre mantém sua palavra.

Coração de Fogo ficou surpreso. Nunca lhe ocorrera que o sobrinho pudesse ter conquistado o respeito e a lealdade de seus colegas de toca, como qualquer outro guerreiro. Mas o que Pata Gris teria querido dizer com "Não importa o que ele faça"?

CAPÍTULO 13

PATA DE NUVEM ESTÁ BEM? – PERGUNTOU PATA GRIS.

Coração de Fogo piscou enquanto procurava as palavras certas para explicar o desaparecimento do sobrinho.

– Acho que Pata de Nuvem abandonou o clã – ele finalmente murmurou. Não adiantava tentar esconder.

Pata Gris arregalou os olhos, abismado, impressionado.

– Como assim, abandonou? – ele repetiu – Mas ele... ele nos teria dito. Nunca pensei que ele fosse *ficar* aqui!

– Ficar onde? – perguntou Vento Veloz, que bruscamente se levantou. – O que está acontecendo?

Pata Gris olhou, cheio de culpa, para o representante, sabendo que tinha traído o segredo de seu amigo.

– Continue a jantar – Coração de Fogo miou, com delicadeza. – Pode dizer a Risca de Carvão que Pata de Nuvem voltou para sua vida de gatinho de gente. Não precisam mais guardar segredo.

– Não acredito que ele tenha mesmo ido embora – miou, triste, Pata Gris. – Vou sentir muita falta dele. – Ele se virou e voltou à toca dos aprendizes, onde Risca de Carvão, como uma coruja faminta, o esperava. Até o pôr do sol todos no acampamento saberiam a novidade.

– Para onde foi Pata de Nuvem? – perguntou Vento Veloz, virando-se para Coração de Fogo.

– Ele voltou a viver com os Duas-Pernas – foi a resposta, cada palavra caindo como uma pedra no ar abafado da floresta. Em suas orelhas ainda soavam os gritos, de partir o coração, de seu sobrinho, pedindo socorro, mas, para Coração de Fogo, não havia nada de bom em ficar arrumando desculpas para as atitudes erradas de seu aprendiz. Como convencer o clã de que Pata de Nuvem tinha sido levado contra a vontade, quando todos certamente se lembrariam que o aprendiz ficara roliço por receber comida de um Duas-Pernas?

Vento Veloz franziu a testa. – Risca de Carvão vai gostar de ouvir isso.

O guerreiro malhado já olhava com triunfo para a clareira enquanto ouvia as novidades trazidas por Pata Gris. Com o peito apertado, Coração de Fogo observou-o trotar na direção de Rabo Longo e Orelhinha, e a notícia do desaparecimento de Pata de Nuvem começou a se espalhar pelo clã como as folhas escuras de uma hera. Orelhinha se espremeu entre os ramos do carvalho para contar a novidade aos outros anciãos, enquanto Rabo Longo fez um sinal ao seu antigo mentor e dirigiu-se ao berçário. Exatamente como Coração de Fogo temia, Risca de Carvão estava se certificando de que todo o clã soubesse que o parente do representante tinha voltado a suas raízes de gatinho de gente.

– Você não vai fazer nada? – perguntou Tempestade de Areia, com a voz aguda de indignação. – Vai deixar que Risca de Carvão conte a todos a respeito de Pata de Nuvem?

Coração de Fogo balançou a cabeça e miou, triste. – Como posso lutar contra a verdade?

– Você podia falar para o clã e explicar o que realmente aconteceu – disparou Tempestade de Areia.

– Pata de Nuvem rejeitou a vida do clã ao aceitar comida de gatinho de gente – Coração de Fogo observou.

– Bem, você devia ao menos contar a Estrela Azul – Tempestade de Areia ponderou.

– Tarde demais – murmurou Vento Veloz.

Coração de Fogo seguiu o olhar do guerreiro marrom e viu Risca de Carvão entrando na toca da líder. Agora a gata teria uma noite agitada, exatamente quando precisava de paz mais do que qualquer outra coisa. Coração de Fogo agitou a cauda com raiva diante da atitude egoísta de Risca de Carvão, embora soubesse que a maior parte de sua raiva era dirigida ao sobrinho.

– Vamos, você também precisa jantar – miou Tempestade de Areia, agora com mais delicadeza. Mas o gato de pelagem vermelha não tinha mais nenhum apetite. Ele apenas olhava fixamente para a clareira, devolvendo os olhares dos outros gatos do clã – alguns ansiosos, outros incrivelmente curiosos – ao saberem da deserção de Pata de Nuvem.

Vento Veloz tocou com a cauda uma das pernas traseiras de Coração de Fogo – Cuidado.

Risca de Carvão se aproximava deles com uma expressão de superioridade que ele nem sequer tentava disfarçar.

– Estrela Azul quer ver você – miou em voz alta para Coração de Fogo. Com um suspiro resignado, o representante seguiu para a toca da líder.

Na entrada, ele hesitou, tamanha era sua ansiedade. Parecia inevitável Estrela Azul considerar o desaparecimento de Pata de Nuvem como mais uma traição de um gato do clã. Será que ela começaria a duvidar dele também, por causa de suas origens de gatinho de gente?

– Entre, Coração de Fogo – Estrela Azul convidou. – Sinto seu cheiro, sei que está escondido aí fora.

O gato ultrapassou a cortina de líquen. A líder do clã estava enroscada no ninho, ao lado de Nevasca, que tinha os olhos arregalados de curiosidade. Coração de Fogo empinou as orelhas, tentando fazer com que parassem de tremer, para não expor seu nervosismo.

– Então, foi por isso que você veio me ver mais cedo – ela miou. – Não era para saber se eu estava com fome! – Coração de Fogo foi pego de calças curtas pelo ronronar divertido da gata. – Você normalmente só se oferece para trazer comida para minha toca quando acha que eu estou morrendo. Você me fez pensar que corria um boato pelo acampamento de que eu estaria muito mal das pernas!

Coração de Fogo não podia acreditar que ela estivesse recebendo com tanta calma a notícia sobre Pata de Nuvem.

– E-Eu sinto muito – ele gaguejou. – Eu ia contar a você

sobre Pata de Nuvem, mas você parecia tão... tão em paz, que eu não quis aborrecê-la.

— Posso não estar muito bem ultimamente — a líder reconheceu, abaixando a cabeça —, mas não sou delicada como uma teia de aranha. Seus olhos azuis ficaram sérios, e ela continuou: — Ainda sou sua líder e preciso saber tudo o que acontece no meu clã.

— Certo, Estrela Azul — respondeu Coração de Fogo.

— Agora há pouco, Risca de Carvão me contou que Pata de Nuvem foi viver com os Duas-Pernas. Você sabia que isso podia acontecer?

Coração de Fogo fez que sim. — Mas só soube recentemente — acrescentou. — Só ontem descobri que ele estava visitando um ninho de Duas-Pernas atrás de comida.

— E você pensou que podia resolver isso sozinho?

— Pensei. — Coração de Fogo olhou para Nevasca, que o observava em silêncio, os velhos olhos percebendo cada detalhe.

— Não se pode dizer a um gato o que seu coração deve sentir — Estrela Azul advertiu. — Se o coração de Pata de Nuvem desejava uma vida de gatinho de gente, nem mesmo o Clã das Estrelas poderia mudar isso.

— Eu sei disso — disse Coração de Fogo. — Mas não é tão simples. — Ele não queria que o resto do clã desculpasse o comportamento do sobrinho, mas queria que a líder soubesse toda a história. Se era para o bem de Pata de Nuvem ou para o seu próprio bem, ele não tinha certeza. — Ele foi levado pelos Duas-Pernas contra a vontade.

– Levado? – Nevasca repetiu. – Como assim?

– Eu vi quando ele foi carregado para dentro de um monstro – explicou Coração de Fogo. – Ele gritava por socorro. Corri atrás dele, mas nada pude fazer.

– Mas ele andou aceitando comida dos Duas-Pernas – Estrela Azul lembrou, estreitando os olhos.

– Sim. É verdade – o representante admitiu. – Eu falei com ele a respeito disso ontem, e não sei se ele realmente queria levar uma vida de gatinho de gente. – Ele ainda parecia se sentir como um gato de clã. – Coração de Fogo engoliu em seco, desconfortável. – Não acho que Pata de Nuvem tenha compreendido que transgrediu o Código dos Guerreiros.

– Tem certeza de que ele é o tipo de guerreiro de que o Clã do Trovão precisa? – perguntou Estrela Azul.

Coração de Fogo abaixou os olhos, com vergonha do aprendiz, reconhecendo a verdade nas palavras da gata. – Ele ainda é muito jovem – desculpou-se em voz baixa. – Acho que ele tem o coração de um gato de clã, mesmo que ainda não tenha se dado conta disso.

– Coração de Fogo – miou Estrela Azul, gentil. – O Clã do Trovão precisa de gatos leais e valentes, como você. Se Pata de Nuvem foi levado, talvez o Clã das Estrelas tenha planejado isso. Ele pode não ter nascido na floresta, mas fez parte de nosso clã por tempo o bastante para que os nossos ancestrais se interessassem por ele. Não fique assim tão triste. Onde quer que ele esteja, o Clã das Estrelas vai assegurar que seja feliz.

Coração de Fogo lentamente levantou os olhos e agradeceu à antiga mentora. – Obrigado, Estrela Azul – miou. Ele queria acreditar que o Clã das Estrelas realmente se interessava pelo futuro do jovem, que eles não puniriam o clã ou demonstrariam seu desagrado em relação a gatinhos de gente mandando o seu aprendiz embora. Ainda que não estivesse inteiramente convencido disso, ficou agradecido à líder por sua solidariedade e se sentiu muito aliviado por ela não ter interpretado o desaparecimento de Pata de Nuvem como um terrível sinal de algo pior.

Naquela noite, Coração de Fogo voltou a sonhar. Sob um céu límpido, ele era levado acima da floresta, até Quatro Árvores, seguro pelas garras estreladas do céu, até ser depositado sobre a Pedra do Conselho. O gato sentiu a força eterna da pedra sob as patas e apreciou o alívio que o frescor da pedra suave proporcionava a suas almofadinhas, pois elas ainda ardiam por causa da corrida atrás de Pata de Nuvem. Ele sentiu Folha Manchada se aproximar e, com essa sensação, veio também uma onda de alívio pelo fato de ela não tê-lo abandonado, como no último sonho.

– Coração de Fogo. – A voz familiar o chamou baixinho, e ele girou o corpo, esperando ver a pele atartarugada da curandeira brilhando sob o luar. Mas ela não estava ali.

– Folha Manchada, onde você está? – ele chamou, com o coração doendo de saudade.

– Coração de Fogo – ele ouviu novamente. – Cuidado com um inimigo que parece dormir.

– O que você quer dizer com isso? – ele perguntou, sentindo o peito apertado. – Que inimigo?

– Cuidado!

Coração de Fogo abriu os olhos e levantou a cabeça com um tranco. Ainda estava escuro dentro da toca e ele podia ouvir a respiração cadenciada dos outros guerreiros do Clã do Trovão. Ele se levantou e pegou o caminho costumeiro para a entrada. Ao passar deslizando por Risca de Carvão, percebeu as orelhas do guerreiro empinadas, em alerta, embora seus olhos estivessem fechados.

Cuidado com um inimigo que parece dormir. O aviso voltou à sua cabeça, mas ele sacudiu o pensamento. Folha Manchada não precisava alertá-lo quanto a Risca de Carvão. Coração de Fogo sabia que a lealdade do gato ao Clã do Trovão não significava necessariamente lealdade a ele. O aviso dela estava relacionado a algo mais, algo que ela temia que o representante não pudesse ver sozinho.

A clareira trouxe uma brisa fria e um luar prateado e pálido. Coração de Fogo sentou-se na borda da clareira e olhou para as estrelas. De que Folha Manchada queria protegê-lo? Ele procurou lembrar-se de tudo o que acontecera recentemente – a recuperação de Estrela Azul, o desaparecimento de Pata de Nuvem, a descoberta da doença dos gatos do Clã das Sombras. *Os gatos do Clã das Sombras!* Pata de Cinza disse que os tinha curado, mas talvez isso não tivesse de fato acontecido. Talvez eles apenas parecessem ter melhorado. O representante sentiu uma ferroada de alarme, como mordidas de pulga na base da cauda. Folha Manchada fora curandeira, e devia saber que os doentes não tinham sido curados de verdade. Talvez ela o alertasse para o fato de que o mal já tinha se espalhado pelo acampamento do Clã do Trovão. Quanto mais pensava sobre isso, mais certeza tinha do significado do sonho.

Morcegos circulavam por entre as copas das árvores, e suas asas silenciosas pareciam atiçar as chamas do alarme de Coração de Fogo. Como ele pudera deixar os gatos do Clã das Sombras ficarem no território do Clã do Trovão? Ele precisava perguntar a Pata de Cinza se ela tinha certeza de ter descoberto a cura da doença deles. Ele deu um pulo, atravessou a clareira correndo e chegou à toca de Presa Amarela pelo túnel de samambaias.

Ele deslizou até parar, arfando. Os roncos ásperos de Presa Amarela vinham da fenda escura e faziam eco na rocha em frente. O representante podia ouvir a respiração mais suave de Pata de Cinza vindo de um ninho entre as samambaias que circundavam a clareira. Ele enfiou a cabeça no buraco e sibilou, aflito: – Pata de Cinza!

– É você, Coração de Fogo? – ela miou, sonolenta.

– Pata de Cinza – ele repetiu, alto o bastante para acordar a gata.

Ela olhou para ele com os olhos semicerrados, então, rolou vagarosamente sobre a barriga e levantou a cabeça. – O que foi? – ela perguntou, franzindo a testa.

– Você tem certeza de que os gatos do Clã das Sombras estão mesmo curados? – Coração de Fogo quis saber. Ele tentava não fazer alarde, embora soubesse que Presa Amarela não poderia ouvi-lo de sua toca.

Pata de Cinza, confusa, piscou. – Você *me* acordou para perguntar isso? Já disse a você ontem que eles estão melhorando.

– Mas eles ainda estão doentes?

– Bem, estão – a gata admitiu. – Mas não tanto quanto antes.

– E você? Tem sinais da doença? Algum dos nossos foi procurar você com febre ou dor?

Pata de Cinza bocejou e se espreguiçou. – Eu estou bem – miou. – Os gatos do Clã das Sombras estão bem. O Clã do Trovão também está bem – ela balançou a cabeça, mostrando cansaço. – Todo o mundo está bem! Por que o Clã das Estrelas está deixando você preocupado?

Coração de Fogo explicou, sentindo-se desconfortável: – Tive um sonho em que Folha Manchada me avisava para ter cuidado com um inimigo que parece dormir. Acho que ela falava da doença.

Pata de Cinza resfolegou. – Provavelmente o sonho era para avisar você que não acordasse a pobre e velha Pata de Cinza, pois ela teve um dia muito cansativo; e que, se fizesse isso, podiam puxar os seus bigodes.

Coração de Fogo percebeu que ela parecia realmente cansada. Devia estar ainda mais ocupada do que o normal, cumprindo seus deveres no acampamento e cuidando de Nuvenzinha e Gogó de Algodão. – Desculpe – ele miou. – Mas acho que os gatos do Clã das Sombras precisam ir embora.

Pata de Cinza abriu os olhos completamente pela primeira vez. – Você disse que eles poderiam ficar até melhorarem – ela lembrou. – Mudou de ideia por causa do sonho?

– Folha Manchada já acertou antes – o gato respondeu. Não posso me arriscar deixando que fiquem.

Pata de Cinza o fitou por alguns instantes sem dizer nada, então miou: – Deixe que eu falo com eles.

O representante concordou, mas insistiu: – Mas precisa ser amanhã mesmo.

A gata apoiou o queixo nas patas dianteiras, prometendo: – Vou falar com eles. Mas e se o seu sonho estiver errado? Se o Clã das Sombras está tão afetado pela doença como dizem, você pode estar mandando esses gatos para a morte.

Coração de Fogo sentiu o peito doer, mas sabia que precisava proteger seu clã. – Você pode ensinar a eles como fazer a mistura de ervas, não pode? – sugeriu.

A gata fez que sim com a cabeça.

– Certo, então – Coração de Fogo continuou. – Se você fizer isso, eles poderão cuidar de si mesmos e, talvez, até ajudar os outros gatos do clã deles. – Coração de Fogo pensou, aliviado, que, dessa maneira, não estava abandonando totalmente os desesperados gatos do Clã das Sombras, mas ele ainda sentia necessidade de explicar por que estava lhes virando as costas. – Pata de Cinza, preciso respeitar Folha Manchada... – Um nó na garganta de tristeza sufocou suas palavras. O odor das samambaias ao seu redor fez a lembrança da curandeira ficar mais intensa, pois ali ela vivera e trabalhara.

– Você fala como se ela estivesse viva – a gata observou, fechando os olhos. – Por que você não a deixa descansar sossegada no Clã das Estrelas? Sei que ela era especial para você, mas lembre-se do que Presa Amarela me disse quando eu não parava de pensar em Arroio de Prata: "Ponha sua energia no dia de hoje; pare de pensar no passado."

– Qual é o problema de eu me lembrar de Folha Manchada? – o gato de pelagem vermelha protestou.

– Porque enquanto você está sonhando com ela, existe uma gata – e essa está viva – bem debaixo do seu nariz em quem você deveria estar pensando.

Coração de Fogo, atrapalhado, encarou Pata de Cinza.
– Do que você está falando?

– Você não percebeu?

– Perceber o quê?

A gata abriu os olhos e levantou a cabeça – Ora, todos os gatos do clã sabem que Tempestade de Areia está caidinha por você.

O representante, sentindo uma comichão por todo o corpo, ensaiou um protesto. Mas Pata de Cinza o ignorou.
– Agora vá e me deixe descansar – ela resmungou, colocando mais uma vez o queixo sobre as patas. – Prometo dizer a Nuvenzinha e Gogó de Algodão para irem embora amanhã.

Quando chegou ao túnel de samambaias, Coração de Fogo pôde ouvir os suaves roncos de Pata de Cinza misturados aos invariáveis sons ásperos produzidos por Presa Amarela. Ele ainda tinha um turbilhão na cabeça quando atingiu a clareira. Sabia que Tempestade de Areia gostava dele e o respeitava, muito mais do que ele jamais tinha esperado desde que se juntara ao clã, mas nunca lhe ocorrera que ela sentisse alguma coisa além de amizade. De repente ele se lembrou do suave lampejo nos olhos verdes da gata enquanto ela passava a língua em suas patas doloridas; e sentiu seu pelo arrepiar-se com uma sensação desconhecida.

CAPÍTULO 14

Ao longo dos dias que se seguiram, o nível dos riachos do território do Clã do Trovão se reduziu demais, a ponto de só ser possível encontrar água doce perto da fronteira do Clã do Rio, do outro lado das Rochas Ensolaradas.

– Nunca houve um verão como este – resmungou Caolha. – A floresta está tão seca quanto uma forragem de cama.

Coração de Fogo procurava nuvens no céu, enviando uma oração silenciosa ao Clã das Estrelas para que a chuva viesse logo. A seca forçava os gatos do Clã do Trovão a buscar água cada vez mais perto do lugar onde Pata de Cinza tinha abrigado os gatos doentes do Clã das Sombras, e ele não queria correr o risco de as patrulhas entrarem em contato com vestígios da doença. Ao mesmo tempo, estava quase grato pelo fato de a preocupação com a água desviar sua atenção, assim sobrava-lhe menos tempo para pensar no que acontecera a Pata de Nuvem e onde ele estaria agora.

A patrulha do sol alto tinha acabado de voltar e Pele de Geada estava organizando um grupo de rainhas e anciãos para irem ao rio beber água. Eles estavam reunidos nas áreas estreitas de sombra nos limites da clareira.

— Por que o Clã das Estrelas nos enviou uma seca como essa? — reclamou Orelhinha. Com o canto dos olhos, Coração de Fogo viu o ancião cinzento dar uma olhada em sua direção e lembrou, com um arrepio, o alerta deste a respeito dos rituais quebrados.

— Não é a secura que me incomoda — resmungou Caolha. — São todos esses Duas-Pernas soltos na floresta. Nunca tinha ouvido tantos deles se esbarrando por aí, espantando as presas e arruinando nossas marcas de cheiro com o fedor deles. Um pouco de chuva talvez os afastasse.

— Bem, eu estou preocupada com Pele de Salgueiro — miou Cauda Sarapintada. — É uma jornada e tanto ir até o riacho e voltar, e ela não gosta de deixar seus filhotes por muito tempo. Mas, se ela não beber água, seu leite seca e os filhotes morrem de fome.

— Flor Dourada também — Retalho acrescentou. — Talvez se cada um de nós trouxesse um pedaço de musgo embebido em água, elas poderiam lamber a água dali — ele sugeriu.

— É uma ótima ideia — Coração de Fogo miou. Ele se perguntava por que a ideia não partira dele mesmo. Talvez ele estivesse tentando tirar o berçário da cabeça — e um filhote em particular. — Vocês conseguem trazer um pouco hoje?

O velho gato preto e branco assentiu.

— Todos nós vamos trazer um pouco — Cauda Sarapintada ofereceu.

– Obrigado. – Coração de Fogo piscou para ela com gratidão. Ele não pôde deixar de pensar, com uma pontada de pesar, na ansiedade com que Pata de Nuvem teria se oferecido para ajudar os anciãos. Ele sempre fora especialmente próximo a eles, ouvindo suas histórias à noite e, até mesmo, às vezes, compartilhando refeições. Era doloroso para o gato de pelagem vermelha, quando ele se permitia pensar por muito tempo nisso, o fato de que os anciãos pareciam nem notar a ausência de Pata de Nuvem. Será que Coração de Fogo era o único gato no Clã do Trovão a acreditar que seu sobrinho poderia se ajustar à vida na floresta? Ele sacudiu as orelhas, irritado. Talvez Estrela Azul tivesse razão, talvez o jovem gato branco tivesse tomado a decisão certa ao partir. Mas pensar assim não fazia com que ele deixasse de sentir a falta do aprendiz com uma intensidade inesperada.

Ele chamou Tempestade de Areia e Pelo de Samambaia, que, depois da patrulha do sol alto, descansavam na sombra do canteiro de urtiga. De um salto, os dois se levantaram imediatamente e correram aos trotes para o representante, que perguntou:

– Vocês poderiam acompanhar Orelhinha e os outros? Não sei até que distância do rio eles terão que ir, e vão precisar de proteção caso deem de cara com alguma patrulha do Clã do Rio. – Ele fez uma pausa. – Sei que vocês estão cansados, mas os outros gatos saíram para treinar e eu tenho que ficar de guarda com Nevasca.

– Sem problema – miou logo Pelo de Samambaia.

– Eu não estou cansada, Coração de Fogo – insistiu Tempestade de Areia, fixando nele seu olhar verde-folha.

As patas de Coração de Fogo formigaram quando ele se lembrou do que Pata de Cinza lhe dissera, algumas noites atrás. – Hã, ótimo – ele miou, um pouco alto demais. E começou a lavar seu peito para disfarçar, acelerando as lambidas quando percebeu que Pelo de Samambaia mexia os bigodes, achando divertido.

Ele ficou aliviado quando o grupo saiu pelo túnel de tojo, deixando-o sozinho na clareira deserta. Nevasca estava com Estrela Azul, na toca dela. Pele de Salgueiro e Flor Dourada estavam no berçário, com seus filhotes. Nos últimos dias Coração de Fogo havia notado o filhote de Garra de Tigre andando por todo o acampamento, com suas perninhas instáveis, incentivado por Flor Dourada. Ele se pegara evitando os olhos do filhote, e via com cautela como, pouco a pouco, o filhote se integrava à vida do clã.

Agora, ouvindo-o chorar com os outros bebês, Coração de Fogo se preocupava: se sua mãe não bebesse água logo, ele passaria fome. O representante esperava que os felinos não tivessem que ir até o rio, e imaginava o grupo de anciãos e rainhas se movendo devagar pela vegetação rasteira, com Tempestade de Areia ao lado deles, seu pelo alaranjado brilhando entre as folhas verdes. Com um sobressalto, ele se lembrou dos gatos doentes do Clã das Sombras. E se Pata de Cinza não os tivesse mandado embora de verdade, e se eles ainda estivessem escondidos lá?

Coração de Fogo estremeceu. Dirigindo-se apressadamente à clareira de Presa Amarela, quase esbarrou em Pata de Cinza, que saía mancando do túnel.

– Qual é o problema com você? – ela miou alegremente, mas, então, vendo a expressão preocupada do amigo, mudou de expressão.

– Você disse a Nuvenzinha e Gogó de Algodão que eles deviam partir? – Coração de Fogo sussurrou, com urgência.

– Nós já tínhamos encerrado esse assunto – suspirou Pata de Cinza com impaciência.

– Você tem certeza de que eles foram embora?

– Eles prometeram ir naquela noite. – Seus olhos azuis desafiavam Coração de Fogo.

– E eles não deixaram nenhum fedor de doença? – ele insistiu, o pelo pinicando de preocupação.

– Olhe! – ela disparou. – Eu disse que saíssem e eles se comprometeram a fazê-lo. Não tenho tempo para isso. Há frutinhas vermelhas para colher, e, se não o fizermos, os pássaros se encarregarão delas. Se não acredita em mim, por que não vai você mesmo verificar?

Um grito abafado veio da toca da curandeira: – Não sei com quem você está falando aí fora, mas pare agora e vá buscar as frutinhas!

– Desculpe, Presa Amarela – Pata de Cinza falou por cima do ombro. – Só estou conversando com Coração de Fogo. – Ela olhou para ele com os olhos brilhando acusadoramente quando se ouviu novamente a voz da curandeira.

– Bem, diga-lhe para parar de desperdiçar seu tempo ou ele vai ter de se ver comigo!

A pelagem dos ombros de Pata de Cinza relaxou e os bigodes dela estremeceram, divertidos. Coração de Fogo sentiu uma pontada de culpa. – Sinto muito ficar insistindo nesse assunto. Não é que eu não confie em você. É que eu...

– Você é um legítimo texugo velho e rabugento – ela disse, cutucando-lhe afetuosamente o ombro. – Vá e confira a caverna de raízes por si mesmo, se quiser ficar tranquilo. – Ela passou por ele e se foi, mancando, na direção da entrada do acampamento.

Pata de Cinza estava certa. Coração de Fogo sabia que só ficaria sossegado depois de verificar o velho carvalho e se certificar de que ele estava livre dos gatos do Clã das Sombras e da doença. Mas não podia ir agora. Ele e Nevasca eram os únicos guerreiros no acampamento. Seu pelo coçava de frustração e preocupação. O representante começou a andar pela clareira e, quando fez meia-volta, ao pé da Pedra Grande, para refazer mais uma vez seus passos, viu Nevasca se aproximando.

– Você já se decidiu sobre a patrulha da noite? – perguntou o guerreiro branco.

– Eu pensei que Vento Veloz poderia levar Pata de Espinho e Pelo de Rato.

– Boa ideia – respondeu Nevasca, distraído. Era evidente que ele tinha algo em mente. – Pata Brilhante poderia ir com a patrulha do amanhecer, amanhã? – ele perguntou.
– A experiência fará bem a ela. Eu... Eu não tenho treinado com ela ultimamente. – A orelha de Nevasca estremeceu, com uma pontada de desconforto. Coração de Fogo se deu conta de que o guerreiro branco passava cada vez mais tempo com Estrela Azul. Era fácil deduzir que Nevasca ti-

nha medo do que a líder do clã poderia fazer se ficasse sozinha por muito tempo. Ao mesmo tempo, com um misto de culpa e alívio, Coração de Fogo percebeu que havia outro gato no clã – nada menos do que o guerreiro veterano mais respeitado – com quem compartilhar suas preocupações em relação à perturbada líder.

– Claro – ele concordou.

Nevasca sentou-se ao lado do representante e percorreu a clareira com o olhar. – Está tranquilo esta tarde.

– Tempestade de Areia e Pelo de Samambaia levaram os anciãos e as rainhas para beber água no rio. Retalho sugeriu trazerem musgo umedecido para Pele de Salgueiro e Flor Dourada poderem beber água.

Nevasca assentiu. – Talvez elas possam compartilhar um pouco com Estrela Azul. Ela parece relutante em deixar o acampamento. – O velho guerreiro abaixou a voz. – Ela lambe o orvalho das folhas toda manhã, mas precisa mais do que isso com este calor.

Coração de Fogo sentiu uma nova onda de ansiedade inundar-lhe o peito. – Ela parecia muito melhor no outro dia.

– Ela está melhor a cada dia – o guerreiro branco assegurou. – Mas ela ainda... Seu miado profundo morreu na garganta e, embora Coração de Fogo tivesse ficado abalado com a expressão de sombria preocupação do velho guerreiro, não era necessário dizer mais nada.

– Entendo – ele murmurou. – Vou pedir a Retalho que leve um pouco de água para ela quando eles voltarem.

– Obrigado. – Nevasca estreitou os olhos para Coração de Fogo. – Você está indo muito bem, sabia? – ele comentou calmamente.

Coração de Fogo se sentou. – O que você quer dizer?

– Como representante. Sei que não tem sido fácil, com Estrela Azul... do jeito que ela está, e a seca. Mas duvido que haja um gato no clã que possa negar que Estrela Azul fez a escolha certa ao designar você.

Com exceção de Risca de Carvão, Pelagem de Poeira e metade dos anciãos, Coração de Fogo pensou consigo mesmo. Então se deu conta de que estava sendo grosseiro e, agradecido, piscou ao guerreiro branco. – Obrigado, Nevasca – ele ronronou. E não pôde deixar de sentir-se encorajado pelos elogios daquele gato sábio, cuja opinião ele valorizava tanto quanto a de Estrela Azul.

– E sinto muito por Pata de Nuvem – Nevasca continuou com suavidade. – Deve ser muito duro para você. Afinal, ele era seu parente, e acho que é muito fácil para os gatos nascidos na floresta considerarem natural o elo com o clã.

Coração de Fogo estava surpreso com a astúcia do guerreiro. – Bem, sim – ele começou, hesitante. – Sinto falta dele. Não apenas porque era meu parente. Eu acredito mesmo que ele poderia ter sido um bom guerreiro no fim das contas. – O gato de pelagem vermelha olhou de soslaio para Nevasca, como se esperasse ser contestado, mas, para sua surpresa, o guerreiro concordou com a cabeça.

– Ele era um bom caçador, e um bom amigo dos outros aprendizes – Nevasca concordou. – Mas talvez o Clã das

Estrelas tivesse um destino diferente para ele. Não sou curandeiro, nem posso ler as estrelas como Presa Amarela ou Pata de Cinza, mas sempre confio em nossos guerreiros ancestrais, não importa para onde eles conduzam nosso clã.

E é isso que o faz tão nobre, pensou Coração de Fogo, cheio de admiração pela lealdade de Nevasca ao Código dos Guerreiros. Se Pata de Nuvem tivesse tido um fio de bigode desse entendimento, as coisas poderiam ter sido muito diferentes.

O ruído de seixos caindo do lado de fora do acampamento fez os dois gatos darem um pulo. Coração de Fogo disparou para a entrada do acampamento. Cauda Sarapintada e os outros desciam pela encosta rochosa, fazendo despencar uma nuvem de terra e detritos em volta. Os pelos deles estavam eriçados e seus olhos, cheios de pavor.

– Duas-Pernas! – Cauda Sarapintada ofegava quando chegaram ao pé da ravina.

Coração de Fogo olhou para cima, onde Pelo de Samambaia e Tempestade de Areia ajudavam os gatos mais velhos, que lutavam para descer, pedra por pedra.

– Está tudo bem – Tempestade de Areia disse baixinho. – Nós os despistamos.

Quando todos estavam em segurança, embaixo, Pelo de Samambaia explicou, com a respiração ofegante de medo:
– Havia um grupo de Duas-Pernas jovens. Eles nos perseguiram!

A pelagem de Coração de Fogo se arrepiou, em alarme, quando um miado aterrorizado se ergueu dentre os felinos.
– Vocês estão todos bem? – ele miou.

Tempestade de Areia percorreu o grupo com o olhar e assentiu com a cabeça.

– Ainda bem. – Coração de Fogo se acalmou e respirou fundo. – Onde estavam esses Duas-Pernas? No rio?

– Ainda nem tínhamos chegado às Rochas Ensolaradas – respondeu Tempestade de Areia. A voz dela ficou mais calma quando ela conseguiu recuperar o fôlego, e seus olhos começaram a brilhar, indignados. – Eles estavam vagando pela floresta, não estavam nos caminhos habituais dos Duas-Pernas.

Coração de Fogo tentava não demonstrar seu pânico. Os Duas-Pernas raramente se aventuravam tão profundamente na floresta. – Vamos ter que esperar até anoitecer para ir buscar água – determinou em voz alta.

– Você acha que eles terão ido embora, então? – perguntou Caolha, trêmula.

– Por que eles ficariam na floresta? – Coração de Fogo tentava parecer seguro, apesar das próprias dúvidas. Quem poderia prever o comportamento de um Duas-Pernas?

– E quanto a Pele de Salgueiro e Flor Dourada? – Cauda Sarapintada reclamou. – Elas precisam de água antes disso.

– Eu vou buscar – se ofereceu Tempestade de Areia.

– Não – miou Coração de Fogo. – Eu vou. – Buscar água para Pele de Salgueiro era a oportunidade perfeita para seguir o conselho de Pata de Cinza e verificar por si mesmo se os gatos do Clã das Sombras e sua doença tinham ido embora da caverna sob o velho carvalho. Ele acenou para Tempestade de Areia. – Preciso que você fique no topo da ravina, vigiando os Duas-Pernas. – Caolha soltou um miado ansioso: – Eu tenho certeza de que eles voltaram. – Coração de Fogo acalmou a anciã: – Mas você estará segura com Tempestade de Areia de guarda. – Ele fitou os brilhantes olhos cor de esmeralda da guerreira e soube que estava certo.

– Vou com você – miou Pelo de Samambaia.

Coração de Fogo balançou a cabeça, negando. Ele precisava ir sozinho para evitar que os outros gatos descobrissem as tolas boas ações de Pata de Cinza. – Você terá que vigiar o acampamento com Nevasca – disse ao guerreiro de pelos marrons. – E quero que você relate a Estrela Azul o que viu na floresta. Vou trazer o máximo de musgo que puder. O resto de vocês terá que esperar até anoitecer.

Coração de Fogo e Tempestade de Areia escalaram a ravina juntos, cheirando o ar com cautela ao se aproximarem do topo. Não havia odor de Duas-Pernas ali.

– Tenha cuidado – sussurrou Tempestade de Areia quando Coração de Fogo se preparava para entrar na floresta.

Ele deu uma lambida na cabeça da gata. – Pode deixar – prometeu com suavidade.

Dois pares de olhos verdes se encontraram demoradamente; então, Coração de Fogo voltou-se e rastejou com cuidado por entre as árvores. Ele se manteve entre a vegetação mais espessa, as orelhas eretas e a boca semiaberta, em um esforço para captar quaisquer sinais dos Duas-Pernas. Quando alcançou as Rochas Ensolaradas, sentiu o fedor natural deles, mas era um cheiro antigo.

Coração de Fogo retornou e atravessou a mata até a encosta, rio acima, que marcava a fronteira do Clã do Rio. Enquanto verificava se havia patrulhas do clã rival, procurava também a familiar cabeça acinzentada de seu amigo, Listra Cinzenta. Mas não havia nenhum sinal de gatos na floresta abafada. Coração de Fogo conseguiria pegar água no riacho sem problemas, mas primeiro precisava verificar a caverna sob o velho carvalho.

Ele continuou ao longo da fronteira, parando em todas as outras árvores para deixar o seu cheiro e reforçar a fronteira entre os dois clãs. Mesmo tão perto do rio, a floresta tinha perdido o viço da estação do renovo, e as folhas das árvores pareciam encarquilhadas e gastas. Coração de Fogo logo viu o carvalho retorcido e, quando chegou mais perto, viu a caverna empoeirada onde os gatos do Clã das Sombras tinham se abrigado.

O gato avermelhado respirou profundamente. O fedor de doença tinha desaparecido. Com um suspiro de alívio, decidiu dar uma rápida olhada no interior da caverna e, depois, buscar a água. Com passos silenciosos, avançou em direção ao buraco, os olhos fixos nele. Agachou-se e, esticando cuidadosamente o pescoço, olhou para a toca improvisada.

Nesse momento, deixou escapar um arquejo assustado, pois um peso caíra sobre suas costas, e garras prendiam as laterais de seu corpo. Raiva e medo pulsaram em seu interior, e ele gritou, contorcendo-se violentamente para tentar escapar do agressor. Mas o gato que o emboscara se manteve firme. Coração de Fogo se preparou para a dor de garras afiadas como espinhos nos flancos de seu corpo, mas as largas patas que o agarravam eram suaves, e suas garras estavam guardadas. Então, um odor familiar encheu suas narinas – odores do Clã do Rio o encobriam, mas, ainda assim, ele era reconhecível.

– Listra Cinzenta! – ele miou alegremente.

– Pensei que você nunca viria me visitar! – ronronou Listra Cinzenta.

Coração de Fogo sentiu o velho amigo escorregar de suas costas e percebeu que Listra Cinzenta estava encharcado de água do rio. Sua própria pelagem avermelhada tinha ficado ensopada com a luta. Ele se sacudiu e olhou com espanto para o guerreiro cinza. – Você atravessou o rio a nado? – miou, incrédulo. Todos os gatos do Clã do Trovão sabiam como Listra Cinzenta odiava molhar o seu pelo espesso.

Com uma chacoalhada rápida, o gato cinzento expulsou com facilidade a água de seu corpo. Sua longa pelagem, que costumava absorver água como musgo, parecia lustrosa e brilhante. – É mais rápido do que atravessar pelas pedras – ele comentou. – Além disso, meu pelo parece·não reter mais tanta água. Deve ser mais uma das vantagens de comer peixe.

– A única, eu acho – respondeu Coração de Fogo, franzindo a cara. Ele não conseguia imaginar como o sabor forte do peixe podia ser comparado aos sutis sabores almiscarados das presas da floresta do Clã do Trovão.

– Não é tão ruim depois que você se acostuma – miou Listra Cinzenta. Ele piscou calorosamente para Coração de Fogo. – Você parece bem.

– Você também – ronronou Coração de Fogo.

– Como estão todos? Pelagem de Poeira continua chato? Como está Estrela Azul?

– Pelagem de Poeira está bem – começou Coração de Fogo, mas, então, hesitou. – Estrela Azul está... – Ele procurava as palavras, sem saber o quanto deveria contar a seu velho amigo sobre a líder Clã do Trovão.

– O que foi? – perguntou Listra Cinzenta, estreitando os olhos.

Coração de Fogo se deu conta de que o guerreiro cinzento o conhecia muito bem para não perceber o que ele estava sentindo. Suas orelhas estremeceram, inquietas.

– Estrela Azul está bem, não está? – A voz de Listra Cinzenta estava cheia de preocupação.

– Ela está – assegurou rapidamente Coração de Fogo, sentindo-se aliviado; Listra Cinzenta detectara sua ansiedade por causa da líder do Clã do Trovão e não sua desconfiança para com o velho amigo. – Mas ela não tem sido a mesma ultimamente. Não desde que Garra de Tigre... – ele parou, inseguro.

Listra Cinzenta franziu a testa. – Você voltou a ver aquele pata venenosa?

Coração de Fogo balançou a cabeça. – Nem sinal dele. Não sei como Estrela Azul reagiria se o visse novamente.

– Ela arranharia os olhos dele, se bem a conheço – ronronou Listra Cinzenta. – Não consigo imaginar nada que pudesse deixar Estrela Azul deprimida por muito tempo.

Quem me dera fosse verdade, pensou Coração de Fogo, com tristeza. Ele olhou nos olhos curiosos do amigo, sabendo, com uma pontada de mágoa, que o desejo de confiar no velho companheiro era um sonho impossível. Listra Cinzenta agora era um membro do Clã do Rio, e Coração de Fogo precisava aceitar, ainda que isso fizesse doer seu coração, que não poderia compartilhar detalhes da fraqueza de sua líder com um gato de outro clã. E também se deu conta de que não estava preparado para contar a Listra Cinzenta sobre o desaparecimento de Pata de Nuvem; pelo menos, não ainda. Coração de Fogo tentou se convencer de que, apenas, não queria preocupar o velho amigo, afinal, ele não poderia fazer nada. Mas suspeitava que seu silêncio tivesse mais a ver com orgulho. Ele não queria que Listra Cinzenta soubesse que ele falhara como mentor pela segunda vez, e tão pouco tempo depois do acidente de Pata de Cinza.

– Que tal é o Clã do Rio? – ele miou, mudando deliberadamente de assunto.

O gato cinza deu de ombros. – Não muito diferente do Clã do Trovão. Alguns felinos são amistosos, outros, rabugentos, alguns são divertidos, outros são... Bom, são apenas gatos de clã normais, acho.

Coração de Fogo não pôde deixar de sentir inveja do guerreiro cinzento, que parecia tão relaxado. Estava claro que na nova vida do antigo companheiro não havia o fardo de responsabilidade com que Coração de Fogo precisava lidar, agora que era representante. E parte dele ainda sentia o pequeno espinho de ressentimento que se misturara a sua dor desde que Listra Cinzenta deixara o Clã do Trovão. Ele sabia que o amigo não poderia abandonar seus filhotes; mas gostaria que ele tivesse lutado mais para mantê-los no Clã do Trovão.

Coração de Fogo afastou esses pensamentos hostis. – Como estão seus filhotes? – perguntou.

Listra Cinzenta ronronou com orgulho. – Estão maravilhosos! – declarou. – A fêmea é como a mãe, tão bonita quanto ela e com o mesmo temperamento! Ela dá um pouco de trabalho a sua mãe de berçário, mas todos os gatos gostam dela. Especialmente Estrela Torta. O filhote macho é mais descontraído, está sempre feliz, não importa o que esteja fazendo.

– Como o pai – comentou Coração de Fogo.

– E quase tão bonito quanto – gabou-se Listra Cinzenta, os olhos brilhando de divertimento.

Coração de Fogo sentiu uma onda de alegria familiar por estar com o velho amigo. – Sinto sua falta – miou, subitamente dominado pelo desejo de ter Listra Cinzenta de volta ao acampamento, para caçar com ele e lutar ao seu lado novamente. – Por que você não volta para casa?

Listra Cinzenta balançou sua grande cabeça. – Não posso deixar meus filhotes – miou.

Coração de Fogo não conseguiu evitar um brilho de incredulidade em seu olhar, afinal, filhotes eram criados pelas rainhas, e não pelos pais; e Listra Cinzenta acrescentou rapidamente: – Oh, eles são muito bem cuidadas no berçário. E estariam seguros e felizes com o Clã do Rio. Mas eu não suportaria ficar longe deles. Eles me fazem lembrar muito de Arroio de Prata.

– Você sente tanta falta dela?

– Eu a amava – Listra Cinzenta respondeu simplesmente.

Coração de Fogo sentiu uma pontada de ciúme, mas então se lembrou da tristeza que ainda experimentava sempre que acordava de um sonho com Folha Manchada. Ele se aproximou de Listra Cinzenta e tocou sua bochecha com o nariz. Apenas o Clã das Estrelas podia dizer se ele não teria feito a mesma coisa por Folha Manchada. *Ou por Tempestade de Areia?*, sussurrou-lhe uma voz no fundo de sua mente.

Listra Cinzenta cutucou Coração de Fogo, perturbando suas divagações e quase fazendo com que ele perdesse o equilíbrio. – Chega de sentimentalismo! – miou ele, como se pudesse ler a mente do amigo. – Você não veio até aqui para me ver, não é?

Coração de Fogo foi pego de surpresa. – Bem, não apenas para isso... – confessou.

– Você estava procurando aqueles gatos do Clã das Sombras, certo?

– Como você sabe sobre eles? – perguntou Coração de Fogo, atordoado.

– Como poderia não saber? – exclamou Listra Cinzenta. – O fedor deles estava se alastrando. Os gatos do Clã das

Sombras já cheiram mal o bastante por si próprios, mas os doentes... eca!

– O resto do Clã do Rio também sabe? – Coração de Fogo alarmou-se ao pensar que os outros clãs podiam ter descoberto que o Clã do Trovão estava abrigando gatos do Clã das Sombras novamente; e ainda por cima gatos doentes.

– Não que eu saiba. – Listra Cinzenta assegurou. – Eu me ofereci para fazer todo o patrulhamento deste lado do rio. Os outros gatos apenas acharam que eu estava com saudades de casa e permitiram. Acho que, secretamente, eles esperavam que eu voltasse para o Clã do Trovão se ficasse perto o bastante dos aromas da floresta!

– Mas por que você protegeu gatos do Clã das Sombras como aqueles? – perguntou Coração de Fogo, intrigado.

– Falei com eles logo que chegaram – Listra Cinzenta explicou. – Disseram-me que Pata de Cinza os escondera aqui. Imaginei que, se ela estava metida nisso, então você deveria saber. Abrigar um par de sacos de pulgas doentes é exatamente o tipo de coisa que o seu coração mole faria.

– Bem, eu não fiquei exatamente feliz quando descobri. – Coração de Fogo admitiu.

– Mas eu aposto que você a desculpou por ela ter feito o que fez.

Coração de Fogo deu de ombros. – Bem, é verdade.

– Ela sempre conseguiu enrolar você – miou carinhosamente Listra Cinzenta. – De qualquer forma, agora eles já se foram.

– Quando eles partiram? – Coração de Fogo sentiu uma onda de alívio por Pata de Cinza ter mantido a promessa.

– Eu vi um deles caçando deste lado do rio há alguns dias, mas nem um fio de bigode depois disso.

– Há alguns dias? – Coração de Fogo ficou assustado ao ouvir que os gatos do Clã das Sombras tinham ficado ali até tão pouco tempo atrás. Será que, afinal de contas, Pata de Cinza decidira cuidar deles até que eles estivessem bem o bastante para viajar? Essa ideia fez seu pelo se arrepiar de irritação, mas ele acreditava que ela não tinha tomado essa decisão de maneira leviana. Ele era grato ao Clã das Estrelas por eles não terem esbarrado em nenhuma patrulha de coleta de água do Clã do Trovão. Agora eles tinham ido embora e, com alguma sorte, a ameaça de doença também.

– Olhe só – miou Listra Cinzenta –, tenho que ir. Estou em plantão de caça e prometi que cuidaria de alguns aprendizes esta tarde.

– Você não tem o seu próprio aprendiz? – perguntou Coração de Fogo.

Listra Cinzenta o encarou com firmeza. – Não acho que o Clã do Rio esteja disposto a confiar em mim para treinar seus guerreiros por enquanto – ele murmurou. Coração de Fogo não saberia dizer se por diversão ou por pesar, mas os bigodes de seu velho amigo estremeceram.

– Vejo você de novo qualquer hora dessas – Listra Cinzenta miou, dando um empurrão com o focinho em Coração de Fogo.

– Claro. – Coração de Fogo sentiu um buraco de tristeza na barriga quando o guerreiro cinza virou-se para ir embora. Folha Manchada, Listra Cinzenta, Pata de Nuvem...

Coração de Fogo estaria destinado a perder todos os gatos a quem se apegava? – Cuide-se! – ele gritou, observando o gato cinzento seguir por entre as samambaias até o rio e vadeá-lo confiantemente. Os ombros largos do guerreiro deslizaram pela água, e, enquanto ele nadava, agitando vigorosamente as patas, produzia um rastro suave. Coração de Fogo balançou a cabeça desejando poder expulsar seus pensamentos perturbados tão facilmente quanto Listra Cinzenta expulsara a água de sua pelagem depois de nadar. Então, fez meia-volta e dirigiu-se às árvores.

CAPÍTULO 15

CORAÇÃO DE FOGO LEVAVA A BOLA DE MUSGO MOLHADO entre os dentes com bastante cuidado. Parte da umidade tinha pingado no caminho para casa, encharcando seu peito e respingando em suas patas dianteiras, mas haveria de sobrar o suficiente para matar a sede de Flor Dourada e Pele de Salgueiro até que a patrulha pudesse buscar mais, depois do pôr do sol.

Os gatos do clã estavam acomodados em pequenos grupos à volta da clareira enquanto o sol lentamente escorregava na direção da copa das árvores. A maioria deles estava alimentada e, calmamente, trocava lambidas, na costumeira sessão de limpeza e arrumação dos pelos; mas fizeram uma pausa entre as lambidas para cumprimentar Coração de Fogo quando ele saiu do túnel de tojo. Ele fez um aceno para Vento Veloz, Pelo de Rato e Pata de Espinho, que já estavam prontos para sair na patrulha da noite.

Cara Rajada se preparava para liderar outro grupo de anciãos para buscar água. Ela os reunira no carvalho caído e Coração de Fogo ouviu o miado determinado de Orelhinha quando passou por eles. – Precisaremos manter as orelhas em pé e os olhos aguçados durante a viagem. – O velho gato cinza continuou: – Estão vendo essa marca em minha orelha? Eu a consegui quando era um aprendiz. Uma coruja atacou de repente, do nada. Mas aposto minhas garras que deixei uma cicatriz maior que essa nela!

Coração de Fogo sentiu a pelagem dos ombros relaxar, tranquilizado pelo burburinho familiar da vida do clã. Os gatos do Clã das Sombras tinham partido, exatamente como Pata de Cinza prometera, e ele tinha visto Listra Cinzenta. O representante escorregou para o berçário e colocou delicadamente o musgo ao lado de Pele de Salgueiro e Flor Dourada.

– Obrigada, Coração de Fogo – miou Pele de Salgueiro.

– Trarei mais depois do jantar – ele prometeu às duas rainhas, que começaram a lamber as preciosas gotas de água do pedaço de musgo. Ele tentou ignorar os olhos do filho de Garra de Tigre, que, nas sombras, faiscavam de fome, enquanto Flor Dourada pressionava o musgo com o focinho para espremer outro gole de água.

– Cara Rajada vai levar os outros anciãos ao rio quando o sol se puser e não houver mais Duas-Pernas na floresta – Coração de Fogo explicou.

Flor Dourada lambeu os beiços e comentou: – Já faz algum tempo desde a última vez que alguns deles permaneceram na floresta depois que escureceu.

– Acho que Orelhinha está ansioso pela aventura – ronronou Coração de Fogo. – Ele estava contando histórias sobre uma coruja que costumava caçar perto das Rochas Ensolaradas. O pobre Meio Rabo pareceu um bocado nervoso.

– Vai ser bom para ele se animar um pouco – Pele de Salgueiro observou. – Eu bem que gostaria de poder ir com eles. Uma briguinha com uma coruja seria uma boa desculpa para esticar as pernas!

– Você sente falta da vida de guerreira? – perguntou Coração de Fogo, surpreso. Pele de Salgueiro parecia tão confortável deitada no berçário com os filhotes que cresciam rapidamente, escalando sua barriga. Não passara pela cabeça de Coração de Fogo que ela pudesse sentir falta de sua antiga vida.

– *Você* não sente? – ela provocou.

– Bem, sinto – murmurou Coração de Fogo. – Mas agora você tem filhotes.

Pele de Salgueiro virou a cabeça para pegar um dos bebês, uma pequena gata de pelagem atartarugada e branca, que escorregara de sua barriga. Ela a colocou entre as patas e lhe deu uma lambida. – Claro, tenho meus filhotes – ela concordou. – Mas sinto falta de correr pela floresta, de caçar minhas próprias presas e de patrulhar nossas fronteiras. – Ela voltou a lamber o bebê e acrescentou: – Estou ansiosa para levar estes três para a floresta pela primeira vez.

– Parece que darão bons guerreiros – miou Coração de Fogo. A lembrança agridoce da primeira expedição de Pata de Nuvem, quando ele foi para a floresta cheia de neve e voltou com um rato silvestre na boca, veio à mente do gato, fazendo-o piscar. Ele cumprimentou as rainhas e virou-se para sair, olhando furtivamente para o filho de Garra de Tigre. E ficou imaginando que tipo de guerreiro ele seria. – Adeus – murmurou, espremendo o corpo para sair.

O vento trouxe até ele um cheiro tentador da pilha de presas frescas, mas ainda havia uma tarefa a cumprir antes que ele pudesse se sentar para jantar. Com passos silenciosos, atravessou a clareira até a toca de Presa Amarela.

A velha curandeira descansava ao sol da tarde, a pelagem fosca e despenteada como sempre. Ela levantou o focinho para cumprimentá-lo com a voz áspera: – Olá, Coração de Fogo. O que você está fazendo aqui?

– Procurando Pata de Cinza – ele respondeu.

– Por quê? O que você quer agora? – miou Pata de Cinza de seu ninho de samambaia, de onde surgiu sua cabeça cinza.

– Isso é jeito de saudar seu representante? – ralhou, brincando, Presa Amarela, com os olhos brilhando.

– Só quando ele perturba meu sono – retorquiu a gata, aparecendo. – Parece que ele resolveu não me deixar dormir estes dias!

Presa Amarela estreitou os olhos para Coração de Fogo. – Está acontecendo alguma coisa entre vocês que eu deveria saber?

– Você está questionando seu representante? – caçoou Pata de Cinza.

A curandeira ronronou. – Sei que vocês estão aprontando alguma, mas nem vou me meter – ela miou. – Só sei que minha aprendiz voltou a ser quem era. O que é bom, pois ela de nada servia quando andava por aí infeliz como um cogumelo molhado!

Coração de Fogo ficou muito aliviado ao ver as duas gatas implicando uma com a outra, como elas sempre tinham feito, antes da morte de Arroio de Prata, desde que Pata de Cinza se tornara aprendiz da curandeira. Ele mexeu as patas desajeitadamente no solo esturricado pelo sol. Ele tinha vindo contar a Pata de Cinza que os gatos do Clã das Sombras tinham ido embora, mas não dava para fazer isso na frente de Presa Amarela.

– É estranho – miou Presa Amarela, olhando propositalmente para Coração de Fogo –, de repente senti vontade de comer outro camundongo da pilha de presas frescas. – Coração de Fogo piscou agradecido para a velha curandeira. – Quer alguma coisa, Pata de Cinza? – ela perguntou por sobre o ombro enquanto caminhava na direção do túnel. A gata cinza balançou a cabeça negando. – Certo, voltarei em um minuto – falou Presa Amarela com a voz rascante. – Talvez em dois.

Quando ela desapareceu, Coração de Fogo miou baixinho para a jovem: – Já verifiquei, os gatos do Clã das Sombras já se foram.

– Eu disse que eles iriam – respondeu Pata de Cinza.

– Mas até há alguns dias ainda estavam aqui – acrescentou Coração de Fogo.

– Ir antes não faria bem a eles – argumentou Pata de Cinza. – E, antes de eles irem embora, eu precisava ter certeza de que tinham aprendido a fazer a mistura de ervas.

Coração de Fogo fez um movimento brusco com a cauda, descontente com a teimosia de Pata de Cinza, mas não conseguia discutir com ela. Sabia que ela acreditava, do fundo do coração, ter feito a coisa certa cuidando dos gatos; e parte dele concordava que valera a pena correr o risco.

– Eu disse a eles que precisavam partir, você sabe – ela miou, o tom meio inseguro.

– Acredito em você – Coração de Fogo concordou, gentil. – Era minha responsabilidade ter certeza da partida deles, e não sua.

Pata de Cinza olhou para ele com curiosidade. – Como você sabe quando eles partiram?

– Listra Cinzenta me disse.

– Você falou com ele? Ele está bem?

– Está ótimo – ronronou Coração de Fogo. – Ele agora nada como um peixe.

– Você está brincando! – ela miou. – Nunca esperei que isso acontecesse.

– Nem eu – concordou Coração de Fogo; e então parou, sem graça, porque sua barriga começou a roncar de fome.

– Vá comer – Pata de Cinza mandou – É melhor se apressar, antes que Presa Amarela acabe com a pilha inteira.

Coração de Fogo se inclinou e deu uma lambida nas orelhas da amiga. – Até mais tarde – ele miou.

Presa Amarela deixou que ele escolhesse entre um esquilo e um pombo. Coração de Fogo preferiu o pombo e, olhando à volta da clareira, para ver onde iria comer, percebeu que Tempestade de Areia o observava, seu corpo elegante esticado, a cauda arrumadinha sobre as patas traseiras.

O gato sentiu seu coração bater mais rápido. De repente, não importava mais que ela não fosse atartarugada, nem que seus olhos fossem verde-pálidos e não cor de âmbar. Ele fitou a guerreira de pelo alaranjado, o pombo pendendo frouxamente da boca, e se lembrou das palavras de Pata de Cinza: viva no presente, não no passado. Folha Manchada ficaria para sempre em seu coração, mas ele não podia negar que os pelos ao longo de sua espinha pinicavam quando ele via Tempestade de Areia. Ele atravessou a clareira para ficar ao lado dela e, quando colocou o pombo no chão e começou a comer, percebeu que a gata ronronava.

De repente uma terrível algazarra fez Coração de Fogo levantar a cabeça. Tempestade de Areia levantou-se aos tropeços quando Pelo de Rato e Pata de Espinho irromperam pela clareira. Eles tinham o pelo manchado de sangue, e Pata de Espinho mancava feio.

Coração de Fogo engoliu a bocada rapidamente e se levantou. – O que aconteceu? Onde está Vento Veloz?

Os outros gatos se reuniram atrás dele, tiritando de medo, a pelagem arrepiada, pois pressentiam problemas.

– Não sei, fomos atacados – arfou Pelo de Rato.

– Por quem? – Coração de Fogo quis saber.

Pelo de Rato balançou a cabeça. – Não conseguimos ver, estávamos no escuro.

– Mas vocês não sentiram nenhum cheiro?

– Foi perto demais do Caminho do Trovão. Não dá para dizer – respondeu Pata de Espinho, a respiração ofegante.

Coração de Fogo olhou para o aprendiz, que tremia nas patas. – Vá procurar Presa Amarela – ordenou. – Nevasca!

– ele chamou o guerreiro, que saía correndo da toca de Estrela Azul. – Quero que venha conosco. – Voltando-se para Pelo de Rato: – Leve-nos ao local em que isso aconteceu.

Tempestade de Areia e Pelagem de Poeira olharam ansiosos para Coração de Fogo, esperando ordens. – Vocês dois fiquem aqui e tomem conta do acampamento – ele miou. – Pode ser uma armadilha para afastar nossos guerreiros. Já aconteceu antes. – Com Estrela Azul em sua última vida, ele sabia que tinha que deixar o acampamento bem protegido.

O representante saiu correndo do acampamento, com Nevasca a seu lado e Pelo de Rato arfando atrás deles. Juntos, subiram ravina acima, disparando pela floresta.

Coração de Fogo reduziu o ritmo ao perceber que Pelo de Rato não estava conseguindo acompanhá-los. – O mais rápido que você puder – ele a apressou. O representante sabia que ela devia estar sentindo dores, depois da luta, mas eles precisavam encontrar Vento Veloz. Ele tinha um terrível pressentimento de que o ataque tinha alguma coisa a ver com o Clã das Sombras. Nuvenzinha e Gogó de Algodão tinham estado no território do Clã do Trovão recentemente. Será que, apesar de tudo, eles o tinham enganado, fazendo com que colocasse seu clã em perigo? Instintivamente, ele se dirigiu ao Caminho do Trovão.

– Não – gritou Pelo de Rato. – É por aqui. – Ela passou por ele, acelerando o passo, rumando para Quatro Árvores. Coração de Fogo e Nevasca foram atrás dela, correndo também.

Enquanto passavam pelas árvores, Coração de Fogo reconheceu o lugar. Nuvenzinha e Gogó de Algodão tinham seguido aquela trilha quando Estrela Azul os mandara embora da primeira vez. Será que um grupo de ataque do Clã das Sombras tinha vindo pelo túnel sob o Caminho do Trovão?

Pelo de Rato derrapou até parar entre dois enormes freixos. O Caminho do Trovão ficava ao longe, seu terrível fedor se espalhava pela vegetação rasteira. À frente, Coração de Fogo viu o corpo marrom e delgado de Vento Veloz caído no chão, assustadoramente imóvel. Um gato preto e branco debruçava-se sobre o guerreiro inerte. Com um sobressalto, Coração de Fogo percebeu que era Gogó de Algodão.

O guerreiro do Clã das Sombras arregalou os olhos ao ver os gatos se aproximando. Ele começou a se afastar de Vento Veloz com as pernas tremendo por causa do choque.

– Ele está morto – lamentou.

As orelhas de Coração de Fogo colaram-se à cabeça, a raiva pulsava dentro dele. Então era assim que os guerreiros do Clã das Sombras retribuíam a bondade recebida? Sem parar para ver o que Nevasca e Pelo de Rato estavam fazendo, ele soltou um grito furioso e arremessou-se sobre Gogó de Algodão, que se encolheu, sibilando. Coração de Fogo empurrou o guerreiro do Clã das Sombras, que caiu aos trancos no chão, sem oferecer resistência ao ataque do guerreiro de pelos avermelhados.

Mas Coração de Fogo parou, confuso, ao perceber o inimigo agachado sob ele, sem defesa, estreitando os olhos.

Aproveitando esse momento de hesitação, Gogó de Algodão saiu disparado, enfiando-se em um emaranhado de amoreiras. O gato de pelagem vermelha foi atrás dele, sem ligar para os espinhos que arranhavam sua pele. O guerreiro do Clã das Sombras devia ter seguido para o túnel de pedra. Coração de Fogo continuou e percebeu de relance a ponta da cauda de Gogó de Algodão, quando o gato lutava para sair das amoreiras para o terreno gramado.

Coração de Fogo saiu um minuto depois e viu Gogó de Algodão na beira do Caminho do Trovão. O guerreiro arremessou-se em sua direção, esperando que Gogó de Algodão fugisse pelo túnel, mas este olhou para ele e correu direto para o Caminho do Trovão.

Horrorizado, Coração de Fogo viu o gato apavorado atravessar às cegas a superfície dura e cinza. Ouviu-se um barulho ensurdecedor. O gato avermelhado recuou, fazendo uma careta ao sentir o vento malcheiroso de um monstro atingir seu pelo. Depois que o monstro passou, ele arregalou os olhos e sacudiu a cabeça para se livrar dos pedacinhos de pedra da orelha. Sobre o Caminho do Trovão, jazia uma massa disforme e inerte. O monstro tinha atingido Gogó de Algodão.

Por um longo tique-taque de coração, Coração de Fogo ficou paralisado, sentindo as tristes lembranças do acidente de Pata de Cinza inundarem sua mente. Então, viu o gato se mexer. Ele não podia deixar um felino estendido ali, nem mesmo um inimigo do Clã das Sombras, que tinha matado um dos mais corajosos guerreiros do Clã do Trovão.

Ele olhou com cuidado para um lado e para outro. Não havia monstros à vista. Então, correu até Gogó de Algodão. O gato parecia menor do que nunca, o peito branco ensanguentado brilhando como fogo sob os raios do sol poente.

Coração de Fogo sabia que mexer no gato poderia apressar sua morte. Tremendo, em choque, ele olhou para o guerreiro de quem Pata de Cinza cuidara com tanto trabalho, às escondidas do resto do clã. – Por que você atacou nossa patrulha? – murmurou.

Ele se debruçou para ouvir a resposta, mas o murmúrio de Gogó de Algodão foi abafado pelo barulho de um monstro que passou terrivelmente perto, jogando uma onda de fumaça e dejetos sobre os dois gatos. Coração de Fogo afundou as garras o quanto pôde na superfície rígida e se agachou ainda mais perto do moribundo.

Gogó de Algodão voltou a abrir a boca, mas dela saiu um filete de sangue. Ele engoliu, cheio de dor, com um espasmo ao longo do corpo. Mas, antes que ele pudesse falar, seus olhos se fixaram em um ponto além do ombro de Coração de Fogo, na direção da floresta do território do Clã do Trovão. O gato avermelhado viu um brilho de medo no último olhar de Gogó de Algodão.

Ele se voltou para conferir qual fora a última visão do guerreiro do Clã das Sombras, o que lhe provocara tanto terror. E sentiu uma pontada no coração quando viu, parado à beira do Caminho do Trovão, o guerreiro negro que invadira tantos de seus sonhos.

Garra de Tigre.

CAPÍTULO 16

As garras de Coração de Fogo pareciam ter se enraizado no Caminho do Trovão quando ele fixou o olhar no gato que, por tanto tempo, lançara uma sombra ameaçadora sobre sua vida. Não havia necessidade de fingir lealdade ao clã agora. Garra de Tigre era um pária, inimigo de todos os gatos que seguiam o Código dos Guerreiros.

O sol poente em brasa sangrava através do topo das árvores e seus raios alaranjados brilhavam sobre a pelagem escura do enorme gato malhado. No silêncio do agora deserto Caminho do Trovão, Garra de Tigre desdenhou de Coração de Fogo.

– Perseguir gatos insignificantes até que morram é o melhor que você consegue fazer para defender seu território?

Em um tique-taque de coração, a mente do gato avermelhado se tornou mais clara, fazendo seu corpo pulsar com uma raiva fria e intensa. Ele olhava direto nos olhos de Garra de Tigre quando o trovejar de outro monstro agitou os pelos de sua orelha. O representante do Clã do Trovão agarrou-se firmemente ao chão quando a criatura passou por ele com violência, e outra já rugia em seus calcanhares. Mas ele não teve medo e, no fugaz intervalo entre os dois monstros, encarou Garra de Tigre e saltou.

Surpreso, Garra de Tigre esbugalhou os olhos ao ser atingido pelo felino, que caiu sobre ele com as garras desembainhadas, sibilando de ódio. Os dois rolaram pelo capim até as árvores. Coração de Fogo sorvia com força os odores familiares da floresta, seu território agora e não mais de Garra de Tigre, e eles lutaram selvagemente, destruindo a frágil vegetação rasteira e abrindo cicatrizes profundas no solo com suas garras.

No primeiro salto, Coração de Fogo conseguiu agarrar firmemente o adversário. Ele podia sentir cada uma das costelas do gato malhado. Garra de Tigre perdera peso, mas seus músculos pareciam firmes sob a pelagem espessa, e o gato avermelhado logo percebeu que o exílio não tinha diminuído a força do guerreiro. Garra de Tigre se agachou e deu um impulso para cima, girando em pleno ar. Com essa manobra, ele arremessou longe Coração de Fogo, que sentiu o impacto do chão seco quando caiu. O representante do Clã do Trovão respirou ofegante, tentando recuperar o ar que lhe fora sugado dos pulmões, lutando para se levantar; mas não foi rápido o suficiente. Garra de Tigre saltou sobre ele, prendendo-o ao chão com garras que pareciam perfurá-lo até os ossos.

Coração de Fogo urrou em agonia, mas o gato enorme o mantinha no solo, e ele sentiu um fedor de carniça quando Garra de Tigre esticou o pescoço para a frente e sibilou em seu ouvido: – Está ouvindo, gatinho de gente? Vou matar você e todos os seus guerreiros, um por um.

Apesar do calor da batalha, as palavras fizeram Coração de Fogo gelar. Ele sabia que Garra de Tigre não estava brincando. De repente, ele identificou ruídos e cheiros novos à sua volta – o rumor de patas desconhecidas e odores de gatos estranhos. Eles estavam cercados. Mas por quem? Confuso por causa dos odores do Caminho do Trovão, do sangue de Gogó de Algodão e de seu próprio medo, Coração de Fogo se perguntava, desanimado, se não seriam os gatos que tinham sobrado do bando de párias de Cauda Partida, que, pouco tempo atrás, tinham ajudado Garra de Tigre a atacar o acampamento do Clã do Trovão. Será que Gogó de Algodão escolhera se juntar àqueles vilões em vez de voltar ao seu clã infestado de doenças?

Desesperado, Coração de Fogo se pôs de pé, procurando segurar a barriga de Garra de Tigre com as garras. O seu velho inimigo devia ter subestimado a força que ele adquirira, pois as garras dele se afrouxaram e ele escorregou para o chão. O gato de pelagem vermelha se afastou e, levantando a cabeça, viu Pelo de Rato e Nevasca saírem da vegetação rasteira e se lançarem sobre dois dos gatos que os cercavam. Ele olhou para Garra de Tigre, que se erguera nas patas traseiras e o observava do alto. Quando ele se jogou sobre Coração de Fogo, com os dentes à mostra e os olhos cor de âmbar brilhando de ódio, o gato de pelos vermelhos se abaixou, se lançou para a frente e se virou para desferir um golpe no nariz do guerreiro escuro. Ao seu lado, ouviam-se os urros e os assobios de Nevasca e Pelo de Rato, que lutavam com a coragem do Clã das Estrelas, mas que estavam francamente em minoria. Quando Coração de Fogo se esquivou de novo do agressor, buscou desesperadamente um jeito de fugir. Garras se cravaram em suas pernas traseiras e, ao se virar, ele viu um dos vilões de Garra de Tigre agarrando-o e bramindo ferozmente. Ele era magro e desalinhado como os outros, e tinha os olhos brilhantes de rancor.

Com um silvo furioso, Garra de Tigre se levantou novamente nas patas traseiras. Coração de Fogo se preparava para receber um golpe quando viu um lampejo cinzento. Um par de ombros largos passou por ele como um raio, e o representante do Clã do Trovão reconheceu o guerreiro que tantas vezes antes tinha lutado ao seu lado.

Listra Cinzenta!

O guerreiro cinza saltou na direção da barriga de Garra de Tigre, que estava desprotegida, e o derrubou de costas. Coração de Fogo virou o corpo e mordeu o ombro do gato que se agarrara à sua perna traseira até sentir seus dentes rasparem contra o osso do inimigo. O vilão gritou e ele o soltou, cuspindo da boca o sangue que tinha tirado do agressor.

Perplexo, Coração de Fogo contemplava a batalha que se desenrolava ao seu redor. Listra Cinzenta devia ter trazido uma patrulha inteira do Clã do Rio, pois agora os vilões é que estavam em minoria na luta contra os guerreiros de pelo lustroso. Ao se virar, ele viu Listra Cinzenta contorcer o corpo para se livrar de Garra de Tigre e saltar para ajudar o amigo. Juntos, eles atacaram o enorme gato marrom-escuro, forçando-o a recuar, coordenando os movimentos como tantas vezes tinham praticado no treinamento. Então, sem trocar sequer um olhar, eles se lançaram sobre o inimigo, jogando-o ao chão. Garra de Tigre soltou um silvo abafado quando Coração de Fogo pressionou seu focinho na poeira, enquanto Listra Cinzenta agarrava os seus ombros e atingia-lhe o flanco com as pernas traseiras.

O gato avermelhado percebeu que os gritos de dor na floresta estavam diminuindo e se deu conta de que os vilões estavam fugindo do campo de batalha. Tirando vantagem dessa rápida distração, Garra de Tigre conseguiu se soltar e fugiu na direção das amoreiras, cuspindo com fúria e desaparecendo entre os ramos cheios de espinhos.

Quando os gemidos dos vilões cessaram, os guerreiros sacudiram a poeira do pelo e lamberam as feridas. Só então Coração de Fogo percebeu que o filho de Estrela Azul, Pelo de Pedra, estava entre os gatos do Clã do Rio. – Alguém está muito ferido? – ele perguntou, engasgado.

Os gatos negaram balançando a cabeça; até mesmo Pelo de Rato, que ainda sangrava do primeiro ataque.

– Devemos voltar ao nosso território – miou Pelo de Pedra.

– O Clã do Trovão agradece a ajuda – disse o representante, abaixando a cabeça como sinal de respeito.

– Os vilões são uma ameaça para todos nós – Pelo de Pedra respondeu. – Não podíamos deixar que vocês os enfrentassem sozinhos.

Nevasca sacudiu o focinho, espalhando gotas de sangue. Ele olhou para Listra Cinzenta. – É bom lutar ao seu lado outra vez, amigo. O que o trouxe aqui?

– Ele ouviu o urro de Coração de Fogo lá de Quatro Árvores, onde estávamos patrulhando – Pelo de Pedra respondeu por Listra Cinzenta. – E nos convenceu a vir ajudá-los.

– Obrigado – respondeu Coração de Fogo calorosamente. – A todos vocês.

Pelo de Pedra acenou com a cabeça e se afastou por entre as árvores. Sua patrulha o seguiu. Triste por ver o amigo partir, Coração de Fogo tocou Listra Cinzenta com o focinho, dolorosamente ciente de que aquele não era o momento apropriado para dizer tudo quanto queria. – A gente se vê por aí – miou.

Ele sentiu o ronronar de Listra Cinzenta ressoar através de sua espessa pelagem. – A gente se vê – murmurou o gato de pelagem cinza.

Coração de Fogo estremeceu quando o sol finalmente desapareceu da floresta. Ele podia ver os olhos de Pelo de Rato brilhando no escuro, tensos de dor. Então, sentiu uma nova onda de tristeza ao lembrar o quanto custara o ataque dos vilões. O corpo de Vento Veloz já devia estar frio agora. E aquela não fora a única morte prematura que Garra de Tigre tinha trazido para a floresta naquele dia.

O representante do Clã do Trovão olhou para Nevasca.
– Você e Pelo de Rato conseguem levar Vento Veloz ao acampamento sozinhos?

O guerreiro branco estreitou os olhos com curiosidade, mas assentiu em silêncio.

Coração de Fogo mexeu as orelhas. – Daqui a pouco encontro vocês. Antes de voltar, tenho um assunto para resolver.

CAPÍTULO 17

Com passos pesados, Coração de Fogo voltou ao Caminho do Trovão. No ar, o odor de Garra de Tigre e dos vilões ainda era forte, mas os únicos ruídos que ele podia ouvir eram o canto dos pássaros e o murmúrio da brisa nas folhas. Na calma que se seguiu à batalha, ele percebeu quão intensamente o cheiro do Clã das Sombras estava misturado aos outros odores. Haveria entre os vilões mais gatos inimigos, além de Gogó de Algodão? Ele se perguntava se a doença no acampamento do clã rival seria tão séria a ponto de os guerreiros estarem se forçando ao exílio e se unindo ao bando de párias de Garra de Tigre atrás de proteção. Ou talvez o cheiro apenas tivesse sido trazido pelo vento do território do outro lado do Caminho do Trovão.

Coração de Fogo fitou o corpo do guerreiro preto e branco estendido no chão duro e cinza. Se Gogó de Algodão se juntara aos vilões porque seu clã estava doente demais para apoiá-lo, isso não explicava o terror em seus olhos quando ele vira Garra de Tigre. Por que ele teria se apavorado se o grande gato marrom agora era seu líder? Com uma pontada de culpa, o representante do Clã do Trovão, de repente, pensou que talvez Gogó de Algodão tivesse dado com o corpo de Vento Veloz por mero acaso, depois de Garra de Tigre ter liderado o ataque à patrulha do Clã do Trovão. Mas o que ele fazia no território do Clã do Trovão? E onde estava Nuvenzinha? Eram muitas as perguntas e nenhuma resposta fazia sentido.

Mas havia pelo menos uma certeza: ele não podia deixar o corpo de Gogó de Algodão ser destruído por monstros do Caminho do Trovão. A situação estava calma agora e ele foi até lá e segurou o corpo pelo cangote, entre os dentes. Então, o arrastou com delicadeza até o lado oposto do caminho, esperando que seus colegas de clã logo o encontrassem para lhe dar um funeral com as devidas honras. O que quer que Gogó de Algodão tivesse feito, cabia ao Clã das Estrelas julgá-lo.

Quando Coração de Fogo entrou no enluarado acampamento do Clã do Trovão, o corpo de Vento Veloz jazia no centro da clareira. Ele parecia em paz, o corpo estendido como se estivesse dormindo. Estrela Azul caminhava sem parar em torno do corpo do guerreiro, balançando a cabeça cinza e larga de um lado para outro.

Os demais felinos do clã estavam afastados, nas sombras das bordas da clareira. O ar estava pesado de aflição. Os felinos se misturavam uns aos outros, olhando ansiosos para a líder, que, irrequieta, andava de lá para cá, resmungando. Ela nem sequer tentava controlar a tristeza, como teria feito em outros tempos. Coração de Fogo se lembrou de como a gata lamentara em silêncio a morte do antigo representante e velho amigo Coração de Leão havia muitas luas. Agora ela não mostrava nada daquela dignidade silenciosa.

O gato de pelagem rubra pôde sentir os olhares dos demais felinos quando se aproximou da líder. Estrela Azul levantou a cabeça e ele sentiu o alarme soar quando viu que seus olhos estavam nublados de medo e choque.

– Estão dizendo que foi Garra de Tigre – ela falou rispidamente.

– Deve ter sido um de seus vilões.

– Quantos eles são?

– Não sei – o guerreiro admitiu. Fora impossível contá-los no calor da batalha. – São muitos.

Estrela Azul voltou a balançar a cabeça, mas o representante sabia que precisava lhe contar toda a verdade, quisesse ela saber ou não o que estava acontecendo na floresta.

– Garra de Tigre quer vingança contra o Clã do Trovão – ele informou. – Ele me disse que vai matar todos os nossos guerreiros, um a um.

Atrás dele, podiam ser ouvidos os terríveis gritos dos demais felinos do clã. Mantendo os olhos fixos em Estrela Azul, o gato deixou que se lamentassem. Ele sentia o coração se agitando como um pássaro preso em uma armadilha enquanto suplicava ao Clã das Estrelas que desse força à gata para que ela suportasse essa ameaça abertamente declarada. Aos poucos, o clã ficou em silêncio, todos esperavam que Estrela Azul dissesse alguma coisa. Uma coruja gritou ao longe ao mergulhar entre as árvores.

Estrela Azul levantou a cabeça. – É só a mim que ele quer matar – ela murmurou, tão baixinho que apenas Coração de Fogo pôde ouvi-la. – Para o bem do clã...

– Não! – o gato cuspiu, interrompendo suas palavras. Será que ela realmente pretendia se render a Garra de Tigre? – Ele quer se vingar de todo o clã, não apenas de você!

Ela deixou pender a cabeça e sibilou. – Que terrível traição! Como eu não percebi sua deslealdade quando ele estava entre nós? Como fui boba! – Ela meneou a cabeça, mantendo os olhos fechados. – Que miolo de camundongo eu fui!

As patas de Coração de Fogo tremiam. Estrela Azul parecia determinada a se torturar, chamando a si toda a responsabilidade pelo comportamento perverso de Garra de Tigre. Chocado e sentindo náuseas, ele se deu conta de que teria de assumir o comando da situação.

– Precisamos ter certeza de que o acampamento está protegido dia e noite a partir de agora. Rabo Longo – ele olhou para o guerreiro listrado –, você ficará de guarda até a lua alta. – Virando-se para Pele de Geada, continuou: – Depois você assume o turno. – Os dois gatos acenaram, concordando, e Coração de Fogo apontou o corpo de Vento Veloz com a cabeça: – Pelo de Rato e Pelo de Samambaia podem enterrar o corpo ao amanhecer. Estrela Azul ficará em vigília até então. – Ele olhou para a líder, que tinha os olhos grudados no chão, esperando que ela o tivesse ouvido.

– Vou ficar com ela – miou Nevasca. O guerreiro branco abriu caminho entre a multidão de felinos e sentou-se ao lado de Estrela Azul, encostando sua pelagem no corpo da gata.

Um a um todos os felinos se aproximaram para homenagear o amigo morto. Pele de Salgueiro escorregou para fora do berçário e tocou o guerreiro delicadamente com o focinho, despedindo-se com palavras gentis. Ela foi seguida por Flor Dourada, que fez sinais aos seus filhotes para que ficassem afastados. Coração de Fogo teve um pressentimento estranho ao ver o filhote malhado e escuro, à volta da mãe, olhando atentamente e com curiosidade. E não pôde deixar de pensar que, embora inocente, sua presença mantinha viva a ameaça de Garra de Tigre dentro do clã. O representante do Clã do Trovão balançou a cabeça para afastar o pensamento, enquanto observava Flor Dourada lamber carinhosamente a bochecha de Vento Veloz. Ele precisava confiar nela e no clã para criarem aquele jovem como um guerreiro mais leal do que o pai dele.

Depois que a rainha se afastou, Coração de Fogo deu um passo à frente e se inclinou para lamber a pelagem sem brilho de Vento Veloz. – Vou vingar sua morte – ele prometeu, triste.

Enquanto se afastava, viu uma figura sair da sombra da Pedra Grande. Era Risca de Carvão, que alternava o olhar entre Vento Veloz e Estrela Azul. Em seus olhos não havia medo ou tristeza, mas ansiedade, como se ele estivesse maquinando alguma coisa.

Sentindo-se pouco à vontade, o representante foi para onde sabia que se sentiria melhor. Enfiou-se entre as samambaias na direção da toca de Presa Amarela. As mordidas e arranhões latejavam, começando a incomodá-lo, tanto quanto as terríveis dúvidas que passavam por sua cabeça.

Pata de Espinho estava sentado no capim bem cuidado da clareira. Pata de Cinza e Presa Amarela estavam agachadas ao lado dele, examinando a pata que ele oferecia. Pata de Cinza tirou um bolo de teias da almofadinha da pata do paciente, que fez uma careta. – Ainda está sangrando – observou a aprendiz de curandeira.

– Já devia ter parado – disse Presa Amarela, com a voz áspera. – Precisamos secar essa ferida antes que a infecção piore.

Os olhos de Pata de Cinza se estreitaram. – Temos aquelas hastes de cavalinha que eu colhi ontem. Que tal espremer o sumo nas teias de aranha antes de colocá-las na pata? Isso deve conter a hemorragia.

Presa Amarela ronronou com vontade. – Muito bem pensado. – A velha curandeira voltou imediatamente para a toca, enquanto Pata de Cinza pressionava a ferida do paciente. Só então ela percebeu o representante parado na entrada do túnel.

– Coração de Fogo! – ela miou, os olhos azuis refletindo preocupação. – Tudo bem com você?

– Só uns arranhões e uma mordida ou duas – ele disse, se aproximando.

– Soube que foram os gatos vilões que nos atacaram – miou Pata de Espinho, virando-se para Coração de Fogo. – E que Garra de Tigre estava com eles. É verdade?

Com o semblante grave, o gato respondeu: – É verdade, sim.

Pata de Cinza olhou para Coração de Fogo e, balançando a pata do aprendiz, disse: – Vamos, pressione aqui.

O gato reagiu com surpresa: – Eu?

– É a sua pata! Vamos logo, antes que eu mude o seu nome para Pata Nenhuma.

Pata de Espinho levantou a pata ainda mais e usou a boca para pressionar o curativo.

– Estrela Azul nunca devia ter deixado Garra de Tigre partir – Pata de Cinza miou baixinho para Coração de Fogo. – Ela devia tê-lo matado quando teve oportunidade.

O representante do clã balançou a cabeça. – Ela jamais o teria matado a sangue-frio. Você sabe disso.

Pata de Cinza não discutiu. – Por que ele voltou agora? E como pôde matar um guerreiro ao lado de quem já combateu?

– Ele me disse que vai matar quantos de nós puder – miou Coração de Fogo sombriamente.

Pata de Espinho deixou escapar um miado abafado, e os bigodes de Pata de Cinza estremeceram com o choque. – Mas por quê? – perguntou a jovem curandeira.

Coração de Fogo sentiu a raiva nublar seus olhos. – Porque o Clã do Trovão não lhe deu o que ele queria.

– O *que* ele queria?

– Ser líder – Coração de Fogo respondeu de forma direta.

– Bem, desse jeito ele jamais será um líder. E dificilmente será popular no clã se começar a atacar nossas patrulhas assim.

A dúvida se instalou em Coração de Fogo ante as palavras confiantes de Pata de Cinza. Estrela Azul estava tão frágil. Quem mais teria força para substituí-la se ela... Coração de Fogo estremeceu. Ele sabia quão intenso era o medo que os felinos de seu clã sentiam do enorme felino e de seus companheiros vilões. E eles achariam melhor aceitar Garra de Tigre como líder do que arriscar a destruição do Clã do Trovão em um embate com ele.

– Você acredita mesmo nisso? – ele insistiu.

Ao ouvir Presa Amarela voltando de sua toca, os três gatos se voltaram para ela. A velha curandeira tinha na boca um monte de teias, que depositou ao lado de Pata de Cinza e miou: – Acredita em quê?

– Que Garra de Tigre jamais se tornará líder de nosso clã – a aprendiz explicou.

O olhar de Presa Amarela ficou sombrio e ela ficou em silêncio por longos tique-taques de coração. – Acho que Garra de Tigre tem a força da ambição para se tornar o que ele quiser – ela miou finalmente.

CAPÍTULO 18

– Não enquanto Coração de Fogo estiver vivo – replicou Pata de Cinza.

Coração de Fogo animou-se com a confiança que a gata depositava nele e estava prestes a responder quando Pata de Espinho queixou-se, com a voz abafada: – Ainda está sangrando, veja!

– Não por muito tempo – respondeu Presa Amarela com vivacidade. – Aqui, Pata de Cinza. Use estas teias de aranha enquanto cuido dos ferimentos de Coração de Fogo. – Ela empurrou as teias para perto da aprendiz e levou Coração de Fogo para sua toca. – Espere aqui – ordenou, e desapareceu lá dentro. Quando voltou, trazia uma bocada de ervas bem mastigadas. – Agora, onde dói?

– Essa é a pior – ele torceu a cabeça para apontar uma mordida no ombro.

– Certo – miou Presa Amarela, esfregando delicadamente no local a mistura de ervas. – Estrela Azul está muito abalada – ela murmurou desviando o olhar por um instante do que fazia.

– Eu sei – concordou Coração de Fogo. – Vou organizar mais patrulhas imediatamente. Talvez isso a acalme.

– Pode ajudar a serenar o resto do clã também – Presa Amarela comentou. – Eles estão muito preocupados.

– E com razão. – O gato estremeceu quando ela pressionou ainda mais as ervas sobre a ferida.

– E como estão se saindo os aprendizes? – a gata perguntou, tentando parecer casual.

Coração de Fogo sabia que essa era a forma sábia e indireta de a velha curandeira oferecer seus conselhos. – Vou acelerar o treinamento dos jovens, começando por esta madrugada – ele disse, sentindo um nó de tristeza na garganta ao pensar em Pata de Nuvem. Agora o clã precisava dele mais do que nunca; apesar do que o aprendiz pensava do Código dos Guerreiros, nenhum gato poderia negar que ele era um lutador corajoso e hábil.

Presa Amarela parou de massagear seu ombro.

– Você já acabou? – ele miou.

– Quase. Vou colocar um pouco de ervas sobre os arranhões, aí você pode ir. – A velha gata piscou-lhe os grandes olhos amarelos. – Tenha coragem, meu jovem. São tempos sombrios para o Clã do Trovão, mas nenhum gato poderia fazer mais do que você tem feito. – Enquanto ela falava, ouviu-se um ruído surdo de trovão a distância, uma pitada de ameaça que gelou o pelo de Coração de Fogo, apesar das palavras de encorajamento da curandeira.

Ao voltar para a clareira principal, com as feridas anestesiadas pelas ervas de cura, Coração de Fogo se surpreendeu com a grande quantidade de gatos ainda acordados. Estrela Azul, Nevasca e Pelo de Rato estavam agachados em silêncio ao lado do corpo de Vento Veloz; a dor deles se evidenciava nas cabeças baixas e nos ombros tensos. Os outros felinos estavam deitados em pequenos grupos, os olhos piscando nas sombras e as orelhas remexendo-se nervosamente enquanto ouviam os barulhos da floresta.

Coração de Fogo se deitou na borda da clareira. O ar sufocante fazia sua pelagem formigar. A floresta inteira parecia esperar que caísse uma tempestade. Uma sombra se mexeu nas proximidades da borda da clareira. O representante do clã virou a cabeça. Era Risca de Carvão.

Com a cauda, o representante acenou ao guerreiro malhado de preto e cinza para que ele se aproximasse, e o gato caminhou devagar em sua direção. – Quero que você comande uma segunda patrulha amanhã, assim que a patrulha do amanhecer voltar – miou Coração de Fogo. – De agora em diante haverá três patrulhas extras todos os dias, cada uma com três guerreiros.

Risca de Carvão olhou friamente para ele e disse: – Mas amanhã de manhã vou sair com Pata de Avenca para treinar.

O pelo de Coração de Fogo se eriçou de irritação. – Então, leve-a com você – disparou. – Vai ser uma boa experiência. De toda maneira, precisamos acelerar o treinamento dos aprendizes.

As orelhas de Risca de Carvão estremeceram, mas seu olhar se manteve impassível. – Sim, representante – ele murmurou, os olhos faiscando.

Esgotado, Coração de Fogo abriu caminho para a toca de Estrela Azul. Embora não fosse ainda sol alto, ele já saíra em patrulha duas vezes naquele dia. E à tarde levaria o aprendiz de Nevasca, Pata Brilhante, para caçar. Desde a morte de Vento Veloz, os dias tinham sido cheios. Todos os guerreiros e aprendizes estavam exaustos, tentando manter a constância das novas patrulhas. Com Pele de Salgueiro e Flor Dourada no berçário, Nevasca relutando em sair do lado da líder, Pata de Nuvem desaparecido e Vento Veloz morto, Coração de Fogo mal tinha tempo para comer e dormir.

Estrela Azul estava agachada em seu ninho, com os olhos semicerrados, e, por um momento, Coração de Fogo pensou que talvez ela tivesse contraído a doença do Clã das Sombras. Seu pelo estava ainda mais emaranhado e ela estava sentada com a imobilidade de um gato que já não pode cuidar de si e espera em silêncio pela morte.

– Estrela Azul – ele chamou baixinho.

A velha gata virou a cabeça para ele vagarosamente.

– Temos patrulhado a floresta constantemente – ele relatou. – Não vimos nenhum sinal de Garra de Tigre e seus vilões.

A líder parecia distante e não respondeu. Coração de Fogo fez uma pausa, imaginando se deveria dizer mais alguma coisa, mas a gata fechara os olhos e enfiara ainda mais as patas sob o peito. Desanimado, o representante do Clã do Trovão abaixou a cabeça e saiu da toca.

Iluminada pelo sol, a clareira parecia tão tranquila que era difícil acreditar que o clã enfrentava tantos perigos. Pelo de Samambaia estava brincando com os filhotes de Pele de Salgueiro fora do berçário, sacudindo a cauda para que eles a perseguissem, enquanto Nevasca descansava na sombra da Pedra Grande. O fato de as orelhas do guerreiro branco estarem voltadas para a toca de Estrela Azul era o único sinal de que o clã estava sob pressão.

Coração de Fogo fixou o olhar sem entusiasmo na pilha crescente de presas frescas. Ele sentia um aperto em sua barriga, que parecia vazia, mas não conseguia nem pensar em engolir o que quer que fosse. Então, viu Tempestade de Areia comendo um pedaço de presa fresca e a visão de seu pelo alaranjado lustroso causou-lhe um prazer inesperado. De repente, ele se viu pensando em como apreciaria a companhia da guerreira durante a caçada com Pata Brilhante. O pensamento restaurou seu apetite, e sua barriga roncou, ansiando por caçar. Ele deixaria as presas frescas para os outros.

Naquele momento Pata Brilhante entrou no acampamento, aos trotes, atrás de Pelo de Rato, Pele de Geada e Meio Rabo. Eles traziam musgo encharcado de água para os anciãos e as rainhas. Pata Brilhante levou seu fardo gotejante para a toca de Estrela Azul, sob o olhar encorajador de Nevasca.

Coração de Fogo chamou Tempestade de Areia, que estava do outro lado. – Você prometeu que pegaria um coelho para nós quando eu pedisse. Quer vir caçar comigo e com Pata Brilhante?

A gata levantou a cabeça. Seus olhos verdes faiscaram com uma mensagem silenciosa que fez brilhar o pelo do representante como jamais os raios do sol o fariam. – Tudo bem – ela respondeu, e engoliu depressa a última bocada de comida. Ainda lambendo os beiços, ela trotou na direção do gato.

Lado a lado, eles esperaram por Pata Brilhante e, embora mal se tocassem, Coração de Fogo sentia a pele pinicar.

– Você está pronta para caçar? – o representante do Clã do Trovão perguntou à aprendiz branca e alaranjada, assim que ela saiu da toca de Estrela Azul.

– Agora? – ela miou, surpresa.

– Sei que o sol ainda não está alto, mas podemos sair agora se você não estiver cansada demais.

Pata Brilhante fez que não e correu apressada atrás da dupla de felinos, que entraram no túnel de tojo na direção da floresta.

Com Pata Brilhante nos calcanhares, Coração de Fogo seguiu Tempestade de Areia ravina acima para o interior da floresta, impressionado com o modo pelo qual os músculos dela se flexionavam suavemente sob a pelagem alaranjada. Ele sabia que a gata deveria estar cansada também e se surpreendeu com o ritmo que ela desenvolvia através da vegetação rasteira, as orelhas empinadas, a boca aberta.

– Acho que encontramos um! – ela sibilou de repente, agachando-se em posição de caça. Pata Brilhante abriu a boca para farejar o ar. Coração de Fogo permaneceu imóvel, enquanto Tempestade de Areia se movia silenciosamente ao longo dos arbustos. Ele podia sentir o cheiro de um coelho e o ouvia fungando entre a vegetação rasteira, atrás de uma moita de samambaias. Tempestade de Areia, de repente, disparou para a frente, fazendo farfalhar as folhas ao correr entre elas. Coração de Fogo ouviu as batidas das patas do coelho contra o chão seco; ele tentava fugir. Deixando Pata Brilhante para trás, ele pulou por instinto, desviando-se das samambaias, perseguindo, através da vegetação rasteira do solo da floresta, a presa que tentava escapar das garras afiadas de Tempestade de Areia. O gato tirou a vida do coelho com uma mordida certeira, proferindo uma oração silenciosa de agradecimento ao Clã das Estrelas, que enchia a floresta de presas, ainda que não lhes enviasse chuva havia tanto tempo. O temporal que o roncar do trovão prometera algumas noites atrás não chegara, e o ar estava mais irritante e abafado do que nunca.

Tempestade de Areia derrapou até parar ao lado de Coração de Fogo, que se curvava sobre o coelho. Ele podia ouvi-la arquejar. Ele próprio estava arfante.

– Obrigada – ela miou. – Estou um pouco lenta hoje.

– Eu também – o gato admitiu.

– Você precisa descansar um pouco – Tempestade de Areia miou suavemente.

– Todos nós precisamos – Coração de Fogo sentiu o calor de seu olhar verde-claro.

– Mas você tem estado duas vezes mais ocupado do que todo o mundo.

– Há muita coisa para fazer – ele se obrigou a acrescentar. – E não tenho mais que gastar meu tempo treinando Pata de Nuvem.

A perda do sobrinho o perturbava cada vez mais. Ele ainda esperava que o jovem voltasse ao acampamento, que ele encontrasse o caminho de volta por si mesmo, mas não havia nenhum sinal dele desde que o monstro o levara. Conforme Coração de Fogo perdia a esperança de rever seu aprendiz, a consciência de ter perdido dois pupilos – Pata de Cinza e Pata de Nuvem – enchia sua mente de espinhos. Como ele podia assumir as responsabilidades de um representante se não dava conta dos deveres de um mentor? Ele sabia que, ao se incumbir de mais patrulhas e missões de caça do que qualquer outro gato, estava tentando se impor ao resto do clã e afastar as próprias dúvidas sobre suas habilidades como guerreiro.

Tempestade de Areia pareceu sentir a ansiedade do amigo. – Sei que há muito a fazer. Talvez eu possa ajudar mais. – Ela olhou para o gato, que pensou ter percebido uma pontinha de amargura em seu miado quando ela acrescentou: – Afinal de contas, eu tampouco tenho um aprendiz.

Ver Pelagem de Poeira com Pata Gris devia ter ferido seu orgulho, e Coração de Fogo sentiu uma pontada de culpa. – Desculpe... – ele começou. Mas o cansaço tinha nublado seu cérebro e ele se deu conta, tarde demais, de que Tempestade de Areia não fazia ideia de que ele escolhera os mentores. Ela devia ter deduzido, assim como o resto do clã, que Estrela Azul o fizera.

Tempestade de Areia olhou para ele, confusa. – Desculpá-lo de quê?

– Estrela Azul me pediu para escolher os mentores para Pata de Avenca e Pata Gris – ele confessou. – E escolhi Pelagem de Poeira, não você. – Ansioso, procurou no semblante da gata algum traço de irritação, mas ela o encarava firmemente.

– Você será uma grande mentora algum dia – ele continuou, desesperado para explicar. – Mas tive que escolher Pelagem de Poeira...

– Está bem – ela deu de ombros. – Tenho certeza de que você teve suas razões. – Seu tom era normal, mas Coração de Fogo bem percebeu que o pelo da gata se eriçou ao longo da espinha. Um silêncio embaraçoso se instalou entre eles, até que Pata Brilhante surgiu da vegetação.

– Você o pegou? – a aprendiz perguntou, arquejando.

De repente, Coração de Fogo percebeu que ela parecia muito cansada e se lembrou de que para ele também fora difícil acompanhar os guerreiros maiores e mais fortes quando ele estava em treinamento. Ele empurrou o coelho morto para a jovem e ofereceu: – Pegue, a primeira mordida é sua. Eu deveria ter lhe deixado comer antes de sairmos do acampamento.

Quando Pata Brilhante, agradecida, começou a comer, Tempestade de Areia chamou a atenção do guerreiro. – Talvez você pudesse designar menos patrulhas... – ela sugeriu, hesitante. – Todos estão tão cansados, e não vimos Garra de Tigre desde a morte de Vento Veloz.

Coração de Fogo sentiu uma pontada de pesar. Ele tinha certeza de que a gata não acreditava de verdade nas próprias palavras de esperança. Todo o clã sabia que Garra de Tigre não desistiria tão facilmente. O representante do

Clã do Trovão percebera a tensão nos corpos magros dos guerreiros quando patrulhara com eles, as orelhas sempre eretas, as bocas sempre abertas, sentindo o ar para detectar o perigo. Ele também percebera a frustração crescente do clã com sua líder, a quem cabia, mais do que nunca, uni-los contra aquela ameaça invisível. Mas Estrela Azul mal saíra de sua toca desde a vigília por Vento Veloz.

— Não podemos reduzir as patrulhas — Coração de Fogo respondeu. — Precisamos ficar em guarda.

— Você acha mesmo que Garra de Tigre vai nos matar? — Pata Brilhante miou, levantando os olhos da comida.

— Acho que ele vai tentar.

— O que Estrela Azul acha? — Tempestade de Areia perguntou, indecisa.

— Ela está preocupada, claro. — Coração de Fogo sabia que estava sendo evasivo. Apenas ele e Nevasca compreendiam como a volta de Garra de Tigre, definitivamente, devolvera Estrela Azul ao lugar escuro e torturante onde ela se escondera depois que o guerreiro traidor tentara assassiná-la.

— Ela tem sorte de ter um representante tão bom — Tempestade de Areia miou. — Todos os gatos do clã confiam em você para nos ajudar a passar por isso.

O representante do Clã do Trovão não conseguiu deixar de desviar o olhar. Ele tinha consciência de que, ultimamente, os felinos depositavam nele um misto de esperança e expectativa. E, apesar de se sentir honrado por ter o respeito deles, sabia que era jovem e inexperiente, e ansiava por ter, como Nevasca, uma fé inabalável no destino que lhe fora designado pelo Clã das Estrelas. Esperava ser digno da confiança do clã e prometeu: – Vou fazer o melhor possível.

– O clã não poderia exigir mais do que isso – a gata murmurou.

Coração de Fogo olhou para a presa, no chão. – Vamos acabar com o coelho e encontrar outra coisa para levar para casa.

Quando acabaram de comer, os três gatos se puseram a caminho, rumo a Quatro Árvores. Eles viajavam sem conversar, tomando cuidado para não denunciar sua presença na floresta. Com Garra de Tigre por perto, Coração de Fogo tinha a impressão de que os gatos do Clã do Trovão eram, ao mesmo tempo, caça e caçadores.

Um cheiro de gato desconhecido bateu em suas narinas quando eles se aproximaram da encosta que descia para Quatro Árvores e seu pelo se arrepiou. Tempestade de Areia tinha sentido também, pois ela ficou paralisada, arqueando as costas, os músculos tensos.

– Rápido – sibilou Coração de Fogo. – Aqui em cima! – Ele usou as garras para subir em um plátano. Tempestade de Areia e Pata Brilhante o seguiram, e os três se agacharam no galho mais baixo, espiando atentamente o chão da floresta.

Coração de Fogo viu uma sombra escura e delgada entre as samambaias. Duas orelhas negras apontaram acima da vegetação, e algo nelas despertou-lhe uma lembrança distante e quase agradável. Talvez um gato de outro clã que ele ajudara algum dia? Mas, com a presença sombria e conspiratória de Garra de Tigre na floresta, não havia como saber em quem confiar. Todos os estranhos eram inimigos.

Coração de Fogo flexionou as garras, preparando-se para saltar. Ao lado dele, Tempestade de Areia tremia com a expectativa e Pata Brilhante, com os pequenos ombros tensos, mantinha o olhar fixo no chão. Quando o estranho passou sob a árvore, Coração de Fogo, com um berro horrível, caiu sobre suas costas.

O gato preto guinchou com surpresa e rolou, derrubando no chão o representante do Clã do Trovão, que se levantou agilmente. Ele tinha avaliado o tamanho e a força daquele gato no primeiro salto e sabia que seria fácil afugentá-lo. Encarando-o, com as costas arqueadas, o gato avermelhado sibilou um aviso. Tempestade de Areia desceu da árvore, Pata Brilhante desceu logo atrás e Coração de Fogo viu os olhos do gato negro se arregalarem de pavor quando ele percebeu que era um contra três.

Mas os pelos dos ombros do representante do Clã do Trovão já tinham começado a baixar. Seu primeiro instinto estava certo: ele reconheceu o intruso. E, pelo olhar deste, que, em um tique-taque de coração, passara de pavor a alívio, ele também reconheceu Coração de Fogo.

CAPÍTULO 19

– Pata Negra! – o representante do Clã do Trovão saltou para a frente para saudar o velho amigo, tocando-o com o focinho.

– Que bom ver você, Coração de Fogo! – o gato negro retribuiu o cumprimento e olhou para Tempestade de Areia. – E será que estou vendo Pata de Areia?

– *Tempestade* de Areia! – a gata alaranjada o corrigiu, afiada.

– Claro. A última vez que nos vimos, você era a metade do que é hoje! Os olhos do gato se estreitaram. – Como está Pata de Poeira?

Coração de Fogo compreendeu o tom desconfiado do gato. Tempestade de Areia e Pelagem de Poeira tinham treinado como aprendizes na mesma época que ele e o viam mais como rival do que como companheiro. Quando Pata Negra fugiu de seu mentor, Garra de Tigre, e foi viver no território dos Duas-Pernas, além do planalto, os dois colegas não lamentaram sua partida. E Coração de Fogo duvidava muito que Pata Negra sentisse falta deles.

– Pelagem de Poeira está bem – respondeu a gata, indiferente. – Ele agora tem seu próprio aprendiz.

– E essa é sua aprendiz? – perguntou Pata Negra, olhando para Pata Brilhante.

Coração de Fogo sentiu as orelhas estremecerem ao ouvir a resposta seca: – Ainda não tenho um aprendiz. Ela é aprendiz de Nevasca. Seu nome é Pata Brilhante.

A brisa morna movimentou as folhas no alto das árvores e o barulho fez Coração de Fogo olhar para cima. Esse encontro inesperado o deixara sem ação e ele tinha baixado a guarda. Lembrando-se da ameaça representada por Garra de Tigre e seu bando de vilões, ele examinou com cautela a vegetação rasteira. – O que você está fazendo aqui, Pata Negra? – perguntou, ansioso.

Pata Negra, que examinava Tempestade de Areia com uma expressão curiosa nos olhos cor de âmbar, virou a cabeça: – Procurando você.

– É mesmo? E por quê? – Coração de Fogo sabia que devia haver uma razão muito forte para Pata Negra voltar à floresta. O jovem gato negro vivia constantemente apavorado depois de ter testemunhado, por acaso, o assassinato de Rabo Vermelho, antigo representante do Clã do Trovão, por Garra de Tigre. Quando este tentara matar Pata Negra também, para garantir seu silêncio, Coração de Fogo e Listra Cinzenta tinham ajudado o amigo a fugir. Ele agora vivia na fazenda dos Duas-Pernas, com Cevada, um gato solitário, que não era nem gatinho de gente nem gato de clã, e devia ter uma boa razão para voltar ao território do velho inimigo. Afinal, ele não poderia ter ficado sabendo que a traição de Garra de Tigre tinha sido revelada e que ele fora expulso do Clã do Trovão. Para Pata Negra, o grande gato marrom-escuro ainda era o representante de seu antigo clã.

O gato negro balançou a cauda, incomodado. – Um gato veio viver no limite do meu território – ele começou a falar.

Coração de Fogo o olhou sem entender, e Pata Negra tentou explicar: – Eu o descobri durante uma caçada. Ele estava assustado e perdido. Ele não disse quase nada, mas tinha o cheiro do Clã do Trovão.

– Clã do Trovão? – o gato vermelho repetiu.

– Perguntei se ele tinha vindo do planalto, mas ele não parecia ter ideia de onde estava. Então, eu o levei de volta ao Ninho dos Duas-Pernas, onde ele disse estar vivendo.

– Então era um gatinho de gente? – perguntou Tempestade de Areia, os olhos fixos no gato negro. – Tem certeza de que o cheiro que você sentiu era mesmo do Clã do Trovão?

– Não esqueceria o cheiro do clã onde nasci. E ele não parecia o tipo comum de gatinho de gente. Aliás, nem parecia muito feliz em voltar para o seu Duas-Pernas.

Coração de Fogo sentiu um começo de agitação na barriga, mas se obrigou a ficar calado até o final do relato de Pata Negra.

– Não consegui tirar o seu cheiro da cabeça. Voltei ao ninho dos Duas-Pernas para falar com ele novamente, mas ele estava dentro da casa. Então, tentei falar-lhe por uma janela, mas o Duas-Pernas me pôs para correr.

– De que cor é esse gato? – Coração de Fogo sentiu o olhar afiado de Tempestade de Areia.

– Branco – respondeu Pata Negra. – Ele tem uma pelagem branca e felpuda.

– Mas... parece ser Pata de Nuvem!– exclamou Pata Brilhante.

– Então vocês o conhecem? – miou Pata Negra. – Eu estava certo? Ele é do Clã do Trovão?

Coração de Fogo mal ouvia o gato falar. Pata de Nuvem estava seguro! Ele começou a rodear o velho amigo, as patas pinicando de alegria e alívio. – Ele estava bem? O que ele disse?

– B... bem – gaguejou Pata Negra, virando a cabeça para acompanhar o representante com o olhar. – Como eu disse, a primeira vez que o encontrei, ele parecia totalmente perdido.

– Não me surpreende. Ele jamais tinha saído do território do Clã do Trovão. – Coração de Fogo andava em círculos, impaciente, à volta de Tempestade de Areia e Pata Brilhante. – Ele ainda não fez sua jornada às Pedras Altas. E não podia saber que estava tão perto de casa.

Tempestade de Areia assentiu com a cabeça e Pata Negra observou: – Por isso o estado dele era tão lamentável. Ele deve ter pensado...

– Lamentável? – Coração de Fogo parou de andar. – Por quê? Ele estava ferido?

– Não, não – esclareceu depressa o gato negro. – Ele só parecia muito infeliz. Pensei que ele fosse ficar contente

quando lhe mostrei como voltar para o ninho dos Duas-
-Pernas, mas nem assim ele ficou satisfeito. Por isso vim procurar você.

Coração de Fogo olhou para as patas, sem saber o que pensar. E percebeu que estava torcendo para que Pata de Nuvem estivesse feliz em sua nova vida, ainda que ele nunca mais o visse.

Pata Negra piscou, inseguro, e miou: – Será que fiz a coisa certa vindo até aqui? – ele miou. – Esse... hã... Pata de Nuvem foi expulso do clã?

Coração de Fogo o encarou seriamente. O gato negro tinha arriscado a vida para estar ali e merecia uma explicação.
– Pata de Nuvem foi levado da floresta por um Duas-Pernas – começou a dizer. – Ele era meu aprendiz, e filho de minha irmã. Faz um quarto de lua que ele desapareceu... Eu... eu estava começando a pensar que jamais o veria novamente.

Tempestade de Areia olhou para ele de forma enigmática – O que o faz pensar que *vai* vê-lo novamente? Ele está vivendo no território de Pata Negra, com um *Duas-Pernas*.

– Vou buscá-lo! – Coração de Fogo declarou.

– Buscá-lo? Por quê?

– Você ouviu Pata Negra. Ele está infeliz.

– Tem certeza de que ele quer ser resgatado?

– Você não iria querer? – replicou Coração de Fogo.

– Eu não *precisaria* ser resgatada. Em primeiro lugar, eu nunca teria aceitado comida de nenhum Duas-Pernas – ela alegou, ríspida.

Ouviu-se um grunhido inesperado de Pata Negra, mas ele não disse nada.

– Seria bom tê-lo de volta na toca – falou Pata Brilhante, mas o representante mal a escutou. Ele fixou o olhar em Tempestade de Areia, sentindo o pelo do pescoço arrepiar de tanta raiva.

– Você acha que Pata de Nuvem merece ser abandonado lá, infeliz e sozinho, só porque cometeu um erro estúpido? – ele cuspiu.

Tempestade de Areia resfolegou, impaciente. – Não foi isso o que eu disse. Você nem mesmo tem certeza de que ele quer voltar.

– Pata Negra disse que ele parecia infeliz – Coração de Fogo insistiu. Mas, enquanto ele dizia isso, uma dúvida agitou-se em sua cabeça. Será que, a essa altura, Pata de Nuvem já não estaria acostumado com a vida de gatinho de gente?

– Pata Negra falou com ele apenas uma vez. – Tempestade de Areia virou-se para o gato negro: – Ele parecia aborrecido quando você o viu pela janela do Duas-Pernas?

Os bigodes de Pata Negra se mexeram, desconfortáveis... – É difícil dizer. Ele estava comendo.

Tempestade de Areia girou a cabeça para o companheiro de pelo avermelhado. – Ele tem casa e comida e você ainda acha que ele precisa ser resgatado. E o clã? Os gatos precisam de você. Pata de Nuvem parece estar seguro. Acho melhor ele ficar onde está.

Coração de Fogo fixou o olhar na amiga. O pelo dos ombros dela estava eriçado e seus olhos brilhavam, determinados. Sentindo um aperto no peito, o representante do Clã do Trovão se deu conta de que ela estava certa.

Como ele poderia abandonar o clã agora, mesmo que por pouco tempo, com Estrela Azul tão fraca e Garra de Tigre e seu bando ameaçando a todos? Tudo por causa de um gato que já tinha provado ser um aprendiz preguiçoso e ganancioso.

Ainda assim, seu coração lhe dizia que ele precisava tentar. Ele estava convicto de que o sobrinho daria um ótimo guerreiro, e que o clã, agora, precisava de todos os guerreiros que pudesse conseguir.

– Eu preciso ir – ele miou apenas.

– E o que acontecerá se você conseguir trazê-lo de volta? – Tempestade de Areia perguntou. – Ele estará seguro na floresta?

Coração de Fogo sentiu um calafrio na espinha. Será que ele suportaria trazer Pata de Nuvem de volta, só para vê-lo ser estraçalhado por Garra de Tigre? Mas, mesmo com as patas pinicando de incerteza, ele sabia que ia fazer isso. – Ele estará de volta amanhã, no sol alto – miou. – Digam a Nevasca aonde fui.

Tempestade de Areia arregalou os olhos, assustada. – Você vai agora mesmo?

– Eu preciso que Pata Negra me mostre onde ele está e não posso pedir a ele que fique esperando por mim na floresta. Não com Garra de Tigre solto por aí.

O pelo da cauda de Pata Negra se eriçou de medo. – Como assim? Solto por aí?

Tempestade de Areia olhou de esguelha para Coração de Fogo.

– Vamos indo – o representante do Clã do Trovão miou em resposta –, eu explico no caminho. – Quanto mais cedo sairmos, melhor.

– Pois eu também vou, é claro – declarou Tempestade de Areia. – Essa jornada é coisa de cérebro de camundongo, mas vocês vão precisar de toda ajuda possível, caso deem de cara com Garra de Tigre ou com uma patrulha do Clã do Vento!

Coração de Fogo sentiu uma onda de alegria quando ouviu as palavras da gata. Ele a olhou agradecido e se virou para Pata Brilhante. – Você pode voltar ao acampamento e dizer a Nevasca aonde fomos? – ele perguntou à aprendiz. – Ele sabe quem é Pata Negra.

Os olhos da jovem traduziam medo, que ela logo tratou de espantar, e, abaixando a cabeça, concordou: – Claro.

– Vá direto para casa, e mantenha as orelhas coladas à cabeça – ordenou o representante, sentindo uma pontada de preocupação em deixar a jovem fazer o trajeto sozinha.

– Vou ter cuidado – ela prometeu, séria, virando-se e desaparecendo na vegetação rasteira.

Coração de Fogo afastou a ansiedade quanto à aprendiz e começou a caminhar ao longo das samambaias. Tempestade de Areia e Pata Negra se colocaram ao lado dele, acompanhando seus passos, fazendo-o lembrar-se das tantas vezes em que ele caçara na floresta com Pata Negra e Listra Cinzenta. Mas, com a pressão do ar sufocante da floresta e sua pelagem pinicando de ansiedade por causa da jornada, ele não pôde deixar de se perguntar se ele não os estaria conduzindo a um desastre.

* * *

Os três gatos atravessaram correndo Quatro Árvores e subiram para o território do Clã do Vento. Coração de Fogo lembrou-se da última vez em que estivera ali, com Estrela Azul. Eles fariam a mesma rota, atravessando direto o planalto até a fazenda dos Duas-Pernas, que ficava entre o território do Clã do Vento e as Pedras Altas. Ao menos agora não havia brisa para levar o cheiro deles através da charneca. O ar na região estava estranhamente parado e tão seco que o representante do Clã do Trovão sentiu a pele rachar ao entrar pelas urzes.

Ele escolheu uma trilha que os mantinha afastados o máximo possível do acampamento do Clã do Vento, no coração do território. Ali o chão normalmente era molhado e cheio de turfa, mas estava duro e seco; em alguns pontos, a urze estava queimada, maltratada pelo sol.

– Então, o que aconteceu a Garra de Tigre? – Pata Negra quebrou o silêncio, sem diminuir a marcha.

Coração de Fogo sempre tivera vontade de contar a Pata Negra que seu velho carrasco finalmente fora denunciado. Mas agora parecia haver apenas escuridão nessa notícia sobre a traição e o banimento de Garra de Tigre, e, como ele matara Vento Veloz, Coração de Fogo contou a história de maneira hesitante, com o peito dolorido de amargor e pesar.

Pata Negra parou de repente. – Ele matou Vento Veloz? – perguntou.

Coração de Fogo parou também, deixando pender pesadamente a cabeça. – Garra de Tigre lidera um bando de gatos vilões agora e jurou matar todos nós.

– Mas quem o aceitaria como líder?

– Alguns deles são antigos amigos de Cauda Partida, exilados com ele quando o banimos do Clã das Sombras. – Coração de Fogo fez uma pausa, forçando-se a relembrar a cena da recente batalha. – Mas havia outros gatos que eu não conhecia. Não sei de onde eles vieram.

– Então, agora, Garra de Tigre tem mais força do que nunca – Pata Negra miou, sombrio.

– Não! – o representante cuspiu. – Ele agora é um pária, não um guerreiro. Não pertence a clã nenhum. O Clã das Estrelas *precisa* combatê-lo enquanto ele desrespeitar o Código dos Guerreiros. Sem um clã e sem o Código para apoiá-lo, ele não poderá vencer o Clã do Trovão. – Coração de Fogo ficou em silêncio, percebendo que falara com uma convicção que, até aquele momento, desconhecia ter. Tempestade de Areia o fitava com orgulho.

– Espero que você esteja certo – miou Pata Negra.

Eu também, pensou o representante, voltando a caminhar, com os olhos estreitados por causa do sol cintilante.

– Claro que ele está certo – insistiu Tempestade de Areia em seguida.

Pata Negra colocou-se ao lado dela. – Bem, fico feliz por estar fora.

Ela o fitou de forma acusadora. – Você não sente nem um pouquinho a falta da vida do clã?

– Senti apenas no começo – o gato admitiu. – Mas agora tenho um novo lar, e gosto de estar ali. Posso ter a companhia de Cevada, se quiser, e isso é o bastante para mim. Prefiro isso a encontrar Garra de Tigre por aí.

Os olhos da gata faiscaram. – Como sabe que ele não virá procurar você?

As orelhas de Pata Negra se agitaram.

– Garra de Tigre não tem a mínima ideia de onde você está – Coração de Fogo, mais do que depressa, assegurou ao gato, disparando um olhar de advertência a Tempestade de Areia. – Venham, vamos sair do território do Clã do Vento.

Ele apressou o passo até eles passarem a correr pela urze, rápido demais para poder conversar. Ele evitou a faixa de tojos onde ele e Estrela Azul tinham encontrado Garra de Lama, levando-os a descrever um amplo círculo através da charneca. A colina árida não oferecia nenhuma proteção contra o sol e, quando eles chegaram à encosta que levava ao território dos Duas-Pernas, Coração de Fogo tinha a impressão de que seu pelo estava pegando fogo. O vale se estendia abaixo deles, coberto de campinas, caminhos e ninhos dos Duas-Pernas, como o pelo sarapintado de uma gata atartarugada.

– Os gatos do Clã do Vento devem estar fugindo do calor do acampamento – ele miou, arfando, ao descer a lateral da colina. – Vamos torcer para que o resto da viagem seja tão fácil como foi até agora.

Quando eles chegaram a um bosque, Coração de Fogo saudou a sombra fresca e os cheiros conhecidos da floresta.

Lá no alto, dois gaviões voavam em círculos, emitindo gritos, e o gato avermelhado podia ouvir, a distância, o retumbar do monstro dos Duas-Pernas. Suas pernas doíam e ele se sentia tentado a deitar e descansar um pouco, mas sua ânsia de encontrar Pata de Nuvem o fez prosseguir.

Enquanto eles caminhavam entre as árvores, Tempestade de Areia olhava em volta com os bigodes tremendo. Coração de Fogo se deu conta de que, até então, ela só estivera tão longe de casa uma vez, quando ainda era aprendiz e acompanhara Estrela Azul à Pedra da Lua. Era uma jornada que todos os felinos deviam fazer antes de se tornarem guerreiros. Coração de Fogo estivera ali diversas vezes, não apenas em visita às Pedras Altas, mas também para ver Pata Negra e para conduzir o Clã do Vento de volta para casa. Mas era o gato negro que se sentia mais à vontade naquele bosque.

– Não podemos circular aqui – Pata Negra avisou. Especialmente a essa hora. É aqui que os Duas-Pernas gostam de trazer os cachorros para passear.

Coração de Fogo podia sentir o cheiro de cães por perto. Achatou as orelhas e, em silêncio, seguiu Pata Negra, que os conduziu à saída do bosque.

O gato negro foi o primeiro a se espremer pela cerca viva. Coração de Fogo deixou Tempestade de Areia passar e, depois, atravessou a espessa trama de folhas. Ele reconheceu a trilha de terra vermelha do outro lado, pois já a cruzara com Listra Cinzenta na viagem que ambos tinham feito para encontrar o Clã do Vento, quando este fora banido de seu território. Pata Negra olhou para os dois lados antes de atravessar o caminho correndo e desaparecer na cerca viva do lado oposto. Tempestade de Areia fitou Coração de Fogo, que a encorajou com o olhar. Ela, então, partiu rápida como uma flecha e foi seguida de perto por ele.

A cevada no campo além da cerca viva crescia bem acima de suas cabeças. Em vez de seguir à beira da vegetação, Pata Negra entrou direto na floresta de hastes quebradiças. Coração de Fogo e Tempestade de Areia o seguiam e corriam para não perder de vista a cauda negra que oscilava à frente deles. O gato de pelos rubros sentiu certo desconforto ao se dar conta de que jamais acharia a saída sozinho. Ele tinha perdido totalmente o senso de direção, tendo a sua frente apenas o mar de hastes douradas e, acima, uma faixa de céu azul, e sentiu um grande alívio quando eles, finalmente, saíram do outro lado do campo e se sentaram para descansar sob a cerca viva. Eles estavam indo bem. O sol estava a apenas meio caminho rumo ao poente e o planalto já tinha ficado bem para trás.

Coração de Fogo sentiu um odor familiar na vegetação a seu lado. – Sua marca de cheiro – comentou com Pata Negra.

– É onde o meu território começa – disse o gato, girando a cabeça e apontando a vasta área coberta de plantações à frente deles, onde ele vivia e caçava.

– Então Pata de Nuvem está perto daqui? – perguntou Tempestade de Areia, farejando, alerta.

– Há um declive do outro lado desta colina – Pata Negra disse a ela, apontando com o nariz. – O Ninho dos Duas-Pernas fica ali.

Coração de Fogo de repente sentiu pinicar os pelos da espinha. Que cheiro era aquele? Ele ficou paralisado e abriu a boca para que o odor pudesse alcançar sua glândula de cheiro.

Ao lado dele, Pata Negra elevou o nariz, suas orelhas pretas ardiam e sua cauda chicoteou no ar, nervosa. Os seus olhos se arregalaram, assustados. – Cachorros! – sibilou.

CAPÍTULO 20

Coração de Fogo ouviu o capim zunir atrás da cerca viva e retesou os ombros quando um forte odor encheu o ar. Um latido alto fez sua cauda se arrepiar, e, um tique-taque de coração mais tarde, ele viu o trêmulo nariz de um cachorro fuçando através da cerca.

– Corram! – ele uivou, girando o corpo. Outro farfalhar e um ganido de empolgação lhe revelaram que um segundo cão vinha atrás do primeiro.

Coração de Fogo fugiu. Tempestade de Areia, correndo ao lado dele, seu pelo roçando o do guerreiro enquanto os dois corriam ao longo das cercas vivas com os cães em seus calcanhares. O rufar das patas dos cachorros fazia tremer o chão e Coração de Fogo podia sentir o hálito quente deles em seu pescoço. Ele deu uma olhada por cima do ombro e o vulto de dois cães enormes assomou, a carne macia ondulando, os olhos brilhando, as línguas penduradas. Chocado, ele percebeu que Pata Negra não estava à vista.

– Continue correndo – ele sibilou para Tempestade de Areia. – Eles não vão conseguir manter esse ritmo por muito tempo. – A gata concordou com a cabeça e apressou o passo.

Coração de Fogo estava certo. Quando olhou novamente para trás, viu que os cães tinham começado a ficar para trás. Ele avaliou um freixo na cerca viva à frente deles. A árvore estava um pouco longe, mas, se eles conseguissem tomar bastante distância em relação aos cães, poderiam subir e ficar em segurança.

– Está vendo aquele freixo? – ele miou para Tempestade de Areia, arfando. – Suba nele o mais depressa que puder. Eu vou depois.

A gata grunhiu, concordando, a respiração ofegante e descompassada. Eles aceleraram na direção da árvore. Coração de Fogo deu um urro de aviso para a amiga, que, usando as garras, disparou pelo tronco, rumo à segurança.

Antes de saltar para a árvore, o gato olhou para trás mais uma vez para ver a que distância os cães estavam. Seu pelo se eriçou quando ele viu dentes enormes a quase um coelho de distância dele. Com um rosnado feroz, o cão saltou sobre ele. Coração de Fogo virou o corpo e o atacou usando as patas dianteiras, suas garras afiadas como espinhos rasgando a carne do cachorro, que soltou um ganido de dor. O gato o golpeou mais uma vez e, então, virou-se e, aos tropeços, subiu na árvore, rápido como um esquilo. Parando no galho mais baixo, ele olhou para baixo. No chão, um dos cães uivava, frustrado, enquanto o outro se aproximava, jogando a enorme cabeça para trás e gritando com raiva.

– Eu... Eu pensei que ele tivesse pegado você – Tempestade de Areia balbuciou. A gata rastejou pelo galho e encostou o corpo no pelo eriçado de Coração de Fogo para que ambos parassem de tremer.

Os cães silenciaram, mas continuavam sob a árvore, andando para lá e para cá.

– Onde está Pata Negra? – Tempestade de Areia perguntou de repente.

Coração de Fogo meneou a cabeça, tentando espantar o terror que sentira quando os cães o perseguiam. – Ele deve ter corrido para o outro lado. Ele deve estar bem. Acho que havia apenas dois cachorros.

– Pensei que este fosse o território dele. Ele não sabia que havia cães deste lado do campo também?

Coração de Fogo não conseguia responder. Ele viu a expressão da gata se anuviar. – Você não acha que ele nos trouxe aqui de propósito? – ela roncou, estreitando os olhos.

– Claro que não – disparou o gato, um lampejo de incerteza fazendo com que sua voz soasse na defensiva. – Por que ele faria isso?

– É que é bem estranho ele aparecer do nada e nos trazer até aqui, só isso.

Um miado estridente fez os dois gatos espiarem pelas folhas. Seria Pata Negra? Os cães giravam a cabeça procurando em volta, como se tentassem localizar o som. Coração de Fogo viu um vulto negro e lustroso desaparecer em meio à cevada. Pata Negra urrou novamente e os cães empinaram as orelhas. Com latidos de empolgação, eles dispararam na direção das hastes oscilantes que serviam de esconderijo ao gato negro.

Do alto da árvore, Coração de Fogo olhava fixamente para baixo. Pata Negra poderia vencer os cães? Ele viu a cevada tremer enquanto o gato ziguezagueava, invisível, pelo campo. As costas marrons dos cães seguiam atrás dele com estrépito, como peixes desajeitados, achatando as hastes das plantas com as patas desajeitadas e latindo, frustrados.

De repente, Coração de Fogo ouviu o chamado agudo de um Duas-Pernas. Os cães pararam onde estavam e levantaram a cabeça acima das hastes de cevada, as línguas penduradas na boca aberta. O gato perscrutou o campo. Um Duas-Pernas subira na armação de madeira da cerca viva, balançando na mão algo que parecia duas longas tiras trançadas. Relutantes, os cães começaram a abrir caminho pela plantação rumo ao Duas-Pernas, que colocou as coleiras no pescoço dos cães e prendeu, a cada uma, uma das tiras trançadas. Com um suspiro de alívio, Coração de Fogo viu os cães serem arrastados, os rabos para baixo e as orelhas caídas.

– Você está mais ligeiro do que nunca!

O representante do Clã do Trovão olhou em volta, surpreso. Agarrando-se ao tronco da árvore, Pata Negra vinha descendo até o galho onde ele e Tempestade de Areia estavam. O gato preto acenou para a gata. – Não sei por que eles se incomodaram tentando pegá-la. Ela não chegaria nem para uma refeição.

A gata se levantou e passou por ele. – Não temos um aprendiz para resgatar? – ela perguntou friamente.

– Vejo que ela ainda está um pouco irritada – Pata Negra comentou.

– Eu, no seu lugar, não a provocaria – Coração de Fogo murmurou, enquanto descia da árvore, seguindo Tempestade de Areia. Ele decidiu não falar ao velho amigo que a gata tinha suspeitado que ele pudesse tê-los atraído para uma armadilha. Pata Negra não era tolo e, provavelmente, desconfiava disso, mas era um sinal de sua recém-adquirida segurança não deixar a hostilidade da gata perturbá-lo. E, estando a salvo, com os cães fora do caminho, a única coisa em que Coração de Fogo queria pensar era em encontrar Pata de Nuvem.

Pata Negra os levou até o topo da encosta e parou. A casa do Duas-Pernas ficava no vale raso à frente deles, exatamente como ele tinha dito.

– Foi aqui que você encontrou Pata de Nuvem? – Coração de Fogo perguntou.

O gato negro confirmou e a barriga do guerreiro de pelo rubro começou a se agitar com uma empolgação nervosa. E se eles encontrassem seu sobrinho e ele não quisesse voltar? E, se voltasse, será que o clã poderia confiar em um gato que se deixara atrair pela brandura da vida de gatinho de gente?

– Não consigo sentir o cheiro dele – Tempestade de Areia observou, e Coração de Fogo percebeu uma ponta de desconfiança no seu tom de voz.

– O cheiro já era antigo quando vim vê-lo da última vez – Pata Negra explicou pacientemente. – Acho que o Duas-Pernas o mantém trancado lá dentro.

– Então, como exatamente conseguiremos resgatá-lo?

– Ei, vocês, calma – Coração de Fogo miou, determinado a não dar aos dois gatos a chance de começar a discutir, e começou a descer a encosta na direção da casa. – Vamos olhar mais de perto.

Em torno da casa, havia uma cerca viva perfeitamente aparada. Coração de Fogo abriu caminho pela cerca e olhou para além do gramado ressecado, fixando o olhar no ninho do Duas-Pernas, que se recortava contra o céu escuro. Achatando seu corpo no chão, ele rastejou até o arbusto mais próximo, as orelhas eretas. Seu faro de nada adiantava aqui. O ar da noite estava cheio de odores enjoativos de flores, que abafavam os cheiros mais úteis. Ele ouviu o som de patas no capim e, quando se virou, viu Pata Negra, com Tempestade de Areia logo atrás; aparentemente, a briga entre eles tinha sido superada. Ele acenou para os dois, agradecido pela companhia, e o grupo atravessou o gramado.

Quando eles alcançaram o ninho do Duas-Pernas, Coração de Fogo sentia o sangue pulsando nas orelhas. De repente, a cerca e a segurança que ficava do outro lado dela pareciam muito distantes.

– Aqui está a janela onde eu o vi – sussurrou Pata Negra, liderando o grupo pelo caminho que contornava o ninho.

– E, provavelmente, onde o Duas-Pernas viu você – resmungou Tempestade de Areia. Coração de Fogo podia sentir o cheiro do medo da gata e sabia que a irritação dela se devia tanto à tensão quanto às velhas rivalidades.

Uma luz brilhante vinha da janela acima de suas cabeças e Tempestade de Areia se agachou. Coração de Fogo ouviu as passadas do Duas-Pernas lá dentro. Ele esticou o pescoço para olhar acima da parede do ninho, mas a janela era alta demais para ser alcançada com um único salto. Ele rastejou para o canteiro de terra logo abaixo da janela, onde uma árvore retorcida e torta crescia, ao lado do ninho, e estudou os seus galhos curvos, considerando a possibilidade de escalá-los, mas ele ainda ouvia o Duas-Pernas fazendo barulho lá dentro.

– Pata de Nuvem deve estar meio surdo, vivendo nessa barulheira! – sussurrou Tempestade de Areia, as orelhas coladas à cabeça.

A curiosidade roía Coração de Fogo como um rato faminto até que ele não aguentou mais. – Vou dar uma olhada – ele miou e começou a subir pelo caule sinuoso, ignorando os pedidos de Tempestade de Areia para que tivesse cuidado.

Com o coração aos pulos, o guerreiro avermelhado chegou à janela e, cautelosamente, se ergueu sobre o parapeito.

Lá dentro, um Duas-Pernas estava debruçado sobre algo que cuspia nuvens de vapor. O gato rubro estremeceu com a luz artificial e desagradável, mas sentiu velhas lembranças de infância se remexerem dentro dele; ele sabia estar diante de uma cozinha, onde os Duas-Pernas preparam o que comem. Sua mente se inundou de lembranças há muito enterradas, de comer comida seca e sem gosto e de beber água com forte gosto metálico. Piscando para afastar as imagens, ele começou a buscar qualquer sinal de Pata de Nuvem.

No canto da toca do Duas-Pernas, ele avistou um ninho que parecia feito de galhos secos firmemente tecidos. Suas patas começaram a tremer de emoção. Uma pequena forma branca estava enrolada ali dentro. Coração de Fogo segurou a respiração quando a forma se esticou e pulou da caixa, e, depois, correu para os pés do Duas-Pernas, latindo ruidosamente. Era um cachorro! O guerreiro se encolheu e, tonto pela decepção, quase caiu do parapeito da janela. Onde estava Pata de Nuvem?

O Duas-Pernas estendeu a mão e acariciou a criatura barulhenta. Coração de Fogo sibilou baixinho e, em seguida, endireitou o corpo, surpreso, quando o sobrinho entrou na sala por um vão da porta. Para seu desespero, o cachorro correu na direção dele, ainda latindo. O representante do Clã do Trovão pensou que Pata de Nuvem fosse arquear as costas e cuspir, mas ele apenas ignorou friamente o cão.

Coração de Fogo se abaixou quando o gato branco, de repente, pulou no parapeito na extremidade da janela. No chão, fora de seu ângulo de visão, o cão continuava latindo.

– Ele está aqui – sibilou o guerreiro para Pata Negra e Tempestade de Areia, lá embaixo.

– Ele viu você? – perguntou a guerreira.

O representante do Clã do Trovão levantou os olhos com cautela, mas manteve o corpo achatado contra a pedra dura.

Por cima de sua cabeça, Pata de Nuvem olhava para fora às cegas. Ele tinha os olhos anuviados, tristes, e parecia mais magro. Com uma pontada de culpa, o guerreiro avermelhado não pôde deixar de se sentir aliviado. Ali estava a prova de que o sobrinho não estava adaptado à vida de gatinho de gente.

Levantando o corpo, Coração de Fogo pressionou as patas dianteiras contra a janela que o separava do sobrinho. Com um tremor de frustração, arranhou o vidro, mantendo as garras embainhadas, de modo que as almofadas macias das patas não fizessem nenhum som que pudesse alertar o Duas-Pernas ou o cachorro. Ele segurou a respiração quando as orelhas de Pata de Nuvem se mexeram. Então, o gato branco se virou e viu o tio; sua boca se escancarou com um uivo de prazer que o guerreiro de pelos vermelhos não pôde ouvir.

No interior da casa, o barulho fez o Duas-Pernas se virar, surpreso. Coração de Fogo saltou do parapeito, pousando ao lado de seus amigos.

– O que houve? – perguntou Tempestade de Areia.

– Pata de Nuvem me viu, mas acho que o Duas-Pernas também!

– Devíamos ir embora – Pata Negra miou, aflito.

– Não – sibilou Coração de Fogo. – Vocês dois podem ir. Eu só saio daqui quando Pata de Nuvem sair.

Tempestade de Areia olhou para ele. – O que você vai fazer? E se soltarem o cachorro?

– Não posso ir embora agora que Pata de Nuvem me viu – insistiu o representante. – Vou ficar aqui.

Foi então que, atrás deles, soou um ruído. O gato de pelo vermelho olhou ao redor. De uma porta, surgiu um jorro de luz que se derramou sobre a parede e iluminou o jardim, desde o gramado até a cerca viva. De repente, a sombra de um Duas-Pernas atravessou a área iluminada.

Coração de Fogo ficou paralisado. Não havia tempo para se esconder. Ele sabia que eles tinham sido vistos. O Duas-Pernas gritou bem alto e com um tom inquiridor; então, saiu e caminhou devagar na direção deles. Os três gatos se amontoaram enquanto o Duas-Pernas se aproximava cada vez mais. Coração de Fogo ouvia a respiração trêmula de Tempestade de Areia. Então, olhou para cima e sentiu um aperto de terror na barriga. O vulto do Duas-Pernas estava sobre eles. Eles tinham caído em uma armadilha.

CAPÍTULO 21

— DEPRESSA! POR AQUI!

O chamado aflito de Pata de Nuvem fez Coração de Fogo pular. Ele viu uma forma branca assomar no vão da porta e correr pelo gramado da casa, aos berros. Distraindo-se, o Duas-Pernas se virou, e, então, o gato percebeu que Tempestade de Areia e Pata Negra tinham saído de seu lado em disparada. Ele foi atrás deles, seguindo Pata de Nuvem através do gramado. Atrás dos gatos, na escuridão, vinha o Duas-Pernas, aos gritos, e, a seu lado, o cachorro, ladrando. Mas Coração de Fogo continuou correndo, passou pela cerca viva e chegou ao campo, na pista dos odores deixados por Pata de Nuvem, Tempestade de Areia e Pata Negra, até alcançar os três gatos, que tinham se escondido em uma moita de urtigas.

Tempestade de Areia pressionou o corpo, completamente trêmulo, contra o dele. Por cima da cabeça dela, Coração de Fogo viu que Pata de Nuvem, com os olhos azuis arregalados, o fitava. E, de repente, o alívio de ter encontrado o aprendiz foi nublado pelas velhas dúvidas sobre o lugar do sobrinho no Clã do Trovão; e ele não soube o que dizer.

Pata de Nuvem abaixou os olhos e disse: – Obrigado por você ter vindo.

– E então? Quer voltar para o clã? – A confusão fez com que o representante fosse áspero. Uma vez garantida a segurança do sobrinho, agora os interesses do clã se impunham em sua mente.

O jovem levantou o queixo, revelando olhos nublados. – Claro! Sei que jamais devia ter me aproximado dos Duas--Pernas – admitiu. Já aprendi a lição; prometo não fazer mais isso.

– E por que deveríamos acreditar em você? – perguntou Tempestade de Areia. O guerreiro de pelo rubro a olhou, mas o tom da gata era suave, não desafiador. Pata Negra permaneceu calado, sentado com a cauda arrumadinha sobre as patas dianteiras, os olhos cor de âmbar atentos.

– Você veio me procurar – miou Pata de Nuvem, inseguro. – Deve querer que eu volte.

– Preciso saber que posso confiar em você. – Coração de Fogo queria que o aprendiz compreendesse que havia outros gatos a quem dar satisfação. – Preciso saber que você compreende o Código dos Guerreiros e está disposto a seguir suas determinações.

– Você pode confiar em mim! – insistiu Pata de Nuvem.

– Ainda que você consiga me convencer, acha que o resto do clã acreditará em você? – miou, com gravidade, Coração de Fogo. – Todos os gatos vão perceber que você viveu com um Duas-Pernas. O que o faz pensar que eles vão acreditar em quem escolheu levar vida de gatinho de gente em vez da vida do clã?

– Não foi escolha minha – reclamou Pata de Nuvem. – Eu pertenço ao clã. Não queria ir com o Duas-Pernas!

– Não seja tão duro com ele – murmurou Tempestade de Areia.

Coração de Fogo foi pego de surpresa com a inesperada solidariedade da gata para com o jovem aprendiz. Talvez ela tivesse sido convencida pela seriedade que escurecia os olhos de Pata de Nuvem. Ele torcia para que o resto do clã também se sentisse assim. Coração de Fogo não pôde mais manter a raiva queimando no peito. Inclinou-se e lambeu com vontade a cabeça do sobrinho; mas sem deixar de alertá-lo: – No futuro, trate de me ouvir! – miou, falando bem perto da orelha do jovem, para que este o ouvisse bem, apesar do ronronar barulhento que emitia.

– A lua está nascendo – Pata Negra miou calmamente das sombras. – Se vocês querem estar de volta antes do sol alto, não temos muito tempo.

Coração de Fogo concordou e, virando-se para Tempestade de Areia, perguntou: – Você está pronta?

– Estou – ela respondeu, esticando as patas dianteiras à frente do corpo.

– Ótimo – miou o gato. – Então, é melhor irmos.

Pata Negra conduziu os gatos do clã até o planalto, deixando-os na base da encosta coberta de orvalho que levava ao território do Clã do Vento. O amanhecer não tardaria, mas, como era o ápice da estação das folhas verdes, o sol nascia cedo. Eles tinham conseguido.

– Obrigado, Pata Negra – miou Coração de Fogo, tocando o nariz do gato com o seu. – Você fez a coisa certa vindo me procurar. Sei que deve ter sido difícil voltar à floresta.

O felino negro abaixou a cabeça. – Apesar de não sermos mais companheiros de clã, você sempre terá minha amizade e minha lealdade.

Coração de Fogo piscou para disfarçar a emoção que inundou seus olhos. – Cuide-se – aconselhou ao gato preto. – Garra de Tigre pode não saber onde você vive, mas aprendemos a não subestimá-lo. Fique alerta.

Pata Negra, sério, concordou com a cabeça e se foi.

O representante observou o antigo colega de toca atravessar a grama faiscante e desaparecer no bosque. – Se formos logo, chegaremos a Quatro Árvores antes que a patrulha do amanhecer do Clã do Vento saia em missão – ele miou, e subiu a encosta, ladeado por Pata de Nuvem e Tempestade de Areia. Era um alívio viajar pelo planalto antes de o sol nascer. Quando eles atingiram o ponto mais alto, onde havia tocas de texugo abandonadas, o sol apareceu no horizonte, enviando uma onda de luz dourada sobre as urzes. Coração de Fogo viu Pata de Nuvem observar a cena maravilhado, os olhos azuis arregalados. Em seu coração ele sentiu nascer a esperança de que o jovem manteria sua promessa e permaneceria na floresta.

– Sinto o cheiro de casa – murmurou o aprendiz de pelagem branca.

– É mesmo? – duvidou Tempestade de Areia. – Eu só sinto cheiro de cocô de texugo.

– E eu sinto o cheiro de invasores do Clã do Trovão!

Os três felinos do Clã do Trovão giraram o corpo, os pelos eriçados. Pé Morto, representante do Clã do Vento, surgiu do urzedo e se colocou no alto das tocas arenosas dos texugos. Ele era pequeno e magro e andava com o corpo inclinado para um dos lados, o que dera a ele o seu nome; mas Coração de Fogo sabia que, assim como os outros gatos do Clã do Vento, por trás de seu tamanho diminuto, ele escondia uma agilidade e uma velocidade difíceis de igualar.

Depois de um farfalhar de folhas, Garra de Lama surgiu das urzes. O representante do Clã do Trovão os observava, tenso, enquanto o guerreiro marrom circundava o grupo e parava atrás deles.

– Pata de Teia! – chamou Garra de Lama. O aprendiz malhado, que já estivera com Garra de Lama, apareceu. Coração de Fogo esperou, com o coração aos pulos, para ver se havia ainda outros guerreiros na patrulha.

– Parece que você está fazendo do território do Clã do Vento o seu segundo lar – sibilou Pé Morto.

Coração de Fogo farejou o ar antes de responder. Não havia vestígio de mais gatos do Clã do Vento. As forças estavam equiparadas. – Não temos outro caminho para sair da floresta que não seja por aqui – ele respondeu, mantendo a voz calma. Não queria provocar uma luta, mas não podia esquecer como ele e Estrela Azul tinham sido tratados por Garra de Lama.

– Você está *novamente* tentando viajar às Pedras Altas?
– Pé Morto estreitou os olhos. – Onde está Estrela Azul? Ela morreu?

Tempestade de Areia arqueou as costas e sibilou, furiosa
– Estrela Azul está muito bem!

– E o que vocês estão fazendo aqui? – rosnou Garra de Lama.

– Só passando. – O miar destemido de Pata de Nuvem pareceu insignificante perto daquele dos guerreiros adultos, e Coração de Fogo sentiu que seus músculos se retesavam.

– Vejo que não é só Coração de Fogo que precisa de uma lição sobre respeito – grunhiu Pé Morto.

Pelo canto do olho, o guerreiro avermelhado viu o gato negro chicotear com a cauda. Era um sinal para que seus colegas de clã atacassem. Com tristeza no coração, Coração de Fogo percebeu que haveria luta. Quando Pé Morto saltou das tocas de texugo sobre suas costas, o guerreiro rolou com ele, caindo no chão e atirando longe o representante do Clã do Vento.

Pé Morto caiu em pé e, virando-se para Coração de Fogo, sibilou: – Grande lance, mas você é lento, como todos os gatos da floresta. – Ele deu um golpe e o gato de pelos vermelhos sentiu as garras dele arranharem suas orelhas, enquanto se abaixava, tentando se desviar.

– Sou rápido o suficiente – ele cuspiu. E, dobrando as patas traseiras, voou para cima de Pé Morto. O felino do Clã do Vento engasgou quando Coração de Fogo o golpeou, fazendo-o perder a respiração, mas ainda conseguiu girar o corpo e aterrissar em pé. Rápido como uma serpente, ele atacou de volta, e Coração de Fogo sibilou ao sentir uma patada que lhe rasgou o nariz. Ele revidou com um golpe de pata dianteira e experimentou uma onda de satisfação ao enfiar a pata na pelagem do representante inimigo. Agora ele segurava firmemente Pé Morto pelo ombro. Apertando ainda mais, ele fez uma curva com o corpo e subiu nas costas do guerreiro negro, fazendo-o encostar o focinho no chão duro.

Enquanto mantinha o raivoso inimigo no chão, Coração de Fogo percebeu que Pata de Teia, aprendiz do Clã do Vento, já tinha fugido. Tempestade de Areia e Pata de Nuvem lutavam lado a lado, tentando jogar Garra de Lama de volta às urzes. Tempestade de Areia socava o inimigo, enquanto o aprendiz segurava as patas traseiras do guerreiro. Com um guincho final de fúria, Garra de Lama se virou e fugiu.

– Vou começar a mostrar respeito quando vocês realmente merecerem – sibilou Coração de Fogo no ouvido de Pé Morto. Antes de soltar o representante do clã inimigo, ele ainda lhe apertou fortemente o ombro. O gato deu um grito de raiva e fugiu correndo para o urzedo.

– Venham, vocês dois – chamou Coração de Fogo. – É melhor irmos embora antes que eles voltem com mais guerreiros.

Tempestade de Areia, com uma expressão preocupada, concordou, mas Pata de Nuvem balançava o corpo de um lado para outro, empolgado. – Vocês viram como eles fugiram? – gabou-se. – Parece que eu não esqueci as lições do treinamento, não é?

– Quieto! – grunhiu o representante. – Vamos sair logo daqui. – Pata de Nuvem fez silêncio, mas seus olhos ainda brilhavam. Lado a lado, os três gatos desceram correndo a encosta rumo a Quatro Árvores, para fora do território do Clã do Vento.

– Você viu Pata de Nuvem lutando? – Tempestade de Areia falou baixinho para Coração de Fogo, enquanto eles saltavam de uma rocha para outra.

– Só no final, quando ele ajudou você a expulsar Garra de Lama.

– Não viu antes? – miou a gata, com a voz calma e afetuosa. – Ele expulsou aquele aprendiz do Clã do Vento em três pulos de coelho. O pobre gato malhado ficou apavorado.

– Pata de Teia, provavelmente, mal começou o treinamento – opinou Coração de Fogo, generoso, sentindo, de qualquer forma, um grande orgulho do aprendiz.

– Mas Pata de Nuvem passou a última lua trancado no ninho do Duas-Pernas! – observou Tempestade de Areia. – Ele está completamente fora de forma, mas, mesmo assim... Ela fez uma pausa. – Eu acho mesmo que, depois de treinado, ele será um grande guerreiro.

Atrás deles, Pata de Nuvem começou a miar: – Vamos lá! Reconheçam! Eu arrasei, não foi?

– Bom, ele também precisa de uma lição de humildade! – Tempestade de Areia acrescentou, mexendo os bigodes, divertida.

Coração de Fogo não disse nada. A confiança da guerreira em seu aprendiz o deixava mais satisfeito do que ele poderia admitir, mas ele não conseguia se livrar de uma perturbadora dúvida: será que Pata de Nuvem, algum dia, entenderia realmente o significado do Código dos Guerreiros?

* * *

Eles viajaram rapidamente pela floresta, que ressoava o canto dos pássaros e recendia a tentadores cheiros de presas. Mas não havia tempo para parar e caçar. Coração de Fogo queria voltar ao acampamento. Cheio de ansiedade, suas patas pinicavam, em uma premonição de algo ruim que o calor abafado aguçava. A tormenta se aproximava da floresta, cercando-a como um felino gigante pronto para pular sobre ela e esmagá-la entre as patas poderosas. Coração de Fogo pôs sebo nas canelas ao se aproximar do acampamento, disparando ravina abaixo, rezando para que Garra de Tigre não tivesse aparecido por perto. Ele atravessou correndo a entrada de tojo, com Tempestade de Areia e Pata de Nuvem, exaustos, atrás dele, até chegarem, arfando, à clareira. Com uma sensação de alívio tão grande que o deixou sem forças, ele viu que tudo no acampamento permanecia igual.

Alguns poucos gatos madrugadores tomavam banho de sol na beira da clareira. Quando eles levantaram a cabeça, o gato avermelhado reparou que suas caudas chicoteavam e eles trocavam olhares ansiosos.

Nevasca se aproximou: – Fico satisfeito de ver que você voltou a salvo.

O representante do clã afundou a cabeça nos ombros, pedindo desculpas. – Lamento que você tenha ficado preocupado. Pata Negra veio me procurar e disse ter encontrado Pata de Nuvem.

– Pata Brilhante me contou – miou Nevasca.

Nesse momento, Tempestade de Areia e Pata de Nuvem apareceram na boca do túnel de tojo e todos os gatos olharam com surpresa para o aprendiz de pelagem branca.

Tempestade de Areia foi até Coração de Fogo e cumprimentou Nevasca. Pata de Nuvem sentou-se perto dela, enrolando a cauda sobre as patas e, respeitosamente, abaixando o olhar.

Nevasca encarou o jovem: – Pensamos que você tivesse ido viver com os Duas-Pernas.

– É verdade – disse Risca de Carvão com um miado preguiçoso que vinha do outro lado da clareira, onde ele estava deitado, do lado de fora de sua toca. – Achamos que você tinha decidido voltar à sua vida de *gatinho de gente*. – Ele se levantou e veio se colocar ao lado de Nevasca. Os demais felinos observavam curiosos e em silêncio, sem sequer piscar, esperando a resposta de Pata de Nuvem. Coração de Fogo, ansioso, sentia as patas pinicarem.

O aprendiz branco levantou o queixo e disse, em tom teatral: – Fui sequestrado pelo Duas-Pernas.

Murmúrios de surpresa percorreram o grupo. Foi quando Pata Gris correu e trocou toques de nariz com Pata de

Nuvem, miando: – Eu disse a eles que você não iria embora por vontade própria!

Acenando com a cabeça, o jovem de pelo branco disse: – Eu sibilei, cuspi, lutei, mas, mesmo assim, ele me levou!

– Típico de um Duas-Pernas! – gritou Cauda Sarapintada, que estava do lado de fora do berçário.

Coração de Fogo estava perplexo. Não é que Pata de Nuvem ia conseguir a solidariedade do clã com sua versão da história?

– Tive sorte de Pata Negra me encontrar – continuou o aprendiz, com uma nuance de desespero na voz. – Ele veio buscar Coração de Fogo para me resgatar. Se não fosse por Coração de Fogo e Tempestade de Areia, eu ainda estaria preso no ninho do Duas-Pernas com aquele cachorro!

– Cachorro? – Retalho gritou, apavorado, lá do carvalho caído.

– Ele disse cachorro? – perguntou, com a voz rascante, Caolha, que estava deitada perto dele.

– Isso mesmo que você ouviu – respondeu Pata de Nuvem. – Ele estava solto no ninho comigo!

Coração de Fogo observou que os olhos do ancião se encheram de pavor.

Pata Gris chicoteou com a cauda, injuriado, e miou: – Ele atacou você?

– Não exatamente – Pata de Nuvem admitiu. – Mas latiu bastante.

– Você pode contar os detalhes para seus companheiros de toca depois – o tio o interrompeu. – Você precisa descansar. O importante é que todos saibam que a experiência lhe serviu de lição e que, de agora em diante, você vai seguir o Código dos Guerreiros.

— Mas eu ainda não contei como foi o nosso embate com a patrulha do clã do Vento! — o aprendiz reclamou.

— Uma patrulha do Clã do Vento? — Risca de Carvão passou o olhar frio de Pata de Nuvem para seu mentor. — Isso explica o arranhão em seu nariz, Coração de Fogo. Eles puseram vocês para correr?

Tempestade de Areia encarou o guerreiro listrado. — Nós é que os espantamos. E Pata de Nuvem lutou como um guerreiro.

— Foi mesmo? — Nevasca perguntou, olhando surpreso para o jovem de pelo branco.

— Ele derrotou sozinho um aprendiz do Clã do Vento, e depois ajudou Tempestade de Areia a fazer Garra de Lama correr para casa — Coração de Fogo testemunhou.

— Muito bem! — Pelo de Rato inclinou a cabeça cumprimentando o aprendiz, que devolveu a saudação com graça.

— Então é assim? — perguntou Risca de Carvão. — Nós simplesmente o aceitamos de volta?

— Bem — Nevasca começou a falar vagarosamente —, naturalmente, quem vai decidir é Estrela Azul. Mas nosso clã precisa mais do que nunca de guerreiros. Acho que seria uma bobagem expulsar Pata de Nuvem agora.

Risca de Carvão resfolegou: — Como podemos acreditar que esse gatinho de gente não vai fugir de novo quando as coisas ficarem difíceis?

– Não sou gatinho de gente. E não fugi – sibilou Pata de Nuvem. – Fui sequestrado!

Coração de Fogo viu Risca de Carvão flexionar as garras, zangado. – O argumento de Risca de Carvão é justo – ele concordou, aceitando com relutância que o resto do clã podia compartilhar os receios do guerreiro malhado. Podia ser necessário usar mais do que retórica para fazer o clã voltar a confiar no aprendiz. O representante miou: – Vou falar com Estrela Azul. Nevasca está certo. É ela quem deve decidir.

CAPÍTULO 22

— Coração de Fogo? — Estrela Azul levantou os olhos quando ele atravessou a cortina de líquen. Ela ainda estava encolhida no ninho, com o pelo eriçado e os olhos ansiosos. Coração de Fogo se perguntou se a líder teria se mexido desde a última vez em que ele a vira.

— Pata de Nuvem está de volta — ele anunciou. Agora ele já não sabia mais como Estrela Azul reagiria a qualquer notícia, então achou melhor ir direto ao assunto. — Ele estava no território dos Duas-Pernas além do planalto.

— E ele conseguiu encontrar o caminho de volta? — perguntou Estrela Azul, surpresa.

O representante do clã fez que não. — Pata Negra o viu e veio me contar.

— Pata Negra? — Os olhos da líder se agitaram, confusos.

— Hã, bem... o antigo aprendiz de Garra de Tigre — lembrou Coração de Fogo, sem jeito.

— Sei quem é Pata Negra! — retrucou a gata. — O que ele estava fazendo no território do Clã do Trovão?

– Ele veio me contar de Pata de Nuvem.

– Pata de Nuvem – repetiu Estrela Azul, inclinando ligeiramente a cabeça para um lado. – Ele está de volta? Por que ele voltou?

– Ele queria voltar a viver com o clã. Um Duas-Pernas o levou contra sua vontade.

– Então o Clã das Estrelas o trouxe para casa – murmurou Estrela Azul.

– Pata Negra ajudou – o gato acrescentou.

A líder fixou o olhar no chão arenoso da toca. – Pensei que o Clã das Estrelas quisesse que Pata de Nuvem encontrasse seu caminho fora do clã. – Ela parecia pensativa. – Talvez eu estivesse errada. – Ela se virou para Coração de Fogo. – Pata Negra ajudou você?

– Sim. Ele nos levou ao lugar onde Pata de Nuvem estava preso. E até nos salvou de uns cachorros.

– O que ele disse quando soube da traição de Garra de Tigre? – a líder perguntou de repente.

Pego de surpresa, o gato avermelhado gaguejou: – Bem, ele... ele ficou chocado, claro.

– Mas ele tentou nos avisar, não foi? – A voz de Estrela Azul soava cheia de arrependimento. – Lembro disso agora. Por que não lhe dei ouvidos?

Coração de Fogo se esforçou para encontrar uma forma de confortar a líder. – Pata Negra era apenas um aprendiz naquele tempo. Todos os gatos admiravam Garra de Tigre. Ele disfarçou bem sua traição.

Estrela Azul suspirou. – Julguei mal Garra de Tigre e também Pata Negra, a quem devo desculpas. – Ela olhou para Coração de Fogo com olhos pesados. – Será que eu devo convidá-lo para voltar ao clã?

O representante fez que não com a cabeça. – Não acho que ele gostaria de voltar, Estrela Azul. Nós o deixamos no território dos Duas-Pernas, onde Cevada vive – explicou. – Ele está feliz lá. Você estava certa quando disse que ele encontraria uma vida mais adequada fora do clã.

– Mas eu estava errada sobre Pata de Nuvem – a líder resmungou.

Coração de Fogo sentiu que a conversa estava desandando. – No final das contas, acho que a vida de clã convém a Pata de Nuvem – miou o guerreiro, esperando soar mais confiante do que se sentia. – Mas só você pode decidir se devemos aceitá-lo de volta.

– Por que não o faríamos?

– Risca de Carvão acha que Pata de Nuvem voltará às suas raízes de gatinho de gente – Coração de Fogo admitiu.

– E o que você acha?

O representante respirou fundo. – Acho que o tempo que Pata de Nuvem ficou com o Duas-Pernas lhe mostrou que seu coração está na floresta, assim como o meu.

Ele ficou aliviado ao ver os olhos da líder se iluminarem. – Muito bem. Ele pode ficar – ela concordou.

– Obrigado, Estrela Azul. – O gato sabia que devia estar mais contente por Pata de Nuvem ter sido aceito de volta ao Clã do Trovão, mas seu alívio estava manchado de dúvidas. O sobrinho tinha lutado bem contra a patrulha do Clã do Vento, e parecia satisfeito de verdade por estar de volta ao acampamento, mas quanto isso iria durar? Até que ele se entediasse com o treinamento? Ou até ele se aborrecer por ter de caçar a própria comida?

Estrela Azul continuou pensativa. – E também devemos dizer ao clã que, se virem Pata Negra em nosso território, devem recebê-lo como um companheiro de toca.

Coração de Fogo abaixou a cabeça, agradecido. Pata Negra fizera poucos amigos como aprendiz, principalmente por causa do medo paralisador que sentia de Garra de Tigre, mas nenhum gato do clã tinha motivo para ter-lhe rancor. – Quando você vai fazer o anúncio sobre Pata de Nuvem? – ele perguntou. Seria bom para o clã ver sua líder novamente no alto da Pedra Grande.

– Você conta a eles – Estrela Azul ordenou. Um espinho de decepção o atingiu. Será que ela não era mais capaz de comandar o clã? E, embora ele sentisse comichões para contar aos outros gatos que Pata de Nuvem podia ficar, era preciso que o clã tivesse certeza de que a decisão de aceitá-lo de volta tinha sido da líder. Como os gatos do clã poderiam ter certeza de que ela mesma tomara a decisão, se ela permanecia em sua toca há tanto tempo e deixara a administração do acampamento nas patas de Coração de Fogo? Se ela fizesse o anúncio pessoalmente, nem Risca de Carvão poderia reclamar.

Coração de Fogo ficou em silêncio, a mente rodopiando.

– Algum problema? – Estrela Azul estreitou os olhos, intrigada.

– Talvez Risca de Carvão devesse contar aos outros – Coração de Fogo se aventurou a dizer, devagar. – Afinal, foi ele quem fez objeções à volta de Pata de Nuvem.

A respiração ficou presa na garganta do gato quando um clarão de suspeita anuviou momentaneamente o olhar de Estrela Azul. – Você está ficando perspicaz, Coração de Fogo. Você está certo. Risca de Carvão deve contar a novidade. Diga-lhe que venha aqui.

O representante do clã procurou ver na expressão da líder se ela se zangara por sua astúcia ou pela ideia de ter de ver Risca de Carvão. Mas os olhos dela nada revelaram quando ele miou em despedida e saiu da toca.

Risca de Carvão permanecera imóvel. Estava sentado, à espera da decisão de Estrela Azul, enquanto os outros gatos continuavam com os seus afazeres costumeiros. Os poucos que permaneciam na clareira olharam inquisidores quando Coração de Fogo veio da Pedra Grande.

O representante fitou os olhos cor de âmbar de Risca de Carvão, tentando não deixar transparecer sua sensação de triunfo, e indicou com a cabeça a toca de Estrela Azul, sinalizando com um movimento de cauda que a líder do clã queria vê-lo. Quando o guerreiro malhado passou por ele, Coração de Fogo foi para a pilha de presas frescas, que já estava bem abastecida, embora o sol ainda estivesse subindo no céu. As patrulhas estavam caçando bem, ele pensou com satisfação. Cansado e com fome, o guerreiro agarrou um esquilo. Se havia uma tempestade se aproximando, pensou Coração de Fogo, que chegasse logo.

No caminho para a moita de urtiga, Coração de Fogo desviou para a toca dos aprendizes, onde Pata de Nuvem, sozinho, devorava um pardal.

O gato branco engoliu às pressas quando viu o tio se aproximar. – O que ela disse? – Pela primeira vez havia uma ponta de ansiedade em seu miado.

Coração de Fogo largou o esquilo no chão. – Você pode ficar.

Pata de Nuvem ronronou alto. – Fantástico – miou. – Quando saímos para treinar?

Só de pensar nisso, Coração de Fogo sentiu dores nas patas cansadas, e ele respondeu: – Hoje não. Tenho que descansar.

O aprendiz pareceu desapontado.

– Amanhã – prometeu Coração de Fogo, com um lampejo de divertimento nos olhos. Ele não podia deixar de se animar com o entusiasmo do aprendiz em voltar às antigas rotinas. – A propósito – ele continuou –, você é um bom contador de histórias. Fez sua escapulida parecer uma bela aventura. – Pata de Nuvem olhou desajeitado para as patas enquanto o guerreiro continuava. – Mas contanto que você siga o Código dos Guerreiros, vou deixar o clã continuar acreditando que você foi "sequestrado" pelo Duas-Pernas...

– Mas eu fui mesmo! – resmungou o jovem.

O gato vermelho fixou nele um olhar severo. – Nós dois sabemos que isso não é inteiramente verdade. E se eu pegar você até mesmo olhando por cima da cerca de um Duas--Pernas novamente, nem que seja apenas isso, expulso você do clã.

– Certo, Coração de Fogo, eu entendi – miou Pata de Nuvem.

* * *

Na noite seguinte, enroscado em seu ninho, Coração de Fogo se sentia satisfeito. O treinamento com Pata de Nuvem tinha corrido bem. Pela primeira vez o aprendiz escutara com cuidado cada instrução, e não havia como negar que suas técnicas de combate estavam cada vez melhores. *Só espero que dure*, ele pensou enquanto pegava no sono.

Em seus sonhos, a floresta tecia seu caminho. Troncos de árvores, que, de tão altas, desapareciam nas nuvens, apareciam indistintos perto dele em meio ao nevoeiro. Coração de Fogo gritava, mas sua voz era sugada pelo silêncio sinistro. O pavor crescia em seu peito enquanto ele procurava pontos de referência familiares, mas o nevoeiro estava muito espesso. As árvores, tão próximas entre si como ele jamais se lembrava de ter visto, os troncos enegrecidos arranhando sua pelagem, pareciam confiná-lo. Ele farejou o ar e sentiu seu pelo se eriçar com o sobressalto causado por um odor acre que ele reconheceu, mas não conseguiu nomear.

De repente, ele sentiu no corpo a maciez de outra pelagem. Um cheiro dolorosamente familiar o envolveu, acalmando-lhe a mente inquieta como um copo de água fresca. Era Folha Manchada.

– O que está acontecendo? – Coração de Fogo miou, mas a gata não respondeu. Ele se virou para encará-la, porém mal conseguia vê-la no nevoeiro. Só conseguiu perceber seus olhos cor de âmbar, cheios de medo, antes que um uivo de um Duas-Pernas explodisse no silêncio.

Dois jovens Duas-Pernas saíram correndo do meio do nevoeiro, com o rosto contorcido de medo. Coração de Fogo percebeu que Folha Manchada mergulhava no nevoeiro e se virou a tempo de vê-la desaparecer. Aterrorizado, ele ficou sozinho com os Duas-Pernas, que corriam em sua direção, os pés trovejando no chão da floresta.

Ele acordou com um sobressalto. Seus olhos se abriram depressa e ele examinou a toca com medo. Havia algo errado. O mundo dos sonhos invadira o mundo desperto, o cheiro acre ainda enchia o ar e uma névoa estranha e sufocante infiltrava-se pelos galhos. Coração de Fogo deu um salto e, aos tropeços, saiu da toca. Uma luz alaranjada brilhava, pálida, entre as árvores. Já estaria amanhecendo?

O cheiro ficou mais forte e, com um sentimento de horror, ele entendeu o que estava acontecendo.

Um incêndio!

CAPÍTULO 23

— FOGO! ACORDEM! — O REPRESENTANTE DO CLÃ BERROU.

Aos tropeços, Pele de Geada saiu da toca dos guerreiros, os olhos esbugalhados de medo.

— Precisamos deixar o acampamento imediatamente! — Coração de Fogo ordenou. — Diga a Estrela Azul que a floresta está em chamas.

Ele correu para a toca dos anciãos, gritando entre os galhos do carvalho caído: — Fogo! Saiam! Saiam logo! — Depois foi correndo socorrer os aprendizes, que, tontos, deixavam os ninhos cambaleando. — Saiam do acampamento! Vão para o rio! — ele gritou. Com o rosto apavorado, Pata de Nuvem o fitou, em pânico, ainda tonto de sono. — Corra para o rio! — Coração de Fogo repetiu, ansioso.

Pele de Geada estava ajudando Estrela Azul a atravessar a clareira ainda cheia de sombras. O rosto da líder era uma máscara grotesca de medo, enquanto a guerreira de olhos azuis a empurrava com o nariz.

— Por aqui! — Coração de Fogo berrava, acenando com a cauda, antes de ir ajudar a gata branca que orientava Estrela

293

Azul na direção da entrada. Outros felinos passavam por elas correndo, a pelagem agitada.

Ao redor deles, a floresta parecia grunhir, mas, destacando-se do barulho, ouviu-se um gemido angustiado em dois tons e o frenético vociferar dos Duas-Pernas, que entravam pela floresta. A fumaça espessa invadia a clareira, e, por trás dela, a luz do fogaréu se tornava ainda mais brilhante ao descer na direção do acampamento.

Somente quando estava do lado de fora, Estrela Azul começou a correr, envolvida no empurra-empurra dos gatos que tinham surgido de todos os lados da ravina. – Vão para o rio – Coração de Fogo ordenou. – Não percam de vista os companheiros de toca. Não se percam uns dos outros. – Ele sentia dentro de si uma estranha calma, como uma piscina de água gelada, enquanto tudo era barulho, calor e pânico do lado de fora.

O representante voltou para buscar os filhotes de Pele de Salgueiro, que se esforçavam para seguir a mãe. Com os olhos velados de medo, ela carregava o menor deles na boca, enquanto os outros bebês seguiam, atrapalhados, entre suas patas.

– Onde está Flor Dourada? – ele perguntou.

Pele de Salgueiro, com o nariz, apontou a ravina. O representante acenou com a cabeça, aliviado porque ao menos uma rainha e seus bebês estavam em segurança, fora do acampamento. Ele chamou por Rabo Longo, que já estava a meio caminho para a encosta rochosa, mas voltou aos trambolhões. Coração de Fogo recolheu outro dos bebês de Pele de

Salgueiro e o entregou a Pelo de Rato, que vinha logo atrás dele. Em seguida, apanhou o terceiro e o entregou a Rabo Longo, que acabara de chegar. – Fiquem perto de Pele de Salgueiro! – ele ordenou, sabendo que a rainha só continuaria correndo se soubesse que seus filhotes estavam seguros.

Coração de Fogo ficou no pé da ravina, observando os gatos que subiam entre tombos. Nuvens de fumaça em espiral pelo céu não permitiam que o guerreiro visse o Tule de Prata. Por um instante, ele ficou imaginando se o Clã das Estrelas estaria vendo isso acontecer. Descendo um pouco o olhar, ele viu quando a pelagem cinza e espessa da líder chegou ao topo, no meio do emaranhado de gatos. Finalmente, ele também se foi, olhando para trás enquanto subia para ver as línguas gulosas e alaranjadas que se estendiam sobre a ravina, lambendo as samambaias secas como ossos, na direção do acampamento.

Coração de Fogo foi até o alto da ravina também aos tropeços. – Esperem! – ele gritou aos felinos em fuga. Eles pararam para atendê-lo. Com a fumaça lhe incomodando os olhos, ele examinou os companheiros de clã por entre a névoa sufocante. – Falta alguém? – perguntou, perscrutando os rostos.

– Onde estão Meio Rabo e Retalho? – a voz de Pata de Nuvem se elevou em um miado apavorado.

Coração de Fogo viu cabeças se virarem, questionando-se, até que Orelhinha respondeu: – Não estão comigo.

– Eles ainda devem estar no acampamento! – miou Nevasca.

– Onde está Amora Doce? – falou Flor Dourada, o lamento desesperado se elevando entre as árvores, acima do barulho do fogo. – Ele estava atrás de mim quando eu subi a ravina!

A mente de Coração de Fogo vacilava. Isso significava que três gatos do clã estavam desaparecidos. – Vou achá-los – prometeu. – É muito perigoso vocês ficarem aqui muito tempo. Nevasca e Risca de Carvão, assegurem-se de que o resto do clã chegue ao rio.

– Você não pode voltar lá! – Tempestade de Areia protestou, abrindo caminho entre os gatos para se aproximar dele. Os olhos verdes da gata procuravam os dele desesperadamente.

– É preciso – Coração de Fogo respondeu.

– Eu também vou – Tempestade de Areia lhe disse.

– Não! – gritou Nevasca. – Já somos poucos. Precisamos que você nos ajude a levar o clã até o rio. – Coração de Fogo acenou com a cabeça, concordando.

– Então eu vou!

O representante do clã fixou o olhar apavorado em Pata de Cinza, que se adiantou, mancando. – Não sou guerreira – ela miou. – De nada vou servir se encontrarmos uma patrulha inimiga.

– De jeito nenhum! – o gato vermelho cuspiu. Ele não podia deixá-la arriscar a vida. Então, viu a pelagem malhada de Presa Amarela abrir caminho entre a multidão.

– Posso ser velha, mas tenho mais firmeza nas patas do que você – disse a velha curandeira a Pata de Cinza. – O clã vai precisar de suas habilidades de cura. Eu vou com Coração de Fogo. Você fica com o clã.

Pata de Cinza abriu a boca para falar, mas Coração de Fogo a impediu. – Não há tempo para discutir. Presa Amarela, venha comigo. Quanto aos outros, vão direto para o rio.

Ele se virou antes que Pata de Cinza pudesse argumentar e começou a descer a ravina em direção à fumaça e ao calor.

Coração de Fogo estava apavorado, mas se obrigou a correr até chegar lá embaixo. Ele podia ouvir Presa Amarela arfando atrás dele. A fumaça fazia com que fosse difícil respirar, mesmo para seus jovens pulmões. As chamas brilhantes crepitavam logo além dos limites do acampamento, destruindo com avidez as samambaias cuidadosamente trançadas, mas ainda não tinham atingido a clareira. A toca dos anciãos era a mais próxima, e o representante, sem enxergar direito, lutou para chegar até lá. Ele ouvia o crepitar das chamas lambendo um dos lados do carvalho caído. O calor era tão intenso que parecia que o fogo iria invadir o acampamento a qualquer momento.

Coração de Fogo viu a forma de Meio Rabo caída sob um dos ramos do carvalho. Retalho jazia ao seu lado e tinha as mandíbulas enfiadas no cangote do gato, como se ele tivesse tentado arrastar o amigo para um lugar seguro e, então, também não tivesse aguentado.

Desanimado, o representante parou, mas Presa Amarela o ultrapassou e começou a arrastar o corpo de Meio Rabo na direção da entrada do acampamento.

– Não fique aí parado – ela roncou, com a boca cheia de pelo. – Ajude-me a tirá-los daqui.

Coração de Fogo agarrou Retalho entre os dentes e o puxou pela clareira, em meio à fumaça, na direção do túnel de entrada. Ele se esforçava para não tossir, enquanto arrastava Retalho através do túnel de tojo, cujos espinhos afiados machucavam o pelo malhado do velho gato. O representante do Clã do Trovão chegou ao ponto mais baixo da ravina e, com dificuldade, começou a subir. Ele sentiu que Retalho estremecia em suas mandíbulas; em seguida, o velho corpo do gato se contorceu em uma série de espasmos violentos. Com o pescoço doendo por causa do peso do companheiro desmaiado, o guerreiro avermelhado conseguiu arrastá-lo até o alto da encosta íngreme.

Lá no alto, ele puxou Retalho até as pedras lisas, onde o deixou estendido, mal respirando, quase morto. Então, se virou para procurar Presa Amarela. A velha curandeira saía com dificuldade do túnel de tojo, arfando enquanto lutava contra a fumaça mortal. As árvores que protegiam o clã estavam sendo engolidas pelo fogo, os troncos envoltos em chamas. Coração de Fogo viu a velha gata olhar para cima e fitá-lo com os enormes olhos cor de laranja, com Meio Rabo preso entre as mandíbulas. Ele flexionou as patas traseiras, pronto para saltar pelas rochas na direção dela, mas um grito apavorado fez com que ele olhasse para cima. Por entre os espirais de fumaça, ele conseguiu ver o filhote de Flor Dourada, Amora Doce, pendurado nos ramos de um arbusto que crescia na lateral da ravina. A casca da árvore já tinha sido queimada e o gatinho gritava desesperadamente, pois o tronco começava a arder.

Sem parar para pensar, Coração de Fogo pulou na árvore que queimava. Enfiando as garras no tronco acima das chamas, ele deu um impulso para chegar ao filhote. Atrás dele, o fogo rapidamente devorava o tronco, lambendo a casca enquanto o guerreiro avançava, oscilando, na direção do filhote. O pequeno gato estava dependurado em um galho, com os olhos completamente fechados e a boca aberta em um grito silencioso. O guerreiro vermelho segurou-o entre os dentes e quase perdeu o equilíbrio, pois Amora Doce logo soltou o corpo e balançou no ar. Com os dentes ainda enfiados no cangote do filhote, Coração de Fogo conseguiu se segurar na casca rija da árvore. Não havia como descer voltando pelo tronco. As chamas também tinham garras poderosas. Ele teria que se afastar o máximo possível do tronco, andando sobre o próprio galho, e pular para o chão. Cerrando fortemente as mandíbulas, impedindo que o filhote gritasse, ele se arrastou, afastando-se do tronco.

Com o peso, o galho desceu e oscilou, mas Coração de Fogo não parou. Mais um passo e ele retesou o corpo, pronto para saltar. Atrás dele, as chamas já o alcançavam, e o cheiro amargo de pelo chamuscado inundava suas narinas. O galho desceu mais um pouco, agora com um terrível barulho de algo que se partia. *Clã das Estrelas, me ajude!*, orou em silêncio Coração de Fogo. Fechando os olhos, ele flexionou as patas traseiras e saltou para o chão.

Atrás dele, um estrondo barulhento rompeu o ar. Coração de Fogo aterrissou com um golpe seco que quase o fez perder a respiração. Arrastando-se com dificuldade, tentando achar um lugar para se segurar na lateral da ravina, ele virou a cabeça e, apavorado, viu que o fogo devorara o tronco da árvore, fazendo com que ela caísse inteira sobre a ravina. Como se tivesse vida, por causa das chamas, a árvore caiu longe do apavorado gato, mas fechou a entrada do acampamento com uma parede de galhos em chamas. Coração de Fogo não tinha como chegar até Presa Amarela.

CAPÍTULO 24

— Presa Amarela!

Coração de Fogo soltou Amora Doce e uivou o nome da curandeira. O sangue trovejava em suas orelhas enquanto ele esperava uma resposta, mas não se ouvia nada além do terrível crepitar das chamas.

Amora Doce se agachou, pressionando o pequeno corpo contra as pernas do representante. Cheio de medo e frustração e vagamente consciente da dor nas laterais chamuscadas do corpo, Coração de Fogo agarrou o filhote e correu de volta pela encosta até onde deixara Retalho.

O ancião não tinha se movido. O representante viu que o peito do gato subia e descia debilmente e entendeu que ele não conseguiria correr para se salvar. Ele colocou Amora Doce no chão e, antes de pegar Retalho pelo cangote, com as mandíbulas já cansadas, uivou: — Venha atrás de mim! — E, com um último olhar para a encosta que ardia, arrastou o gato preto e branco para longe da ravina, em direção às árvores. Amora Doce tropeçava atrás deles, chocado demais para miar, os olhos enormes e perdidos. Coração de Fogo desejou conseguir levar os dois gatos. Ele não poderia deixar Retalho morrer onde estava e Amora Doce teria que encontrar forças nas próprias patas para sobreviver à aterrorizante viagem.

O gato de pelos avermelhados seguia cegamente a trilha dos demais gatos, mal percebendo a floresta à sua volta, mas se virava a todo instante para verificar se Amora Doce mantinha o ritmo. Ele tinha na mente a última imagem da ravina, um terrível canal de chamas e fumaça que engolira o acampamento, seu lar. De Presa Amarela e Meio Rabo não havia nenhum sinal.

Eles se juntaram ao resto do Clã do Trovão nas Rochas Ensolaradas. Coração de Fogo deitou Retalho suavemente sobre a superfície plana da pedra. Amora Doce correu direto para Flor Dourada, que o segurou pelo cangote e lhe deu uma boa sacudida, sufocada pelo ronronar que lhe saía do peito. Então, ela o soltou e começou a lavar seu pelo manchado pela fumaça com lambidas furiosas, que se suavizaram e passaram a carinhos delicados. A rainha alaranjada olhou para Coração de Fogo, os olhos brilhando com uma gratidão que ela não conseguiria traduzir em palavras.

Coração de Fogo piscou e desviou o olhar. O representante começava a se dar conta de que Presa Amarela podia ter se perdido porque ele parara para salvar o filho de Garra de Tigre. Ele balançou violentamente a cabeça. Era melhor não pensar. Seu clã precisava dele. À sua volta, gatos horrorizados se agachavam sobre as pedras lisas. Será que eles acreditavam estar seguros ali? Eles deveriam ter seguido até o rio. O gato avermelhado estreitou os olhos tentando encontrar Tempestade de Areia entre as silhuetas misturadas, mas estava tão cansado que suas pernas pareciam mais pesadas do que pedra, e ele não encontrava forças para se levantar e procurá-la.

Ele percebeu que Retalho se agitava a seu lado. O velho gato levantou a cabeça, tentando respirar, ofegante, antes de ter um ataque de tosse que fez com que Pata de Cinza saísse do grupo de gatos. Coração de Fogo observou-a pressionar as patas com força sobre o peito do felino, tentando desesperadamente limpar seus pulmões.

Retalho parou de tossir. Ficou deitado, imóvel, tão estranhamente silencioso que nem sequer ofegava. Pata de Cinza levantou a cabeça, com os olhos cheios de tristeza, e murmurou: – Ele morreu.

Miados chocados ecoaram pela rocha. Coração de Fogo fixou o olhar na jovem curandeira sem acreditar. Como ele pudera trazer Retalho até ali apenas para morrer? E quase no local exato em que Arroio de Prata tinha partido para o Clã das Estrelas. Ansioso, ele fitou Pata de Cinza, sabendo que ela devia estar pensando na mesma coisa. A dor sombreava os olhos da jovem curandeira e seus bigodes tremiam quando ela se inclinou para fechar suavemente os olhos do velho gato. Coração de Fogo teve medo de que ela não pudesse suportar a dor, mas, quando os outros anciãos se aproximaram do amigo para se despedir, a gata cinza levantou o corpo e olhou para o representante. – Perdemos outro

gato – ela sussurrou, incrédula, em um tom de voz abafado.
– Mas meu sofrimento não vai ajudar o clã.

– Você está começando a parecer tão forte quanto Presa
Amarela – o representante do Clã do Trovão lhe disse, deli-
cado.

A aprendiz arregalou os olhos. – Presa Amarela! Onde
ela está?

Coração de Fogo sentiu uma dor no peito, afiada como
se uma lasca de árvore em brasa se cravasse em seu coração. – Não sei – ele admitiu. – Eu a perdi na fumaça, quando ela foi resgatar Meio Rabo. Eu ia voltar, mas o filhote...
– Sua voz morreu na garganta e ele pôde apenas fitar a jovem gata cinza, cujos olhos se nublaram com uma dor infinita. O que estava acontecendo com o clã? Será que o Clã
das Estrelas queria mesmo matar todos eles?

Amora Doce começou a tossir e Pata de Cinza levantou-se, sacudindo a cabeça como se estivesse saindo da
água gelada. Coração de Fogo a observou correr mancando
até o filhote e abaixar a cabeça, lambendo-lhe o peito vigorosamente para estimular a respiração. A tosse foi diminuindo até se transformar em um chiado ritmado, que diminuía à medida que a gata trabalhava.

Coração de Fogo sentou-se, imóvel, e escutou a floresta.
Ele sentia seu pelo pinicar no ar sufocante. Uma brisa roçava
as árvores, soprando da direção do acampamento. Coração
de Fogo abriu a boca tentando distinguir a fumaça recente
do fedor de seu pelo chamuscado. O fogo ainda ardia? Então, ele se deu conta de que o céu estava cheio de nuvens de

fumaça e que a brisa trazia as chamas diretamente para as Rochas Ensolaradas. As orelhas dele se colaram à cabeça enquanto ele ouvia o rugido do fogo sobrepor-se ao murmúrio suave das folhas.

– Está vindo para cá – ele uivou, com a voz rouca e áspera de tanto inspirar fumaça. – Temos que continuar na direção do rio. Só ficaremos seguros se o atravessarmos. O fogo não nos alcançará do outro lado.

Os gatos levantaram a cabeça, assustados, os olhos brilhando vagamente na noite. A luz do fogo já podia ser vista em meio às árvores. Nuvens de fumaça começavam a se formar sobre as Rochas Ensolaradas e aumentava o som do crepitar das chamas, atiçadas pelo vento.

Sem aviso, um clarão ofuscante iluminou as rochas e a floresta. Um estrondo ensurdecedor explodiu sobre a cabeça dos gatos, fazendo com que se achatassem contra a rocha. Coração de Fogo levantou os olhos para o céu. Por trás da fumaça, ele viu nuvens de chuva se formando no céu acima deles. Um terror atávico se misturou com alívio quando ele se deu conta de que a tempestade, enfim, tinha começado.

– A chuva está chegando! – ele uivou, incentivando seus amedrontados companheiros de clã. – Ela vai apagar o fogo! Mas devemos ir agora, ou não vamos escapar das chamas!

Pelo de Samambaia foi o primeiro a se levantar. Quando conseguiram compreender o perigo que corriam, os outros gatos fizeram o mesmo. O horror ao fogo era maior do que o medo instintivo do céu em fúria. Eles circulavam com impaciência por toda a rocha, sem saber para que lado correr, e, para alívio de Coração de Fogo, Tempestade de Areia estava entre eles, ela tinha a cauda arrepiada e as orelhas para trás. Quando os gatos começaram a se espalhar, ele pôde ver Estrela Azul, sentada e imóvel a meio caminho do topo da rocha, com os olhos voltados para as estrelas. Um brilhante relâmpago bifurcado dividiu o céu, mas a líder do clã permaneceu imóvel. Incrédulo, o representante se perguntou se ela estaria rezando para o Clã das Estrelas.

– Por aqui! – ele ordenou. E sinalizou com a cauda quando outro estrondo de trovão abafou sua voz.

O clã começou a descer da rocha, na direção da trilha que levava ao rio. Coração de Fogo já podia ver as chamas cintilando entre as árvores. Um coelho passou correndo por ele, apavorado. Nem pareceu notar os gatos, passou entre eles, fugindo da tempestade e do fogo, e deslizou para baixo da rocha, procurando instintivamente a proteção da antiga pedra. Mas o gato de pelagem rubra sabia que as chamas logo engoliriam essa parte da floresta e não queria arriscar perder mais nenhum gato para uma morte tão terrível.

– Apressem-se! – ele chamou, e seus companheiros começaram a correr. Pelo de Rato e Rabo Longo carregavam os filhotes de Pele de Salgueiro mais uma vez, enquanto Pata de Nuvem e Pelagem de Poeira arrastavam o corpo de Retalho, uma forma em preto e branco sacolejando desajeitadamente sobre o chão. Nevasca e Cara Rajada ladeavam Estrela Azul, incentivando a líder do Clã do Trovão a prosseguir, com cutucadas gentis.

Coração de Fogo se virava para procurar Tempestade de Areia quando viu Cauda Sarapintada penando para segurar o filhote com a boca. Ele já estava bem crescido e a rainha não era tão jovem quanto as demais. Rapidamente, o gato foi até ela e pegou o filhote, e Cauda Sarapintada, depois de lançar-lhe um olhar agradecido, começou a correr.

Como eles tinham mudado de direção para chegar ao rio, o fogo agora estava ao lado deles. Enquanto encorajava o clã a prosseguir, Coração de Fogo mantinha os olhos no muro de chamas que avançava. As árvores em torno deles começaram a balançar quando os ventos da tempestade se intensificaram, agitando a floresta que ardia, atiçando o fogo na direção deles. Já era possível ver o rio, mas eles ainda tinham que atravessá-lo, e poucos gatos do Clã do Trovão já tinham nadado. Não havia tempo para descer o rio e atravessar pelo caminho de pedras.

Enquanto atravessavam a trilha de cheiro do Clã do Rio, Coração de Fogo sentiu o calor das chamas contra seu corpo e ouviu um rugido cruel, mais alto até que o barulho do Caminho do Trovão. Ele avançou correndo para indicar o caminho até a margem, deslizando até parar no lugar em que o chão da floresta dava lugar a uma praia de seixos. As pedras lisas brilharam como prata sob a luz de um novo relâmpago, mas o trovão que se seguiu foi quase inaudível, por causa do bramido do fogo. Os gatos do clã seguiam o representante com dificuldade, e seus olhos se encheram de um novo terror quando eles depararam com o rio apressado. Coração de Fogo sentiu seu espírito vacilar com a ideia de persuadir os companheiros a entrar no rio. Mas, atrás deles, as chamas rasgavam as árvores sem dar trégua, e ele sabia que não havia escolha.

CAPÍTULO 25

Coração de Fogo soltou o bebê de Cauda Sarapintada junto às patas de Nevasca e virou-se para o clã. – O rio está raso o suficiente para que possamos caminhar quase o tempo todo – ele gritou. – Muito mais raso do que o normal. Há um ponto, no meio do rio, em que vocês terão que nadar, mas todos vão conseguir. – Os gatos olharam para ele em pânico. – Vocês têm que acreditar em mim! – ele insistiu.

Nevasca olhou para o representante do clã por um longo tique-taque de coração, depois, com calma, fez que sim com a cabeça. Ele pegou um dos bebês de Cauda Sarapintada e entrou na água escura, que lhe batia na altura da barriga. Então, virou-se e sinalizou com a cauda para que os demais o seguissem.

Coração de Fogo sentiu um cheiro familiar e a maciez de uma pelagem laranja que lhe tocava o ombro. Ele abaixou o olhar e encontrou os radiantes olhos verdes de Tempestade de Areia, que o fitavam.

– Você acha que é seguro? – ela murmurou, apontando com o nariz para o rio que corria apressado.

– Prometo que sim – Coração de Fogo respondeu, desejando, de todo o coração, que eles estivessem em outro lugar, longe daquela margem de rio ameaçada pelas chamas. Ele piscou devagar à resoluta guerreira a seu lado, tentando confortá-la com o olhar, mas querendo, na verdade, afundar o focinho em seu pelo laranja e se esconder até esse pesadelo terminar.

A guerreira fez um gesto com a cabeça, como se pudesse ler sua mente. Então, correu através das águas rasas e mergulhou no canal central exatamente quando um relâmpago iluminou a água agitada. Coração de Fogo sentiu um aperto no peito quando a gata perdeu o pé e desapareceu. Ele sentiu o sangue congelar nas veias e os ouvidos retumbarem como trovões enquanto aguardava que ela reaparecesse.

Finalmente ela subiu, tossindo e agitando as patas, mas nadando firmemente até a outra margem. Ela saiu do outro lado com a pelagem escurecida pela água que a ensopava e pingava de seu corpo e disse aos companheiros de clã:
– Basta manter as patas em movimento que tudo dará certo!

O peito do representante se inflou de orgulho. Ele não se cansava de admirar a silhueta flexível da gata junto às árvores do outro lado do rio, e quase não resistiu à tentação de pular na água e ir ter com ela. Mas, antes, ele precisava cuidar da travessia dos outros felinos, que começavam a pular apressadamente na água.

Pelagem de Poeira e Pata de Nuvem arrastaram o corpo de Retalho até a margem. O gato malhado olhou para o corpo, depois para o rio, e sua expressão demonstrava desânimo diante da impossibilidade de carregar o ancião morto para o outro lado, pois, mesmo sozinho, já seria difícil nadar.

O representante se aproximou do guerreiro e disse baixinho: – Deixe-o aqui. – Essas palavras lhe doeram, pois era muito difícil deixar um gato para trás. – Podemos voltar e enterrá-lo quando o incêndio se extinguir.

Pelagem de Poeira acenou com a cabeça, concordando, e foi para o rio com Pata de Nuvem. O aprendiz estava quase irreconhecível, com tantas manchas de fumaça; Coração de Fogo tocou-lhe a lateral do corpo com o nariz, esperando que o jovem entendesse que ele estava orgulhoso de sua coragem silenciosa.

Quando o guerreiro de pelos de fogo levantou a cabeça, viu Orelhinha, que, na beira do rio, hesitava em atravessar. Na outra margem, Tempestade de Areia, com água pela cintura, ajudava os gatos com dificuldades na travessia. Ela gritou, encorajando o velho gato cinza, mas ele recuou quando outro raio iluminou o céu. Coração de Fogo, então, disparou na direção do trêmulo ancião e o agarrou pelo cangote, pulando na água. Orelhinha reclamava e se debatia, enquanto o representante lutava para manter a cabeça do gato fora d'água. Depois do calor das chamas, a água parecia gelada, e Coração de Fogo mal conseguia respirar, mas ele insistia, tentando lembrar quão facilmente Listra Cinzenta atravessara o mesmo canal.

De súbito, uma corrente de águas rápidas arrastou os dois gatos, desviando-os do curso. Coração de Fogo agitava as patas, sentindo o pânico crescer em seu peito quando viu passar o suave declive da outra margem e, em seu lugar, surgir uma íngreme parede de lama. Como ele iria sair da água, ainda mais levando Orelhinha? O ancião tinha parado de se debater, mas largara o corpo como um peso morto nas mandíbulas do gato vermelho, que só sabia que o outro ainda vivia, e poderia sobreviver à travessia, porque sentia nas orelhas sua respiração entrecortada. Coração de Fogo patinhou na água, lutando contra a corrente e tentando manter o focinho de Orelhinha na superfície.

Sem um aviso, uma cabeça malhada surgiu da margem e resgatou Orelhinha. Era Pelo de Leopardo, a representante do Clã do Rio! Patinando na lama enquanto tentava encontrar onde se segurar, ela retirou o ancião da água e o colocou no chão, depois voltou para ajudar Coração de Fogo. Ele sentiu os dentes afiados da gata em seu cangote quando ela o carregou para a margem escorregadia. Para o gato avermelhado, foi um alívio afundar no solo seco.

— Ainda falta alguém? — Pelo de Leopardo perguntou.

Coração de Fogo olhou em volta. Os gatos do Clã do Rio se movimentavam entre os felinos do Clã do Trovão, que se agachavam, encharcados e em estado de choque, sobre as pedras. Entre os gatos do Clã do Rio, estava Listra Cinzenta.

— Eu... eu acho que sim — gaguejou Coração de Fogo. Ele viu Estrela Azul deitada sob alguns galhos pendentes de salgueiro. Ela parecia frágil, com a pelagem ensopada e colada ao corpo excessivamente magro.

– E aquele ali? – Pelo de Leopardo apontou com o nariz para uma forma preta e branca imóvel, mais além, na margem oposta.

Coração de Fogo se virou para olhar. As samambaias do outro lado estavam queimando, soltando centelhas que caíam no rio e iluminando as árvores com uma luz bruxuleante. – Ele está morto – sussurrou.

Sem dizer nada, Pelo de Leopardo deslizou até a água e nadou até a outra margem. Com a pelagem dourada brilhando sob a luz das chamas, ela apanhou o corpo de Retalho e voltou, resoluta, as patas dianteiras agitando a água negra. Um trovão explodiu sobre eles, fazendo Coração de Fogo se encolher, mas a representante do Clã do Rio não parou de nadar.

– Coração de Fogo! – Listra Cinzenta correu até o amigo e pressionou a lateral quente e macia de seu corpo contra o corpo encharcado do guerreiro de pelos vermelhos. – Você está bem?

O representante do Clã do Trovão fez que sim, atônito, enquanto Pelo de Leopardo arrastava o corpo de Retalho para a margem e o depositava aos seus pés. – Venham. Vamos enterrá-lo no acampamento.

– No... no acampamento do Clã do Rio?

– A não ser que você prefira voltar ao seu – a gata respondeu friamente. Ela se virou e rumou encosta acima, longe do rio e das chamas. À medida que os gatos do Clã do Trovão se aprumavam e seguiam caminho, uma chuva forte começou a cair, os pingos atravessando o dossel da floresta. Coração de Fogo contraiu as orelhas. Será que a chuva chegara a tempo de apagar o fogo? Mais exausto do que nunca, ele observou Listra Cinzenta levantar com facilidade o corpo de Retalho em suas mandíbulas poderosas. A chuva começou a cair com mais força, castigando a floresta, enquanto Coração de Fogo tomava seu lugar na fila de gatos, as patas tropeçando nos seixos suaves.

A representante do Clã do Rio conduziu o grupo de gatos esfarrapados com o pelo manchado de fumaça por entre os juncos da margem do rio até uma ilha que surgiu adiante. Em qualquer outra época do ano, ela estaria rodeada de água; agora, o caminho apenas brilhava por causa da chuva recente.

Coração de Fogo reconheceu o lugar, que estava rodeado de gelo quando ele estivera ali pela primeira vez. Então, os juncos surgiam da água congelada, mas agora eles oscilavam em grandes feixes, e salgueiros prateados cresciam entre as hastes sussurrantes. A chuva cascateava por seus delicados ramos, que pendiam para o solo arenoso.

Pelo de Leopardo seguiu por uma passagem estreita entre os juncos, rumo à ilha. Havia um cheiro de fumaça persistente ali, mas o rugir das chamas tinha diminuído, e Coração de Fogo ouvia o som misericordioso das gotas da chuva batendo na água que ficava além da vegetação.

Estrela Torta estava na clareira no centro da ilha, o pelo dos ombros brilhando. Coração de Fogo percebeu que o líder do Clã do Rio olhou com desconfiança para Listra

Cinzenta quando os gatos do Clã do Trovão entraram, aos tropeços, no acampamento, mas Pelo de Leopardo se aproximou do gato malhado de marrom claro e explicou: – Eles estão fugindo do incêndio.

– O Clã do Rio está a salvo?– perguntou Estrela Torta imediatamente.

– O fogo não cruzará o rio – respondeu Pelo de Leopardo. – Ainda mais agora que o vento mudou.

Coração de Fogo farejou o ar. Pelo de Leopardo estava certa, o vento mudara. A tempestade tinha sido trazida pelo vento mais fresco que ele já tinha farejado nos últimos tempos. Ele fazia ondular a pelagem ensopada do gato avermelhado, que sentiu sua mente começar a clarear. A água pingou de seus bigodes quando ele virou a cabeça procurando Estrela Azul. Ele sabia que ela deveria cumprimentar Estrela Torta formalmente, mas a gata estava aninhada entre os felinos de seu clã, com a cabeça baixa e os olhos semicerrados.

Coração de Fogo sentiu um aperto de ansiedade no estômago. O Clã do Trovão não podia deixar o Clã do Rio ficar sabendo do estado precário de sua líder. Depressa, ele procurou Estrela Torta e fez o que ela deveria fazer. – Pelo de Leopardo e sua patrulha demonstraram imensa bondade e coragem ao nos ajudar a fugir do incêndio – ele miou ao líder do Clã do Rio, inclinando a cabeça em reverência. No céu, acima deles, relâmpagos ainda cortavam o céu nublado, e ouviam-se trovões a distância, vindos da floresta.

– Pelo de Leopardo fez bem em ajudá-los. Todos os clãs temem o fogo – respondeu Estrela Torta.

– Nosso acampamento foi incendiado e nosso território ainda está em chamas – Coração de Fogo continuou, sacudindo gotas de chuva dos olhos. – Não temos para onde ir. – Ele sabia que não tinha escolha, dependia da misericórdia do líder inimigo.

Estrela Torta estreitou os olhos em fendas e hesitou. Coração de Fogo, frustrado, sentiu suas patas se aquecerem. O líder do Clã do Rio não podia achar que aquele grupo de gatos em estado deplorável fosse uma ameaça. Então, Estrela Torta falou: – Podem ficar até que seja seguro voltar.

Coração de Fogo sentiu uma onda de alívio inundá-lo e miou, piscando, agradecido: – Obrigado.

– Você gostaria que enterrássemos o seu ancião? – propôs Pelo de Leopardo.

– É muita generosidade de sua parte, mas Retalho deve ser enterrado por seu próprio clã – ele respondeu. – Já era muito triste o guerreiro ancião não poder ser enterrado no território do próprio clã e Coração de Fogo sabia que seus companheiros de toca gostariam de enviá-lo para a derradeira viagem rumo ao Clã das Estrelas.

– Está bem – miou Pelo de Leopardo. – Vou determinar que tirem o corpo do acampamento, de modo que os anciãos possam fazer a vigília em paz – Coração de Fogo agradeceu com a cabeça e ela continuou: – Vou pedir a Pelo de Lama que ajude sua curandeira. – A gata malhada observava os felinos ensopados, que tremiam, e seus olhos se estreitaram quando ela percebeu a líder do Clã do Trovão toda enroscada. – Estrela Azul está ferida?

– A fumaça estava muito forte – respondeu, com cuidado, Coração de Fogo. – Ela foi um dos últimos gatos a deixar o acampamento. Com licença, mas preciso ver como está meu clã. – Ele se levantou e foi até onde estavam Pata de Nuvem e Orelhinha, um ao lado do outro. – Vocês conseguem enterrar Retalho? – ele perguntou.

– Eu consigo – miou Pata de Nuvem. – Mas acho que Orelhinha...

– Claro que consigo enterrar um velho companheiro de toca – respondeu rispidamente Orelhinha, com a voz rouca por causa da fumaça.

– Vou pedir a Pelagem de Poeira que ajude vocês – Coração de Fogo disse.

Um felino marrom seguia Pata de Cinza entre os gatos do Clã do Trovão. Ele levava na boca um punhado de ervas, que colocou no chão úmido quando Pata de Cinza parou ao lado de Pele de Salgueiro e seus filhotes. Os gatos miúdos choravam e se lamuriavam, mas se recusaram a mamar quando a mãe os pressionou contra sua barriga.

Coração de Fogo correu até ela. – Eles estão bem?

Pata de Cinza fez que sim. – Pelo de Lama sugeriu que lhes déssemos mel para aliviar a garganta. Eles vão melhorar, mas respirar fumaça fez muito mal a eles.

Ao lado dela, o gato marrom miou para a rainha cinza: – Você acha que eles conseguem tomar um pouco de mel? – Ela concordou e observou, agradecida, o curandeiro do Clã do Rio pegar um chumaço de musgo do qual pingava o líquido viscoso e dourado. Ela ronronou enquanto os pequenos tentavam lamber o mel, primeiro sem conseguir, depois, vorazmente, à medida que o doce alívio lhes descia pela garganta.

Coração de Fogo se afastou. Pata de Cinza tinha tudo sob controle. Ele achou um cantinho para se abrigar nas bordas da clareira e se sentou para tomar banho. A pelagem chamuscada tinha um gosto horrível, e seu corpo doía de cansaço, mas ele continuou a se lamber, pois queria eliminar qualquer vestígio de fumaça antes de dormir.

Quando terminou, Coração de Fogo relanceou o olhar pelo acampamento. Os gatos do Clã do Rio tinham entrado em suas tocas, fugindo da chuva, e tinham deixado os felinos do Clã do Trovão aninhados em grupos à beira da clareira, ao pé da sussurrante parede de juncos, procurando alguma proteção contra a chuva, que caía com vontade. O representante do Clã do Trovão percebeu a forma escura de Listra Cinzenta se movendo entre os antigos companheiros de clã, confortando-os, miando baixinho. Pata de Cinza tinha terminado de cuidar dos gatos e estava enrolada, exaurida, ao lado de Pata Gris. O representante podia apenas distinguir o pelo alaranjado de Tempestade de Areia subindo e descendo com regularidade perto das costas malhadas de Rabo Longo. Estrela Azul dormia ao lado de Nevasca.

O representante do Clã do Trovão descansou o focinho nas patas dianteiras, ouvindo a batida dos pingos de chuva na clareira enlameada. Quando ele fechou os olhos, veio à sua mente a terrível imagem do rosto apavorado de Presa Amarela. Ele sentiu a pulsação martelando, mas a exaustão o dominou e ele finalmente se recolheu ao refúgio do sono.

CAPÍTULO 26

Quando acordou, Coração de Fogo sentia-se como se tivesse dormido por apenas alguns instantes. A brisa fresca despenteava seu pelo. A chuva tinha parado. O céu acima dele estava cheio de nuvens brancas ondulantes. Por um momento ele se sentiu confuso com o ambiente nada familiar. Então, percebeu vozes por perto e reconheceu o miado trêmulo de Orelhinha.

– Eu avisei que o Clã das Estrelas ia mostrar sua ira! – falou o ancião com voz áspera. Nossa casa se foi, e a floresta não existe mais.

– Estrela Azul deveria ter nomeado o representante antes da lua alta – resmungou Cauda Sarapintada. – É a tradição!

O gato vermelho pulou nas patas, as orelhas queimando, mas antes que ele pudesse dizer alguma coisa ouviu-se o miado de Pata de Cinza.

– Como você pode ser tão ingrato? Coração de Fogo atravessou o rio carregando você, Orelhinha!

– Ele quase *me afogou* – queixou-se o gato.

– Você estaria morto se ele o tivesse deixado para trás – cuspiu Pata de Cinza. – Se nosso representante não tivesse sido o primeiro a sentir o cheiro de fumaça, poderíamos estar *todos* mortos!

– Tenho certeza de que Retalho, Meio Rabo e Presa Amarela estão profundamente gratos a ele.

A pelagem de Coração de Fogo ondulou de raiva quando ele ouviu o urro sarcástico de Risca de Carvão.

– A própria Presa Amarela vai agradecer a ele quando nós a encontrarmos! – sussurrou Pata de Cinza.

– Como assim, quando vocês a *encontrarem*? – repetiu Risca de Carvão. – Não havia como ela escapar do incêndio. Coração de Fogo nunca deveria ter permitido que ela voltasse ao acampamento.

A aprendiz de Presa Amarela soltou um bramido profundo. Risca de Carvão tinha ido longe demais. Coração de Fogo saiu rapidamente das sombras e viu Pata de Avenca que, sentada ao lado de seu mentor, olhava horrorizada para ele.

O representante abriu a boca, mas Pelagem de Poeira se adiantou. – Risca de Carvão! Você deveria mostrar mais respeito para com seus companheiros de clã desaparecidos – ele olhou com simpatia para a assustada Pata de Avenca –, e deveria ter mais cuidado com o que diz. Nossos companheiros já sofreram o suficiente!

Coração de Fogo foi pego de surpresa ao ouvir o jovem guerreiro desafiar o antigo mentor.

Risca de Carvão encarou o jovem gato com igual surpresa, e então estreitou os olhos perigosamente.

– Pelagem de Poeira está certo – miou, tranquilo, o representante do clã, dando um passo à frente. – Não deveríamos estar discutindo.

Risca de Carvão, Orelhinha e os outros se viraram para o gato rubro, agitando as orelhas e a cauda, sem jeito, quando perceberam que ele tinha ouvido a conversa.

– Coração de Fogo! – miou Listra Cinzenta interrompendo-os, enquanto atravessava a clareira, o pelo úmido por causa do rio.

– Você estava em patrulha? – Coração de Fogo perguntou, afastando-se dos gatos do Clã do Trovão e indo ao encontro do amigo.

– Sim. E caçando. Nem todo o mundo pode ficar dormindo a manhã toda, você sabe. – Ele cutucou Coração de Fogo no ombro e continuou: – Você deve estar com fome. Venha comigo. – E o levou até a pilha de presas frescas, na borda da clareira. – Pelo de Leopardo disse que isso é para o seu clã – acrescentou.

A barriga de Coração de Fogo roncou de fome. – Obrigado – miou. – É melhor eu avisar os outros. – Ele foi até onde estavam reunidos seus companheiros do Clã do Trovão e anunciou: – Listra Cinzenta disse que aquela pilha de comida é para nós.

– Obrigada, Clã das Estrelas – Flor Dourada miou com gratidão.

– Não precisamos que outros clãs nos alimentem – zombou Risca de Carvão.

– Acredito que você possa ir caçar, se quiser – Coração de Fogo miou, estreitando os olhos para o guerreiro malhado. – Mas primeiro precisa pedir permissão a Estrela Torta. Afinal, este é o território dele.

Risca de Carvão resfolegou com impaciência e caminhou em silêncio na direção da pilha de presas frescas. Coração de Fogo olhou para Estrela Azul, que não reagira à notícia sobre a comida.

Nevasca mexeu as orelhas. – Vou cuidar para que todos recebam uma parte – ele prometeu, olhando para sua líder.

– Obrigado – Coração de Fogo respondeu.

Listra Cinzenta se aproximou e colocou um camundongo diante do representante. – Pegue aqui – ele miou –, você pode comer isso no berçário. Há alguns filhotes que quero que você conheça.

Coração de Fogo pegou a presa e seguiu o amigo na direção de um emaranhado de juncos. Quando eles se aproximaram, duas bolinhas de pelo prateado saíram de um espaço minúsculo entre as hastes densamente tecidas e correram para Listra Cinzenta. Eles se arremessaram contra o gato, que rolou feliz com eles, dando-lhes patadas suaves com as garras embainhadas. Coração de Fogo logo deduziu quem eram aqueles filhotes.

Listra Cinzenta ronronou alto. – Como vocês sabiam que eu estava chegando?

– Farejamos você! – respondeu o maior.

– Muito bem! – Listra Cinzenta elogiou.

Quando Coração de Fogo terminou a última bocada de camundongo, o guerreiro cinza sentou-se e os filhotes saíram de cima dele. – Agora quero que vocês conheçam um velho amigo meu – ele disse aos gatinhos. – Nós treinamos juntos.

Os filhotes fixaram os olhos cor de âmbar, cheios de admiração, no gato de pelo avermelhado.

– Este é Coração de Fogo? – miou o menor. Listra Cinzenta fez que sim, e o representante do Clã do Trovão sentiu um calor prazeroso por seu amigo já ter falado sobre ele aos filhotes.

– Voltem aqui, vocês dois! – Feições atartarugadas apareceram na entrada do berçário. – Vai chover de novo. – Coração de Fogo viu os olhos dos filhotes se estreitarem de irritação, mas eles voltaram obedientemente para a toca.

– Eles são fantásticos – ronronou o guerreiro de pelos vermelhos.

– São, sim – concordou Listra Cinzenta, com os olhos suaves. – Tenho que admitir que mais graças a Pele de Musgo do que a mim. É ela quem cuida deles. – Coração de Fogo sentiu uma nota de melancolia na voz do amigo e imaginou o quanto Listra Cinzenta sentia falta do antigo lar.

Nenhum gato se manifestou quando o guerreiro cinza se pôs de pé e saiu do acampamento com Coração de Fogo. Eles se sentaram em um pequeno trecho de terra nua entre os juncos. Por cima deles, um salgueiro arqueava os ramos, que balançavam na brisa fresca. Coração de Fogo sentiu o vento puxar seus pelos com força enquanto fixava o olhar na floresta distante, através da cortina de salgueiro. Parece que o Clã das Estrelas ia enviar mais chuva para a floresta.

– Onde está Presa Amarela? – perguntou Listra Cinzenta.

Uma tristeza viva brotou no peito de Coração de Fogo.
– Ela voltou comigo ao acampamento do Clã do Trovão para procurar Retalho e Meio Rabo. Eu a perdi na fumaça. Uma... uma árvore caiu na ravina quando ela estava saindo. – Será que ela tinha conseguido sobreviver às chamas? Ele não pôde evitar uma explosão de esperança em seu peito, como um pombo preso a uma armadilha batendo freneticamente as asas. – Você por acaso não sentiu o cheiro dela durante a patrulha?

Listra Cinzenta balançou a cabeça negando. – Sinto muito.

– Você acha que o incêndio continua mesmo depois da tempestade? – Coração de Fogo miou.

– Não tenho certeza. Vimos um pouco de fumaça enquanto estávamos fora.

O gato vermelho suspirou. – Você acha que vai sobrar alguma coisa do acampamento?

– Você logo vai descobrir – respondeu Listra Cinzenta. Ele levantou a cabeça e olhou através das folhas para o céu que escurecia. – Pele de Musgo estava certa, vem mais chuva por aí. – Enquanto ele falava, um grosso pingo caiu no chão ao lado deles. – Isso deve apagar as últimas chamas.

Coração de Fogo sentiu a cabeça girar de tristeza enquanto mais gotas pingavam por entre as árvores e espirravam nos frágeis juncos. Em pouco tempo, a chuva estava caindo pela segunda vez, como se o Clã das Estrelas chorasse todas as perdas que eles tinham sofrido.

CAPÍTULO 27

No FINAL DA TARDE, O PERSISTENTE CHEIRO de fumaça fora substituído por um fedor de cinza molhada, mas Coração de Fogo gostou daquele odor amargo.

– O incêndio já deve ter terminado – ele miou para Listra Cinzenta, que, ao seu lado, se abrigava sob uma moita de juncos. – Podíamos voltar e ver se é seguro o clã retornar.

– E procurar Presa Amarela e Meio Rabo – murmurou o gato cinza.

O representante do Clã do Trovão sabia que o velho amigo adivinharia a verdadeira razão de ele querer voltar ao acampamento. Ele piscou para o guerreiro cinza, agradecido por sua compreensão.

– Tenho que pedir permissão a Estrela Torta – Listra Cinzenta acrescentou. Aquelas palavras chocaram o gato de pelo avermelhado, que quase esquecera que o amigo agora pertencia a outro clã.

– Não demoro – disse o gato cinzento, já saindo.

Coração de Fogo olhou para Estrela Azul, que, do outro lado da clareira, estava enroscada perto de Nevasca, como se o guerreiro branco fosse a única barreira entre sua mente perturbada e a terrível destruição que atingira seu clã. O representante se perguntava se devia dizer a ela aonde estava indo e optou por se calar. Por ora, agiria sozinho e confiaria em seu clã para esconder o estado de fraqueza da líder da curiosidade dos gatos do Clã do Rio.

– Coração de Fogo – Pata de Nuvem se aproximou. – Você acha que o incêndio já acabou?

– Listra Cinzenta e eu vamos verificar – ele contou ao sobrinho.

– Posso ir?

O gato vermelho balançou a cabeça, negando. Ele não sabia o que iria encontrar no acampamento. Incomodado, percebeu que tinha medo de que o sobrinho visse seu lar na floresta destruído e se sentisse tentado a voltar à vida confortável de gatinho de gente.

– Vou fazer tudo o que você mandar – o jovem prometeu, sério.

– Então fique e ajude a cuidar de seu clã – miou Coração de Fogo. – Nevasca precisa de você aqui.

Pata de Nuvem escondeu o desapontamento abaixando a cabeça. – Sim, Coração de Fogo – miou.

– Diga a Nevasca aonde estou indo – o representante acrescentou. – Estarei de volta ao nascer da lua.

– Está bem.

Coração de Fogo observou o aprendiz branco se juntar aos demais felinos, rezando para que ele obedecesse a suas ordens pelo menos uma vez na vida e ficasse no acampamento do Clã do Rio.

Listra Cinzenta voltou com Estrela Torta ao seu lado. Os olhos cor de âmbar claro do gato malhado se estreitavam em fendas inquiridoras. – Listra Cinzenta me disse que quer acompanhá-lo ao seu acampamento – ele miou. – Por que você não leva um de seus guerreiros?

– Perdemos dois companheiros de clã no incêndio – explicou Coração de Fogo, pondo-se de pé. – Não quero estar sozinho quando encontrá-los.

O líder do Clã do Rio pareceu ter compreendido. – Se eles não tiverem sobrevivido, você vai precisar do conforto de um ombro amigo – ele miou, gentil. – Listra Cinzenta pode acompanhá-lo.

– Obrigado, Estrela Torta – respondeu Coração de Fogo, inclinando a cabeça.

Listra Cinzenta foi à frente, rumo ao rio. Do outro lado das águas apressadas, a floresta estava escura e queimada. As árvores mais altas ainda tinham algumas folhas, que balançavam bravamente nas extremidades dos galhos mais altos. Mas essa era uma pequena vitória, apenas, uma vez que o resto dos ramos estava escuro e sem folhas. Embora o Clã das Estrelas tivesse enviado a tempestade para extinguir o fogo, ela não chegara a tempo de salvar a floresta.

Sem dizer uma palavra, Listra Cinzenta escorregou para a água e atravessou o rio a nado. Coração de Fogo o seguiu, esforçando-se para acompanhar as braçadas vigorosas do amigo. Quando chegaram à outra margem, os dois gatos puderam apenas contemplar horrorizados o que restara de sua floresta adorada.

– Olhar para este lugar, do outro lado do rio, era meu único consolo – murmurou Listra Cinzenta.

Coração de Fogo o olhou com uma pontada de simpatia. Para ele, aquelas palavras tinham soado como se o gato cinza tivesse ainda mais saudade do antigo lar do que ele tinha imaginado. Mas ele não pôde fazer nenhuma pergunta, pois Listra Cinzenta já corria pela margem do rio na direção da fronteira do Clã do Trovão. Antes de ultrapassá-la, ansioso, o guerreiro cinza parou um pouco para deixar sua marca de odor ali. Coração de Fogo não conseguiu evitar uma dúvida: o seu velho amigo estaria pensando na fronteira do Clã do Rio ou na do Clã do Trovão?

Apesar da devastação, Listra Cinzenta parecia feliz por estar de volta ao seu antigo território. Enquanto Coração de Fogo se dirigia ao acampamento, o amigo zanzava atrás dele, indo para a frente e para trás, farejando tudo antes de correr para alcançá-lo. O gato avermelhado ficou impressionado por ele conseguir reconhecer o lugar, pois a floresta estava incrivelmente mudada, a vegetação rasteira destruída pelo fogo, o ar sem nenhum odor ou som de presas. Os gatos sentiam o chão grudar onde chuva e cinza tinham se misturado, produzindo uma lama escura, de cheiro ácido, que colava ao pelo. Coração de Fogo começou a tremer quando pingos de chuva caíram sobre sua pelagem ainda úmida. O som de um único e corajoso pássaro, que cantava a distância, fez o seu peito doer por tudo o que tinha sido perdido.

Finalmente, eles chegaram ao topo da ravina. Desprovido da proteção das copas das árvores, o acampamento estava inteiramente visível, a terra dura brilhando como pedra negra sob a chuva. Só a Pedra Grande não tinha sido afetada pelo fogo, exceto por uma mancha de cinza preta e viscosa.

Coração de Fogo desceu correndo a encosta, espalhando pedaços de pedra e cinza. A árvore de onde ele retirara o filhote de Flor Dourada tinha virado um amontoado de galhos queimados, que ele pulou com facilidade. Ele procurou pelo túnel de tojo que, antes, levava à clareira, mas ele tinha se transformado em um emaranhado de hastes enegrecidas. O gato passou por elas e correu para a clareira cheia de resquícios de fumaça.

Enquanto olhava à sua volta, com o coração aos pinotes, ele sentiu que Listra Cinzenta o cutucava. Seguindo o olhar do amigo, ele chegou até onde estava o corpo queimado de Meio Rabo, na entrada do túnel de samambaias de Presa Amarela. A curandeira devia ter tentado levar o ancião inconsciente para a segurança do acampamento, esperando, talvez, que a pedra partida onde ela fizera sua toca os protegesse das chamas.

Coração de Fogo correu na direção do corpo queimado, mas Listra Cinzenta miou: – Eu vou enterrá-lo. Procure por Presa Amarela. – Ele segurou o flácido corpo marrom e começou a arrastá-lo para fora do acampamento, para o local onde ele seria enterrado.

O gato avermelhado o observou com o coração gelado de pavor. Ele sabia que era por isso que tinha voltado ao acampamento, mas suas pernas, de repente, ficaram bambas. Ele se forçou a caminhar sobre os tocos de árvore queimados que, alinhados, formavam o caminho para a clareira de Presa Amarela. Não havia mais o túnel verde e protetor. A casa da curandeira estava a céu aberto, e o único som que se ouvia era o tamborilar insistente das gotas de chuva no chão viscoso.

– Presa Amarela! – ele chamou, com a voz rouca, enquanto caminhava pela clareira.

A rocha que servia de toca à curandeira estava negra de fuligem, mas, misturado ao cheiro de cinza, Coração de Fogo detectou o odor familiar da velha curandeira. – Presa Amarela? – chamou novamente.

A resposta veio na forma de um miado baixo e rascante, de dentro da rocha. Ela estava viva! Trêmulo de alívio, o representante se esgueirou para dentro da caverna sombria.

Mal havia luz para enxergar. Coração de Fogo nunca tinha estado ali e parou por um instante, piscando os olhos para se acostumar à escuridão. Ao pé de uma parede havia uma fileira de ervas e frutinhas vermelhas manchadas pela fumaça, mas não queimadas. Ele viu, então, no fundo da estreita caverna, um par de olhos brilhantes voltados para ele.

– Presa Amarela! – Ele correu para a gata, que estava deitada sobre as pernas, coberta de fuligem e arfando, fraca demais para se mexer. Ela mal conseguia firmar o olhar, estava sem fôlego e sua voz era um fiapo.

– Coração de Fogo – ela falou baixinho. – Fico feliz que seja você.

– Eu não devia tê-la deixado aqui – ele falou, pressionando o focinho contra o pelo malhado da curandeira. – Desculpe.

– Você conseguiu salvar Retalho?

O representante balançou a cabeça, desolado. – Ele respirou muita fumaça.

– Meio Rabo também – disse Presa Amarela, com a voz rascante.

O guerreiro percebeu que as pálpebras da gata estremeceram e começaram a se fechar, e miou em desespero: – Mas salvamos o filhote de Flor Dourada!

– Qual deles? – ela murmurou.

– Amora Doce. – Ele viu que a gata fechava brevemente os olhos e sentiu seu sangue gelar. Agora Presa Amarela sabia que ele arriscara a vida dela para salvar o bebê de Garra de Tigre. Teria o Clã das Estrelas partilhado alguma coisa com ela, algo que a amedrontava tanto a ponto de ela desejar que o filhote não tivesse sobrevivido?

– Você é um bravo guerreiro, Coração de Fogo – a curandeira disse, arregalando os olhos de repente e fitando-o com intensidade. – Não teria mais orgulho se você fosse meu filho. E o Clã das Estrelas sabe quantas vezes desejei que você fosse mesmo meu filho, no lugar de – ela deu uma respirada curta, rasa e rascante; o gato sabia que aquele nome era um espinho em sua garganta – Cauda Partida.

O guerreiro se encolheu ao ouvir o terrível segredo da curandeira: que ela era mãe do brutal líder do Clã das Sombras, de quem tinha desistido assim que ele nascera, porque às curandeiras não era permitido ter filhos. Quem poderia saber das angústias por que Presa Amarela passara ao ver o filho matar o próprio pai para se tornar líder e, então, destruir o clã da mãe com sua ambição sanguinária?

E como Coração de Fogo poderia dizer que já sabia disso? Que ele compreendia que ela dera abrigo a Cauda Partida em seu clã de adoção porque aquela era a última chance de cuidar do filho abandonado? Ele se inclinou e lhe lambeu as orelhas, esperando consolá-la, mas ela continuou: – Eu o matei, o envenenei; queria que ele morresse. – A confissão lhe provocou um terrível ataque de tosse.

– Não fale, poupe suas forças – o gato falou. Ele já sabia disso também. Escondido, ele tinha visto quando ela dera frutinhas vermelhas envenenadas a Cauda Partida, depois que o traidor ajudara os vilões de Garra de Tigre no ataque ao Clã do Trovão. Ele tinha testemunhado a morte do cruel guerreiro aos pés da mãe; e tinha ouvido Presa Amarela revelar sua verdadeira relação com o gato desalmado. – Vou buscar um pouco de água para você – ele ofereceu.

Mas a gata balançou a cabeça devagar. – Água não vai me adiantar de nada agora – ela grunhiu. – Quero que saiba de tudo antes que eu...

– Você não vai morrer! – disse, engasgado, Coração de Fogo, como se um caco de gelo lhe atingisse o peito. – Diga como posso ajudá-la.

– Não desperdice seu tempo – Presa Amarela tossiu, zangada. – Vou morrer, não importa o que você faça, mas não tenho medo. Apenas me ouça.

O gato queria implorar que ela se calasse, que poupasse o fôlego para viver um pouco mais, mas ele a respeitava o bastante para obedecer-lhe mesmo agora.

– Gostaria que você fosse meu filho, mas eu não teria tido um filho como você. O Clã das Estrelas me deu Cauda Partida para que eu aprendesse uma lição.

– O que você precisava aprender? – Coração de Fogo protestou. – Você é tão sábia quanto Estrela Azul.

– Matei meu próprio filho.

– Ele mereceu!

– Mas eu era sua mãe – ela disse em um sussurro. – O Clã das Estrelas pode agora me julgar como quiser. Estou pronta.

Incapaz de responder, o representante abaixou a cabeça e começou a lamber-lhe a pelagem freneticamente, como se seu amor bastasse para mantê-la por mais tempo na floresta.

– Coração de Fogo – a curandeira murmurou.

Ele parou. – Sim?

– Obrigada por ter me trazido para o Clã do Trovão. Diga a Estrela Azul que eu serei eternamente grata pelo lar que ela me ofereceu. Este é um bom lugar para morrer. Lamento apenas não poder ver se cumprir o destino que o Clã das Estrelas reservou a você. – A voz da velha curandeira morreu na garganta e seu peito arfou com o esforço de buscar ar dos pulmões maltratados pela fumaça.

– Presa Amarela – o gato rubro implorou. – Não morra!

A respiração dolorosa da gata cortava o coração de Coração de Fogo, que se deu conta de que não podia fazer nada. – Não tema o Clã das Estrelas. Eles vão entender o que aconteceu no caso de Cauda Partida – ele prometeu com tristeza. – Você será homenageada por nossos guerreiros ancestrais por sua lealdade com seus companheiros de clã e por sua infinita coragem. Tantos gatos lhe devem a vida. Pata de Cinza teria morrido após o acidente se você não a tivesse tratado. E, quando houve a tosse verde, você lutou dia e noite...

Coração de Fogo não conseguia impedir que as palavras lhe saíssem da boca, embora soubesse que a respiração da velha curandeira tinha se transformado em silêncio perene. Presa Amarela estava morta.

CAPÍTULO 28

Uma lambida carinhosa de Coração de Fogo fechou os olhos da curandeira para sempre. Então, ele descansou a cabeça no ombro da gata e sentiu o calor desaparecer do corpo dela.

Ele não saberia dizer por quanto tempo ficara ali deitado, ouvindo o próprio coração bater, sozinho, na caverna sombria. Por um segundo, pensou ter captado o cheiro familiar de Folha Manchada, trazido pela brisa fria e úmida para dentro da toca. Ela teria vindo guiar Presa Amarela para o Clã das Estrelas? Coração de Fogo deixou esse pensamento reconfortante fluir por ele e sentiu o sono crescer como nuvens nos cantos de sua mente.

– Ela estará segura conosco. – O miado gentil de Folha Manchada ondulou o pelo de sua orelha, e Coração de Fogo levantou a cabeça e olhou em volta.

– Coração de Fogo? – Lista Cinzenta chamou da entrada. O representante fez um esforço para se sentar.

– Já providenciei o enterro de Meio Rabo – miou o guerreiro cinza.

– Presa Amarela morreu – Coração de Fogo sussurrou, o miado vazio ecoando pelas paredes de pedra. – Ela estava viva quando a encontrei, mas, agora, ela se foi.

– Ela disse alguma coisa?

O gato de pelo rubro fechou os olhos. Ele jamais poderia dividir com nenhum outro gato o trágico segredo de Presa Amarela, nem mesmo com o melhor e velho amigo. – Só que... era grata a Estrela Azul por ela tê-la deixado viver no Clã do Trovão.

Listra Cinzenta entrou na caverna e se inclinou para lamber a bochecha da velha curandeira. – Quando eu fui embora, não pensei que nunca mais falaria com ela novamente – ele murmurou, a voz grave de tristeza. – Vamos enterrá-la?

– Não – Coração de Fogo miou, firme. De repente, tudo se esclareceu em sua mente, as palavras de Folha Manchada ecoaram em sua cabeça: *Ela estará segura conosco.* – Ela era uma guerreira, assim como curandeira. Ela terá uma vigília, podemos enterrá-la ao amanhecer.

– Mas temos de voltar para o acampamento do Clã do Rio e relatar o que aconteceu – lembrou Listra Cinzenta.

– Então voltarei esta noite para a vigília – Coração de Fogo replicou.

Em silêncio, os dois amigos fizeram o caminho de volta pela floresta devastada. A luz cinzenta da tarde estava desaparecendo quando eles entraram no acampamento do Clã do Rio. Grupos de felinos estavam na borda da clareira, trocando lambidas depois da refeição da noite. Os gatos do

Clã do Trovão, agachados, formavam um amontoado isolado em um lado. Assim que os dois amigos apareceram, Pata de Cinza se levantou com dificuldade e foi mancando até eles.

Estrela Azul, que estava deitada ao lado de Nevasca, também ficou de pé. Ela passou por Pata de Cinza e alcançou antes os dois guerreiros que voltavam. Em seus olhos havia uma esperança desesperada. – Vocês encontraram Presa Amarela e Meio Rabo?

Coração de Fogo viu Pata de Cinza estacar, as orelhas empinadas, tão aflita por notícias quanto a líder do clã. – Ambos estão mortos – ele respondeu. Seu coração se encheu de tristeza quando ele viu a aprendiz da curandeira oscilar e dar um passo atrás. A pequena se afastou cambaleando, com os olhos anuviados. Ele queria ir ter com ela, mas Estrela Azul estava parada em seu caminho. Os olhos azuis da líder não demonstravam dor, estavam duros e frios, e um arrepio correu pela espinha do representante.

– Folha Manchada me disse que o fogo *salvaria* o clã! – ela sussurrou. – Mas ele nos destruiu.

– Não – Coração de Fogo começou, mas não encontrou palavras para confortar a líder. Com o olhar, ele seguiu Pata de Cinza, que voltou, aos tropeços, para perto dos outros felinos. Para alívio do gato avermelhado, Tempestade de Areia foi consolá-la, encostando-se ao corpo magro e cinza da curandeira. O representante do Clã do Trovão voltou a olhar para Estrela Azul e seu coração se entristeceu com a expressão dura da líder.

– O Clã do Trovão vai voltar para casa esta noite – ela decidiu, a voz gelada.

– Mas a floresta está vazia. E o acampamento está arruinado! – protestou Listra Cinzenta.

– Não importa. Somos estranhos aqui. Devemos voltar ao nosso território – cuspiu Estrela Azul.

– Então, vou escoltá-los – Listra Cinzenta ofereceu.

Coração de Fogo olhou para o amigo e, de repente, percebeu em seus olhos um desejo verdadeiro: Listra Cinzenta queria voltar para casa. A compreensão iluminou sua mente como se uma estrela cadente rasgasse o céu. Ele olhou para Estrela Azul com expectativa. Será que ela tinha notado o desejo de Listra Cinzenta de retornar ao Clã do Trovão?

Por que precisaríamos de escolta? – perguntou a líder com os olhos em fendas.

– Bem, talvez eu possa ajudá-los a reconstruir o acampamento. – Listra Cinzenta sugeriu, hesitante. – Quem sabe eu possa ficar por um tempo... – Ele vacilou quando os olhos de Estrela Azul brilharam de raiva.

– Você está tentando dizer que quer voltar ao Clã do Trovão? – ela cuspiu. – Bem, você não pode voltar!

Coração de Fogo olhou para ela atordoado, em silêncio.

– Você escolheu ser leal aos seus filhotes, não ao clã – a líder bramiu. – Agora deve viver com essa decisão.

Listra Cinzenta se encolheu. O representante do clã do Trovão olhou com incredulidade para a velha líder quando ela se virou e conclamou os felinos do clã. – Preparem-se para partir. Estamos voltando para casa!

Os gatos se puseram de pé imediatamente, mas Coração de Fogo só sentia desapontamento e raiva enquanto observava Estrela Azul reunir o clã à volta dela.

O olhar da líder estava fixo em um ponto além dos gatos na borda da clareira. Pé de Bruma e Pelo de Pedra estavam lá, observando os gatos do Clã do Trovão. O gato de pelagem cor de fogo viu a tristeza passar pelos olhos de Estrela Azul enquanto ela fitava seus filhotes crescidos. Ela sabia melhor do que qualquer outro gato como era ficar dividido entre o clã e a família. Ela escolhera ser leal ao clã, não aos filhotes, e isso lhe causara muita dor; dor que ela não desejaria a um inimigo.

Em um clarão de entendimento, o representante entendeu a reação da líder do clã ao pedido de Listra Cinzenta. A raiva que ela sentia não era do guerreiro cinza, mas de si mesma. Depois de tantos anos, ela ainda lamentava ter abandonado seus filhotes. E uma parte dela tentava impedir Listra Cinzenta de cometer o mesmo erro.

Os gatos do Clã do Trovão estavam em círculo, impacientes na escuridão crescente quando sua líder foi em direção a Estrela Torta.

Coração de Fogo se virou e deu uma lambida no ombro de Listra Cinzenta. – Estrela Azul tem suas razões para dizer o que disse – ele murmurou. – Ela está sofrendo agora, mas vai se recuperar. Então, talvez você possa voltar para casa.

O guerreiro cinza ergueu os olhos para o amigo, com a esperança estampada neles. – Você acha?

— Acho — respondeu Coração de Fogo, rezando ao Clã das Estrelas para que fosse verdade.

Ele se apressou para alcançar a líder, a tempo de ouvi-la agradecer formalmente a Estrela Torta pela generosidade do Clã do Rio. Pele de Leopardo, ao lado deles, olhava friamente para os gatos do clã rival.

— O Clã do Trovão está em dívida com vocês — miou Estrela Azul, inclinando a cabeça em reverência.

Coração de Fogo viu Pele de Leopardo estreitar os olhos ao ouvir essas palavras, com os olhos cor de esmeralda brilhando, e as patas do gato pinicaram, vigilantes. Ele se perguntou qual seria o pagamento exigido pelo Clã do Rio por esse ato de bondade. Coração de Fogo conhecia Pele de Leopardo o suficiente para suspeitar que ela pediria algo em troca.

O representante do Clã do Trovão seguiu Estrela Azul, que, à frente dos gatos, os conduziu para fora do acampamento do Clã do Rio. Ao olhar para trás, ele viu Listra Cinzenta, sozinho, nas sombras, com os olhos cheios de dor enquanto observava os antigos companheiros de clã partindo.

* * *

Coração de Fogo suspirou interiormente quando Orelhinha hesitou de novo à beira do rio, cujo volume aumentara por causa da chuva. Mas Risca de Carvão e Nevasca já estavam do outro lado, esperando na parte rasa. Pelagem de Poeira nadou ao lado de Pata de Avenca, sua aprendiz, que se esforçava para manter a pequena cabeça cinza fora da água. Tempestade de Areia tinha atravessado com Pata de Cinza. A guerreira alaranjada não largara a curandeira desde que Coração de Fogo trouxera a notícia da morte de Presa Amarela.

– Apresse-se! – ordenou Estrela Azul, agarrando Orelhinha com impaciência.

O gato cinza olhou para trás, surpreso com o tom áspero e, em seguida, se lançou na água escura. Coração de Fogo contraiu os músculos, pronto para efetuar um resgate, mas não foi necessário. Rabo Longo e Pelo de Rato apareceram do outro lado do ancião, que se debatia freneticamente, espalhando água, e, com seus ombros fortes, o ajudaram a se manter na superfície.

Estrela Azul pulou no rio e o atravessou com facilidade; a fraqueza a deixara, como se o fogo a tivesse purificado, fazendo-a recuperar suas forças. Coração de Fogo mergulhou atrás dela. As nuvens acima das árvores estavam começando a minguar e o vento fresco provocava um calafrio em seu corpo molhado à medida que ele caminhava na parte rasa do rio. O gato de pelos rubros caminhou na direção de Pata de Cinza, inclinando-se para lamber-lhe a cabeça. Tempestade de Areia o fitou e os olhos dela refletiam a tristeza do amigo. O resto do clã parou na margem, mirando a floresta com horror silencioso. Mesmo à luz fraca do luar, a devastação era evidente, as árvores nuas, o perfume das folhas e samambaias substituído pelo fedor amargo de madeira e terra queimadas.

Estrela Azul parecia cega para tudo isso. Ela passou pelos outros gatos sem parar, na direção das Rochas Ensolaradas e da trilha de casa. Ao clã, só restava segui-la.

– É como estar em outro lugar – sussurrou Tempestade de Areia. Coração de Fogo balançou a cabeça, concordando.

– Pata de Nuvem – o gato de pelos vermelhos ultrapassou os gatos à sua frente, colocando-se ao lado de seu aprendiz. – Obrigado por você ter ficado no acampamento do Clã do Rio, como eu pedi.

– Tudo bem – o jovem deu de ombros.

– Como estão os anciãos?

– Vão demorar um pouco para superar a morte de Meio Rabo e Retalho. – A voz dele era sombria. – Mas consegui que comessem alguma presa fresca enquanto você esteve ausente. Eles precisam manter as forças, apesar do sofrimento.

– Muito bem. Foi a coisa certa a fazer – Coração de Fogo lhe disse, orgulhoso da inesperada e sábia compaixão do aprendiz.

A ravina se estendia como uma ferida aberta na paisagem. Tempestade de Areia parou e olhou para além de seus limites e Coração de Fogo notou que ela estremeceu. Ele tremia também, embora seu pelo já estivesse seco, depois da travessia do rio. O clã descia lentamente a encosta íngreme, seguindo Estrela Azul para o acampamento. Já na clareira, os gatos olhavam pasmos e em silêncio o espaço desnudado e enegrecido ao redor deles que já tinha sido o seu lar. – Leve-me até o corpo de Presa Amarela! – Estrela Azul miou para Coração de Fogo, quebrando o silêncio.

A pelagem do guerreiro se eriçou. Aquela não era mais a líder debilitada que ele lutara para proteger até poucas luas atrás, mas também não era a líder sábia e gentil que o acolhera no clã e fora sua mentora. Ele caminhou em direção à clareira de Presa Amarela, seguido por Estrela Azul. Ao olhar de relance por cima do ombro, ele viu que Pata de Cinza vinha atrás da líder do clã.

– Ela está na toca – ele miou, de pé na entrada. Estrela Azul escorregou para as sombras no interior da rocha.

Pata de Cinza sentou-se e esperou.

– Não vai entrar? – Coração de Fogo perguntou.

– Vou chorar mais tarde – a gata cinza respondeu. – Acho que Estrela Azul precisa de nós agora.

Surpreso com a moderação da voz de Pata de Cinza, o guerreiro de pelos avermelhados fitou os olhos dela, que, embora brilhassem de tristeza, pareciam calmos quando ela lhe piscou delicadamente. Ele retribuiu o gesto, agradecido pela força de espírito que ela demonstrava em meio àquela tragédia sem fim.

Um lamento arrepiante ecoou da toca de Presa Amarela. Estrela Azul saiu cambaleando, balançando a cabeça sem controle, olhando fixamente para as árvores enegrecidas ao seu redor. – Como pôde o Clã das Estrelas fazer isso? Será que eles não têm piedade? – ela cuspiu. – Nunca mais irei à Pedra da Lua! A partir de agora, meus sonhos são somente meus. O Clã das Estrelas declarou guerra ao meu clã, e eu nunca vou lhes perdoar.

Coração de Fogo olhou para ela, gelado de horror. Então, percebeu que Pata de Cinza se esquivava em silêncio para a toca da curandeira e pensou que, talvez, ela fosse lamentar a morte da velha amiga. Mas ela reapareceu um momento depois, trazendo na boca alguma coisa que largou ao lado de Estrela Azul.

— Coma isso, Estrela Azul — ela aconselhou. — Vai aliviar sua dor.

— Ela está ferida? — perguntou Coração de Fogo.

Pata de Cinza o olhou e disse baixinho: — De certa forma. Mas seus ferimentos não podem ser vistos. — Ela piscou. — Essas sementes de papoula vão acalmá-la, dando-lhe tempo para sarar. — Voltando-se para Estrela Azul, ela insistiu, em um sussurro: — Coma, por favor.

Estrela Azul abaixou a cabeça e, obediente, lambeu as pequenas sementes pretas.

— Venha — miou Pata de Cinza com delicadeza, e se afastou com a líder do clã.

Coração de Fogo sentiu as patas tremerem com a habilidade tranquila de Pata de Cinza. Presa Amarela ficaria orgulhosa. Ele entrou na toca e pegou pelo cangote o corpo envelhecido e manchado de fumaça da curandeira. Deixou-o na clareira enluarada, arrumando-o de modo que Presa Amarela descansasse com a mesma dignidade com que tinha vivido. Quando terminou, inclinou-se para uma lambida final na velha amiga. — Você deve dormir sob as estrelas pela última vez esta noite — ele sussurrou, colocando-se ao lado dela para fazer a vigília, como tinha prometido.

Pata de Cinza se juntou a ele quando a lua, quase cheia, começou a se afastar, deslizando, e o horizonte, tingido de creme e rosa, brilhava acima da copa enegrecida das árvores. Coração de Fogo se levantou, esticou as pernas cansadas e olhou ao redor da clareira devastada.

– Não sofra demais pela floresta – murmurou a gata cinza ao seu lado. – Ela vai voltar a crescer rapidamente, e ainda mais forte, por causa das feridas que sofreu, como acontece com um osso que se quebrou duas vezes no mesmo lugar.

Coração de Fogo deixou que aquelas palavras o acalmassem. Agradeceu à gata com um gesto e foi procurar o resto do clã.

Pelo de Rato montava guarda do lado de fora da toca de Estrela Azul.

– Foi Pata de Cinza quem mandou – Nevasca explicou, saindo das sombras. A pelagem do guerreiro ainda tinha manchas de fumaça e seus olhos estavam vermelhos por causa do fogo e do cansaço. – Ela disse que Estrela Azul está doente e precisa ser vigiada.

– Ótimo – Coração de Fogo miou. – Como está o resto do clã?

– A maioria dos gatos dormiu um pouco quando conseguiu encontrar um lugar seco o suficiente para se deitar.

– Devíamos enviar uma patrulha do amanhecer – o representante pensou alto. – Garra de Tigre pode querer tirar proveito do que aconteceu.

– Quem você vai mandar? – perguntou Nevasca.

– Risca de Carvão parece ser o mais apto dos guerreiros, mas vamos precisar de sua força para começar a reconstruir o acampamento. – No entanto, Coração de Fogo sabia que não estava dizendo toda a verdade. Ele queria manter o guerreiro malhado sob seus olhos. – Gostaria que você ficasse aqui também, se não for problema. – Nevasca concordou, abaixando a cabeça, e o representante continuou: – Precisamos contar aos outros gatos o que está acontecendo.

– Estrela Azul está dormindo. Você acha que devemos perturbá-la? – As feições de Nevasca se franziram de preocupação.

Coração de Fogo balançou a cabeça. – Não. Vamos deixá-la descansar. Vou falar ao clã.

Ele subiu na Pedra Grande com um único salto e fez a convocação habitual. Abaixo dele, os gatos do clã, que, sonolentos, andavam em meio aos destroços das tocas, chicotearam as caudas e mexeram as orelhas de surpresa quando viram que Coração de Fogo ocupava o lugar onde normalmente ficava a líder do clã.

– Precisamos reconstruir o acampamento – ele começou, quando os gatos já tinham se instalado à frente da pedra. – Sei que tudo parece uma bagunça agora, mas estamos no auge da estação das folhas verdes. A floresta vai voltar a crescer rapidamente, e ainda mais forte, por causa das feridas que sofreu. – Ele piscou ao repetir as palavras de Pata de Cinza.

– Por que Estrela Azul não veio pessoalmente nos dizer isso? – Coração de Fogo se empertigou quando Risca de Carvão o desafiou lá detrás do grupo.

– Ela está exausta – foi a resposta do representante. – Pata de Cinza lhe deu sementes de papoula para que ela descanse e se recupere. – Murmúrios ansiosos ecoaram entre os gatos.

– Quanto mais ela descansar, mais depressa vai se recuperar – assegurou Coração de Fogo. – Assim como a floresta.

– A floresta está vazia – resmungou Cara Rajada. – As presas fugiram ou morreram no incêndio. O que vamos comer? – Ela olhou para Pata Gris e Pata de Avenca ansiosa, com o rosto sombreado de preocupação materna, embora seus filhotes já tivessem deixado o berçário.

– As presas vão voltar – Coração de Fogo assegurou. – Devemos caçar, como de costume, e se precisarmos ir um pouco mais longe para encontrar presas frescas, nós iremos. – Murmúrios de concordância vieram da clareira, e o representante começou a sentir uma onda de segurança.

– Rabo Longo, Pelo de Rato, Pata de Espinho e Pelagem de Poeira, vocês comporão a patrulha do amanhecer. – Os quatro gatos olharam para o representante e concordaram, sem questionar. – Pata Ligeira, você pode substituir Pelo de Rato no serviço de guarda e certifique-se de que Estrela Azul não seja perturbada. Os demais vão começar a trabalhar no acampamento. Nevasca vai organizar equipes para reunir material. Risca de Carvão, você pode supervisionar a reconstrução da cerca em torno do acampamento.

– E como espera que eu faça isso? – o gato perguntou. – As samambaias foram todas queimadas.

– Use qualquer material que conseguir. Mas certifique-se de que seja resistente. Não podemos esquecer a ameaça de Garra de Tigre. Temos que ficar alertas. Todos os filhotes devem permanecer no acampamento. Os aprendizes só sairão acompanhados de guerreiros. – Coração de Fogo olhou para o clã silencioso. – Estamos de acordo?

Ouviram-se miados altos: – Estamos!

– Certo – o representante miou. – Ao trabalho!

Os gatos começaram a se afastar da Pedra Grande, reunindo-se em torno de Nevasca e de Risca de Carvão para receberem instruções.

Coração de Fogo saltou da pedra e foi até Tempestade de Areia. – Precisamos organizar o enterro de Presa Amarela.

– Você não mencionou a morte dela – a gata observou, com perplexidade nos olhos verdes.

– Nem a de Meio Rabo! – Coração de Fogo olhou para baixo quando o miado de Pata de Nuvem soou ao lado dele. O jovem aprendiz parecia estar repreendendo o tio.

– O clã sabe que eles morreram – o representante do clã lhes disse, sentindo o pelo pinicar, incomodado. – Cabe a Estrela Azul honrá-los com as palavras adequadas. Ela pode fazer isso quando estiver melhor.

– E se ela não se recuperar? – Tempestade de Areia ousou dizer.

– Ela vai se recuperar! – Coração de Fogo disparou. A gata estremeceu visivelmente e ele se amaldiçoou. Ela apenas expressara o medo de todos os integrantes do clã. Se Estrela Azul tinha realmente abandonado os rituais do Clã das Estrelas, Presa Amarela e Meio Rabo nunca ouviriam as palavras certas para prosseguirem em sua jornada rumo ao Tule de Prata.

Coração de Fogo sentiu sua confiança evaporar. E se a floresta não se restabelecesse antes da estação sem folhas? E se eles não conseguissem encontrar presas frescas em quantidade suficiente para alimentar o clã? E se Garra de Tigre os atacasse? – Se Estrela Azul não melhorar, não sei o que vai acontecer – ele murmurou.

Os olhos da gata chamejaram, irados. – Estrela Azul fez de você seu representante. Ela espera que você saiba o que fazer!

Suas palavras atingiram o gato como pedras de granizo. – Afaste suas garras, Tempestade de Areia – ele cuspiu! – Não vê que estou fazendo o melhor que posso? Em vez de me criticar, vá e organize os aprendizes para enterrar Presa Amarela. – Ele olhou para Pata de Nuvem. – Você pode ir também. E tente se manter longe de problemas pelo menos desta vez – acrescentou.

Ele se afastou do par de gatos chocados e atravessou a clareira. Sabia que fora injusto, mas eles tinham feito uma pergunta a qual ele ainda não estava pronto para responder, sobre a qual ele nem conseguia pensar, de tão assustadora.

E se Estrela Azul nunca mais se recuperasse?

CAPÍTULO 29

O CÉU PERMANECEU CINZENTO E NUBLADO nos dias que se seguiram, mas as chuvas não impediram a reconstrução do acampamento. De fato, Coração de Fogo agradeceu pela chuva, que veio lavar as cinzas do solo e ajudar a floresta a se recuperar.

Nessa manhã, porém, o sol brilhava sobre eles, e ondas de nuvens se afastavam no horizonte. *O céu estará aberto na Assembleia de hoje*, pensou Coração de Fogo com pesar, desejando, pela primeira vez, que a lua se escondesse, para que a reunião não acontecesse. Estrela Azul ainda estava longe de ser como era antes e só tinha saído da toca quando Nevasca a convencera a ver como os trabalhos de reconstrução estavam avançando. Com o olhar vazio, ela cumprimentara os gatos que trabalhavam, antes de voltar, mancando, para a segurança de seu ninho. Coração de Fogo se perguntava se a gata tinha noção de que a Assembleia aconteceria naquela noite. Talvez ele devesse tentar descobrir isso.

Ele caminhou em torno da borda da clareira sentindo um calafrio de orgulho do trabalho que o clã realizara até então. O acampamento já recuperava a antiga forma. O tronco de carvalho do abrigo dos anciãos tinha se escurecido, mas estava inteiro, ainda que o labirinto de galhos tivesse se reduzido a nada.

A amoreira do berçário, que perdera as folhas protetoras e se reduzira a um emaranhado de ramos, tinha sido cuidadosamente remendada com galhos cheios de folhas trazidos de partes da floresta menos atingidas pelo incêndio. Os gatos tinham usado os galhos mais fortes que puderam encontrar para fazer a cerca em torno do acampamento, embora não houvesse muito a fazer para substituir a espessa barreira de samambaias que, antes, circundava o acampamento. Seria preciso esperar que a floresta voltasse a crescer.

Coração de Fogo ouviu um arranhar atrás do berçário. Através das paredes remendadas, ele viu uma familiar pelagem branca. – Pata de Nuvem! – chamou.

O aprendiz saiu de trás do arbusto, a boca entupida de galhos que ele estivera entrelaçando nas paredes do berçário. Coração de Fogo o saudou, piscando. Ele não fora o único gato a notar como Pata de Nuvem tinha trabalhado duro, nos últimos dias, para restaurar o acampamento. Ninguém mais levantara dúvidas quanto ao seu compromisso para com o clã. O guerreiro de pelos vermelhos se perguntava se fora necessário algo tão sério como um grande incêndio para que o sobrinho descobrisse o verdadeiro sentido da lealdade. O jovem gato agora estava à sua frente, sem falar, os pelos achatados e embolados com fuligem e lama, os olhos arrasados, exaustos.

– Vá descansar – Coração de Fogo ordenou, gentil. – Você merece.

Pata de Nuvem deixou cair o fardo de gravetos. – Deixe-me terminar isso primeiro.

– Termine depois.

– Mas falta pouco – o jovem argumentou.

– Você parece estar morto de cansado – insistiu Coração de Fogo. – Vá descansar.

– Certo, Coração de Fogo. – Ele se virou para sair e olhou, desolado, para o carvalho caído, onde Orelhinha, Cauda Mosqueada e Caolha estavam sentados. – A toca dos anciãos parece tão vazia – ele miou.

– Retalho e Meio Rabo estão com o Clã das Estrelas agora – Coração de Fogo lembrou. – Eles estarão observando você esta noite, lá do Tule de Prata. – A dor cutucou sua barriga quando ele se lembrou que Estrela Azul se recusara a conduzir a cerimônia apropriada aos companheiros mortos.

– Eu não os colocarei nas patas do Clã das Estrelas – ela lhe dissera com amargor. – Nossos guerreiros ancestrais não merecem a companhia dos gatos do Clã do Trovão. – E então Nevasca tranquilizara o ansioso clã com as palavras que enviariam Presa Amarela e Meio Rabo, a salvo, a seus velhos amigos, no Tule de Prata, como ele fizera por Retalho no acampamento do Clã do Rio.

Pata de Nuvem concordou, mas sem parecer convencido. Coração de Fogo sabia que, para o aprendiz, ainda era difícil acreditar que as luzes do Tule de Prata eram os espíritos dos guerreiros ancestrais, que velavam por seus antigos territórios de caça. – Vá descansar – ele repetiu.

O jovem arrastou as patas na direção do toco queimado onde os aprendizes se reuniam para comer e trocar lambidas. Pata Brilhante atravessou correndo a clareira para cumprimentar o amigo e Pata de Nuvem a afagou carinhosamente com o nariz. Mas as pálpebras do aprendiz branco já se fechavam e seu cumprimento foi interrompido por um enorme bocejo. Ele se deitou ali mesmo, descansando a cabeça no chão e fechando os olhos cansados. Pata Brilhante se agachou a seu lado e, delicadamente, começou a lamber a pelagem maltratada do gato. Ao vê-los, Coração de Fogo sentiu uma grande solidão, pois se lembrou do mesmo companheirismo que o unira a Listra Cinzenta.

Ele mudou mais uma vez a direção de suas patas e foi para a toca de Estrela Azul. Rabo Longo estava sentado do lado de fora e cumprimentou o representante, que parou na entrada. A cortina de líquen fora inteiramente queimada e a pedra estava preta de fuligem. O representante miou, fazendo uma saudação discreta, e entrou. Sem o líquen, o vento e a luz do dia inundavam a toca, e Estrela Azul tinha arrastado a cama para as sombras do fundo da caverna cheia de correntes de ar.

Pata de Cinza estava sentada ao lado da líder, toda enroscada, e lhe oferecia uma pilha de ervas. – Você vai se sentir melhor – ela insistia.

– Eu estou bem – disparou Estrela Azul, mantendo os olhos fixos no chão arenoso.

– Vou deixá-las aqui, então. Talvez você queira tomá-las mais tarde. – Pata de Cinza se levantou e, cambaleante, dirigiu-se à entrada da toca.

– Como ela está? – Coração de Fogo sussurrou.

– Teimosa – respondeu Pata de Cinza, roçando os pelos do gato ao sair da toca.

O representante do clã aproximou-se da velha líder com cuidado. Para ele, Estrela Azul era agora uma completa estranha, encerrada em um mundo de medo e desconfiança, dirigida não só a Garra de Tigre, mas a todos os guerreiros ancestrais do Clã das Estrelas. – Estrela Azul – ele tentou falar, com a cabeça baixa. – A Assembleia é hoje. Você decidiu quem vai?

– À Assembleia? – ela cuspiu com nojo. – Você pode decidir. Eu não vou. Não há mais razão para eu honrar o Clã das Estrelas. – Enquanto ela falava, uma nuvem de cinzas entrou pela abertura da toca e um acesso de tosse interrompeu suas palavras.

Coração de Fogo fixou o olhar desanimado no corpo frágil da gata, sacudido por espasmos. Estrela Azul era a líder do clã! Ela é que lhe ensinara sobre o Clã das Estrelas e sobre como os espíritos dos guerreiros cuidavam da floresta. Ele não podia aceitar que ela renegasse as crenças que tinham embasado sua vida inteira.

– Vo... você não precisa homenagear o Clã das Estrelas – ele gaguejou, enfim. – Basta que represente seu clã. Eles precisam de sua força agora.

Estrela Azul o olhou longamente e murmurou: – Meus filhotes precisaram de mim um dia, mas eu os entreguei para serem educados por outro clã. E por quê? Porque o Clã das Estrelas me disse que meu destino era outro. Foi para isso? Para ser atacada por traidores? Para ver meu clã morrendo à minha volta? O Clã das Estrelas estava errado. Não valeu a pena.

Coração de Fogo sentiu o sangue gelar. Então, virou-se e saiu às cegas da caverna. Na porta, Tempestade de Areia tinha substituído Rabo Longo. O representante olhou para ela cheio de esperança, mas ficou claro que a guerreira alaranjada ainda não lhe perdoara pelas palavras indelicadas, pois ela fixou os olhos nas próprias patas e nada disse quando ele passou.

Incomodado, ele viu Nevasca de volta ao acampamento com a patrulha do sol alto. Ele acenou-lhe com a cauda e o guerreiro branco se aproximou, enquanto o resto da patrulha se dividia, atrás de comida e de um lugar para descansar.

– Estrela Azul não está bem o bastante para comparecer à reunião desta noite – miou Coração de Fogo quando Nevasca se aproximou.

O veterano guerreiro balançou a cabeça como se a notícia não o surpreendesse. – Houve uma época em que nada a afastaria de uma Assembleia – ele observou, calmo.

– Vamos levar um grupo, de qualquer forma – disse Coração de Fogo. – Devemos alertar os outros clãs sobre Garra de Tigre. Seu grupo de vilões é uma ameaça para todos.

Nevasca concordou e sugeriu: – Podemos dizer que Estrela Azul está doente. Mas podemos arrumar um problema se deixarmos que saibam que nossa líder está fraca.

– O pior seria ninguém comparecer – Coração de Fogo ressaltou. – Os outros clãs saberão sobre o incêndio. Precisamos parecer mais fortes do que nunca.

– O Clã do Vento ainda está claramente hostil.

– O fato de Tempestade de Areia, Pata de Nuvem e eu termos lutado contra eles, e vencido, no território deles, não vai ajudar – admitiu Coração de Fogo. – E ainda temos que pensar no Clã do Rio.

Nevasca o olhou com curiosidade. – Mas eles nos deram abrigo depois do incêndio.

– Sei disso – replicou o representante. – Mas não posso deixar de pensar que Pelo de Leopardo pode pedir alguma coisa em troca.

– Não temos nada para dar.

– Temos as Rochas Ensolaradas – respondeu Coração de Fogo. – O Clã do Rio não esconde seu interesse por essa parte da floresta, e justo agora que precisamos de cada pedaço de nosso território para caçar.

– Pelo menos, o Clã das Sombras está enfraquecido pela doença – miou Nevasca. – Assim, não nos atacarão por algum tempo.

– Sim – concordou Coração de Fogo, sentindo-se culpado por eles poderem se beneficiar com o sofrimento de outro clã. – Na verdade, a novidade sobre Garra de Tigre pode nos favorecer. – Nevasca o fitou, confuso, e o representante prosseguiu: – Se eu conseguir convencer os outros clãs de que ele é uma ameaça não só para nós, mas para eles também, talvez concentrem sua energia na proteção das próprias fronteiras.

Nevasca balançou a cabeça devagar. – Pode ser nossa chance de eles ficarem longe de nosso território enquanto recuperamos as forças. Você tem razão. Devemos ir à Assembleia, mesmo que Estrela Azul não possa ir. – Seu olhar azul encontrou o de Coração de Fogo, e este soube que ambos pensavam a mesma coisa. A líder do Clã do Trovão poderia ir à Assembleia se quisesse, mas ela tinha escolhido não ir.

Quando o sol baixou, os gatos começaram a buscar presas na pequena pilha que tinham juntado. Coração de Fogo pegou um musaranho minúsculo e o levou para uma moita de urtigas, onde, faminto, o devorou em poucas bocadas. A barriga dos gatos do clã andava vazia há um bom tempo. As presas retornavam, mas aos poucos, e Coração de Fogo sabia que era preciso ser prudente e caçar pouco. A floresta precisava ter a chance de se recuperar antes que os felinos pudessem se fartar de comida novamente.

Quando os gatos terminaram a minguada refeição, Coração de Fogo levantou-se e atravessou a clareira. Ele sentiu que os olhares dos companheiros de clã o acompanhavam quando ele pulou para a Pedra Grande. Não foi necessário chamá-los – eles se reuniram embaixo, com olhos questionadores na luz esmaecida da noite.

– Estrela Azul não vai comparecer à Assembleia hoje – ele anunciou.

Os gatos soltaram miados alarmados e o representante viu Nevasca entre eles, acalmando-os. Quanto os gatos do clã tinham adivinhado sobre o estado de sua líder? No acampamento do Clã do Rio, eles tinham se unido para protegê-la dos olhares malévolos. Mas, em casa, a fraqueza da gata os deixava vulneráveis e temerosos.

O filhote malhado de Garra de Tigre, sentado do lado de fora do berçário, fitava a Pedra Grande com olhos redondos e curiosos. Por um instante, Coração de Fogo sentiu-se hipnotizado pelo olhar amarelado do jovem, e imagens de Garra de Tigre lhe vieram à mente.

– Isso quer dizer que o Clã do Trovão não participará da reunião? – Era a voz desafiadora de Risca de Carvão, que falava enquanto forçava a passagem até a fila da frente. – Afinal, o que é um clã sem um líder?

O brilho maldoso no olhar de Risca de Carvão seria apenas imaginação de Coração de Fogo? – O Clã do Trovão irá a Quatro Árvores esta noite – ele miou, dirigindo-se a todos os felinos. – Precisamos mostrar aos demais clãs que estamos fortes, apesar do incêndio. – Ele viu muitos gatos concordando com a cabeça. Os aprendizes agitavam as patas e trocavam olhares ansiosos, jovens demais para entender a gravidade de comparecer a uma Assembleia sem um líder e distraídos pela esperança de serem escolhidos pará ir também.

– Não podemos demonstrar fraqueza, pelo bem de Estrela Azul e de todo o clã – Coração de Fogo prosseguiu. – Lembrem-se, somos o Clã do Trovão! – Ele gritou as últimas palavras, surpreso pela feroz convicção que transbordou de seu coração. Os gatos responderam endireitando as costas, lambendo a pelagem cheia de cinza e arrumando os bigodes chamuscados.

– Vou levar Risca de Carvão, Pelo de Rato, Tempestade de Areia, Nevasca, Pata Gris e Pata de Nuvem.

– Os que ficam darão conta de proteger o acampamento? – Risca de Carvão perguntou.

– Garra de Tigre deve saber da Assembleia – acrescentou Rabo Longo. – E se ele aproveitar a oportunidade para atacar?

– Não temos como levar poucos gatos. Se parecermos fracos na Assembleia, corremos o risco de atrair um ataque dos outros clãs – Coração de Fogo insistiu.

– Ele tem razão – concordou Pelo de Rato. – Não podemos deixar que os outros vejam nossa fraqueza!

– O Clã do Rio já sabe que o fogo destruiu nosso acampamento – acrescentou Pele de Salgueiro. – Precisamos mostrar que estamos mais fortes do que nunca.

– Todos concordam? – perguntou o representante do clã. – Rabo Longo, Pelagem de Poeira, Pele de Geada, Cara Rajada e Pelo de Samambaia aguardam no acampamento.

Anciãos e rainhas, vocês estarão seguros com eles; voltaremos o mais cedo que pudermos.

Ele ouviu murmúrios e procurou os olhares que se fixaram nele. Com uma onda de alívio, percebeu que as cabeças aquiesciam. – Ótimo – ele miou, e saltou da rocha.

Os guerreiros e aprendizes que iriam com ele já circulavam pela entrada do acampamento, impacientes, agitando as caudas. Uma pelagem longa, branca e familiar estava entre eles. Seria a primeira Assembleia de Pata de Nuvem. Coração de Fogo ansiava por esse momento desde que o filhote chegara ao clã. Ele ainda se lembrava da própria estreia em uma Assembleia, quando descera correndo a encosta até Quatro Árvores, cercado de guerreiros poderosos, e não pôde evitar certo desapontamento ao ver os gatos manchados de fumaça e famintos que Pata de Nuvem teria que seguir. Ainda assim, Coração de Fogo sentia, mais fortes do que nunca, a empolgação e a energia contida dos gatos. Tempestade de Areia socava o chão com as patas dianteiras, e, enquanto Coração de Fogo corria até eles, viu que os olhos de Pelo de Rato brilhavam na escuridão crescente.

– Rabo Longo – ele miou, fazendo uma parada breve ao lado do guerreiro marrom. – Você é o nosso veterano aqui. Guarde bem o clã.

O gato de pelo desbotado inclinou a cabeça para o representante. – Eles estarão seguros, eu prometo.

A satisfação de Coração de Fogo pelo gesto do guerreiro foi ofuscada pelo olhar de deboche que Risca de Carvão lhe lançou da entrada do acampamento. Como se o guerreiro malhado percebesse que a confiança que ele procurava demonstrar era um disfarce para a insegurança que levava no peito. Ao passar por Tempestade de Areia, o gato de pelagem vermelha percebeu que ela o encarava, sem rodeios. *Estrela Azul fez de você seu representante. Ela espera que você saiba o que fazer!* As palavras desafiadoras da gata, que o tinham atingido como uma picada de víbora, de repente, deram-lhe força, e ele olhou desafiadoramente para Risca de Carvão quando tomava a dianteira do grupo, na saída do acampamento.

Os gatos corriam em silêncio pela floresta, as árvores queimadas elevando-se como garras retorcidas contra o céu que escurecia. Coração de Fogo sentia as patas afundarem nas cinzas úmidas e grudentas, mas havia no ar um cheiro de esperança, pois o renovo brotava das cinzas.

Ele olhou para trás. Pata de Nuvem conseguia acompanhá-los bem e Tempestade de Areia arremetia na dianteira, aproximando-se cada vez mais dele, até ficar ao seu lado, acompanhando o seu ritmo.

– Você falou bem na Pedra Grande – ela miou, arfando.

– Obrigado – respondeu Coração de Fogo. Ele se afastou ao galgar uma pequena elevação, mas a gata o alcançou lá no alto.

– Eu... eu queria me desculpar pelo que disse sobre Estrela Azul – ela miou, apressada. – Só estava preocupada. O acampamento está indo bem, apesar...

– Apesar de eu ser o representante? – ele sugeriu, com amargor.

– Apesar do desastre que aconteceu – ela completou. As orelhas do gato se mexeram. – Estrela Azul deve se orgulhar de você – ela continuou, e Coração de Fogo estremeceu; ele duvidava que a líder sequer tivesse notado, mas sentiu-se grato pelas palavras de Tempestade de Areia.

– Obrigado – ele miou de novo. – E virou a cabeça enquanto desciam a elevação, fitando os olhos verdes da guerreira. – Senti sua falta, Tempestade de Areia... – ele começou.

Mas foi interrompido pelo som de patas retumbantes e pelo vozeirão de Risca de Carvão: – Então, o que você vai dizer aos outros clãs?

Antes que Coração de Fogo pudesse responder, uma árvore caiu e quase os atingiu; o gato vermelho pulou, mas um galho atingiu sua pata, fazendo-o cair desajeitadamente, aos trambolhões. Os outros gatos passaram correndo, mas diminuíram instintivamente a marcha ao vê-lo no chão.

– Você está bem? – Risca de Carvão perguntou quando o gato de pelo rubro se levantou. Os olhos do guerreiro malhado brilhavam ao luar.

– Estou – respondeu Coração de Fogo com rispidez, tentando não demonstrar que a pata doía.

Ela ainda latejava quando eles atingiram o alto da encosta que levava a Quatro Árvores. O representante parou para recuperar o fôlego e ordenar os pensamentos antes do encontro com os outros clãs. O vale não fora atingido pelo fogo, e os quarto carvalhos se impunham, incólumes, contra o céu estrelado.

Coração de Fogo olhou para os gatos que aguardavam a seu lado, com as caudas chicoteando e as orelhas em pé, na expectativa. Naturalmente, eles confiavam que o representante substituiria Estrela Azul na Assembleia e convenceria os outros clãs de que o Clã do Trovão não se enfraquecera com a tragédia recente. Ele precisava se mostrar digno dessa confiança. Ele balançou a cauda, em um sinal aos gatos do clã, como tantas vezes vira a líder fazer, e lançou-se na direção da Pedra do Conselho.

CAPÍTULO 30

O AR NA CLAREIRA ESTAVA pesado com os odores do Clã do Vento e do Clã do Rio. Coração de Fogo sentiu um tremor de ansiedade. Em apenas alguns instantes, ele estaria na Pedra do Conselho e se dirigiria àqueles gatos. Não havia sinal do Clã das Sombras. Será que a doença tinha sido tão forte a ponto de impedi-los de vir à Assembleia? Uma pontada de pena por causa de Gogó de Algodão fez com que o representante do Clã do Trovão se lembrasse de Garra de Tigre e do terror nos olhos do jovem guerreiro quando o enorme gato assomou à beira do Caminho do Trovão. De repente, suas patas coçaram de vontade de subir na Pedra do Conselho e avisar aos outros clãs sobre a presença do guerreiro escuro na floresta.

– Coração de Fogo! – chamou Bigode Ralo, pulando para o lado do guerreiro, que teve um lampejo de surpresa com aquele ronronar amigável. O último gato do Clã do Vento que ele tinha visto fora Garra de Lama, guinchando com raiva e se afastando por entre a urze. Mas Bigode

Ralo evidentemente não se esquecera de que o gato de pelagem cor de flama trouxera seu clã de volta do exílio. Os dois guerreiros tinham se tornado próximos ao longo daquela jornada, e ambos ainda valorizavam o vínculo estabelecido.

– Olá, Bigode Ralo – o representante do Clã do Trovão cumprimentou o gato malhado de marrom. – Trégua ou não, é melhor não deixar que Garra de Lama veja você conversando comigo. Nós nos estranhamos da última vez em que nos vimos.

– Garra de Lama tem orgulho em defender seu território – respondeu Bigode Ralo, deslocando o peso de uma pata para a outra, inquieto. Ele obviamente já tinha ouvido falar dos dois ataques aos gatos do Clã do Trovão no território do Clã do Vento.

– Talvez – admitiu Coração de Fogo. – Mas isso não é desculpa para impedir Estrela Azul de chegar às Pedras Altas. – Ele se pegou desejando que, naquele dia, a líder tivesse conseguido compartilhar com o Clã das Estrelas na Pedra da Lua. As coisas poderiam ser muito diferentes agora se ela tivesse conseguido alguma garantia de que os guerreiros ancestrais não tinham se voltado contra ela.

– Estrela Alta não ficou feliz quando soube disso. Ainda que vocês tenham dado abrigo a Cauda Partida, isso não era desculpa...

– Naquela ocasião, Cauda Partida já estava *morto* – Coração de Fogo o interrompeu, lamentando o tom que usou quando viu que as orelhas de Bigode Ralo se mexiam com desconforto. – Sinto muito, meu caro – ele miou, agora mais gentil. – É bom vê-lo de novo. Como você está?

– Bem – respondeu o gato, parecendo aliviado. – Fiquei triste quando soube do incêndio. Sei como é ruim para um clã ser expulso de casa. – Seus olhos encontraram os de Coração de Fogo com simpatia.

– Já voltamos ao acampamento e o reconstruímos da melhor forma possível. Em breve a floresta vai se recuperar. – Coração de Fogo tentou parecer confiante.

– Fico contente – miou Bigode Ralo. – Você sabe, agora é como se nunca tivéssemos estado longe de nosso acampamento. Houve abundância de filhotes nesta estação do renovo, e o bebê de Flor da Manhã está aqui como aprendiz; é sua primeira Assembleia. – Coração de Fogo se lembrou da minúscula bolinha de pelo molhado que ele ajudara a carregar pela chuva, desde o território dos Duas-Pernas, na volta ao território do Clã do Vento. Ele seguiu o olhar de Bigode Ralo até o outro lado da clareira e viu um jovem gato marrom. Embora pequeno, como o resto de seu clã, os músculos do aprendiz já estavam definidos e bem desenvolvidos sob sua pelagem curta e espessa.

Coração de Fogo percebeu que Bigode Ralo abaixou a cabeça de repente. Ao se virar, viu Estrela Alta se aproximando. O Líder do Clã do Vento fulminou o gato de pelo vermelho com os olhos em fendas. – Estamos vendo você demais ultimamente, Coração de Fogo – ele comentou. – O fato de uma vez nos ter conduzido de volta a nossa casa não lhe dá liberdade de ficar perambulando em nosso território.

– Assim fui avisado – respondeu o gato de pelagem rubra, esforçando-se para manter a calma e não demonstrar ressentimento pela forma como Estrela Azul fora tratada. Afinal, a Assembleia se realizaria sob uma trégua, e ele aprendera a respeitar aquele guerreiro na jornada pelo território dos Duas-Pernas. Mas ele sustentou o olhar do líder preto e branco e miou firmemente: – No entanto, devo colocar as necessidades do meu clã em primeiro lugar.

Os olhos de Estrela Alta brilharam, e ele fez um pequeno aceno com a cabeça. – Você falou como um guerreiro de verdade. Tendo viajado com você, não fiquei surpreso quando Estrela Azul o fez seu representante. – Percorrendo a clareira com o olhar, ele acrescentou: – Houve quem achasse que um gato tão jovem não conseguiria dar conta de tamanha responsabilidade. Não foi o meu caso.

Coração de Fogo foi pego de surpresa. Ele não esperava receber um elogio do líder do Clã do Vento. Abafando um ronronar feliz, ele acenou em agradecimento.

– Onde está Estrela Azul? – perguntou Estrela Alta. – Não a vi entre os seus gatos. – Sua voz soava normal, mas os olhos traíam um grande interesse.

– Ela ainda não está se sentindo bem o suficiente para viajar – Coração de Fogo respondeu de imediato.

– Ela se feriu no incêndio?

– Nada de que não possa se recuperar – miou o gato de pelo rubro, desejando de todo o coração que isso fosse verdade.

Ao lado dele, Bigode Ralo levantou os olhos repentinamente. Coração de Fogo seguiu seu olhar até a encosta do outro lado do vale. Três felinos do Clã das Sombras desciam para a clareira, liderados por Nariz Molhado. O representante do Clã do Trovão sentiu um vago alívio quando reconheceu um dos guerreiros. Era Nuvenzinha, claramente recuperado da doença, graças a Pata de Cinza.

Os gatos dos outros clãs se afastaram quando os guerreiros do Clã das Sombras derraparam até parar em frente à Pedra do Conselho. Obviamente, a notícia da doença do clã tinha se espalhado pela floresta.

— Está tudo bem — Nariz Molhado miou, arfando, como se tivesse ouvido o pensamento dos outros gatos. — O Clã das Sombras está livre da doença. Fui enviado para pedir que esperem para começar a reunião. O líder do Clã das Sombras está a caminho.

— Por que Manto da Noite está tão atrasado? — perguntou Estrela Alta, que estava ao lado de Coração de Fogo.

— Manto da Noite morreu — respondeu, sem rodeios, Nariz Molhado.

Uma onda de atordoamento se espalhou entre os felinos como uma brisa através das árvores, e Coração de Fogo piscou. Como o líder do Clã das Sombras podia estar morto? Só recebera suas nove vidas recentemente. Que doença terrível! Não admira que Nuvenzinha e Gogó de Algodão sentissem tanto medo de regressar ao acampamento.

— É Pelo Cinzento que vem no lugar dele? — Nevasca perguntou, referindo-se ao representante do Clã das Sombras.

O curandeiro olhou para as próprias patas. — Pelo Cinzento foi um dos primeiros a morrer da doença.

– Então, quem é o novo líder? – quis saber Estrela Torta, saindo das sombras, do outro lado da Pedra Grande.

Nariz Molhado olhou para o líder do Clã do Rio. – Vocês verão por si mesmos em breve – prometeu. – Ele logo estará aqui.

– Desculpem – murmurou Coração de Fogo para Estrela Alta e Bigode Ralo. – Tenho algo a falar com Nariz Molhado.

O felino de pelo rubro foi ao encontro do curandeiro do Clã das Sombras, que estava cercado de aprendizes e guerreiros, todos ansiosos para descobrir quem era o novo líder do Clã das Sombras. Ele se perguntava como o velho gato reagiria ao ficar sabendo da morte de Presa Amarela. Nariz Molhado tinha visto muitas mortes ultimamente, e talvez mais uma não significasse tanto para ele, mas Coração de Fogo sentia que devia lhe contar em particular, antes do pronunciamento na Pedra do Conselho. Afinal, Presa Amarela tinha treinado Nariz Molhado quando era curandeira do Clã das Sombras. O elo entre os dois gatos devia ter sido estreito, ao menos por um curto período, antes de Cauda Partida expulsar Presa Amarela do clã.

Coração de Fogo fez um sinal com a cauda para Nariz Molhado, que o seguiu para um lugar mais calmo, sob um dos carvalhos, aliviado por se afastar do círculo de rostos inquiridores. – O que foi? – ele perguntou.

– Presa Amarela morreu – miou suavemente Coração de Fogo, sentindo um espinho de tristeza cravar-se em seu peito.

Os olhos do gato cinza e branco nublaram-se de tristeza. Ele abaixou a cabeça, enquanto Coração de Fogo prosseguia: – Ela morreu tentando salvar um companheiro de clã do incêndio. O Clã das Estrelas vai homenagear sua bravura.

O curandeiro não respondeu, apenas balançou lentamente a cabeça, de um lado para outro. Coração de Fogo sentiu um aperto na garganta, mas não podia se dar ao luxo de deixar a dor dominá-lo. Ele tocou a cabeça do gato com o nariz e se afastou depressa.

Os outros felinos começavam a se agitar, ansiosos, os miados cada vez mais altos. – Não podemos esperar mais! – Coração de Fogo ouviu um guerreiro do Clã do Rio murmurar ao vizinho. – A lua não vai demorar a se pôr.

– Se esse novo líder chegar tarde, é problema dele – Pelo de Rato concordou. Coração de Fogo sabia a verdadeira razão da urgência dela em prosseguir com a reunião e voltar para o acampamento. Com Garra de Tigre à solta na floresta, nenhum dos clãs estava seguro.

Ele viu um lampejo de um pelo branco no centro da clareira quando Estrela Alta pulou para a Pedra do Conselho. Obviamente, ele decidira começar a reunião sem o líder do Clã das Sombras. Estrela Torta também se dirigiu à pedra. Coração de Fogo se preparou para enfrentar a primeira Assembleia à frente de seu clã, desesperado para avisar os outros gatos sobre a ameaça que se escondia na floresta.

– Boa sorte. – Coração de Fogo sentiu a respiração de Tempestade de Areia no pelo de sua orelha. Virou-se e gentilmente tocou a bochecha quente da gata com seu focinho, sabendo que a briga entre eles tinha sido esquecida. Então, ele abriu caminho entre os gatos e se dirigiu à Pedra do Conselho.

Sua trajetória foi interrompida por um uivo vindo da encosta. – Ele chegou!

Coração de Fogo viu Risca de Carvão, ao lado dele, esticar o pescoço, mas sua visão estava bloqueada pelos outros gatos que, de pé nas patas traseiras, tentavam saber quem era o novo líder do Clã das Sombras, que atravessava a multidão. As orelhas de Risca de Carvão ficaram eretas de surpresa. O guerreiro malhado fitava a Pedra do Conselho, os olhos brilhantes de empolgação mal reprimida. Coração de Fogo virou a cabeça para saber o que tinha provocado tão forte reação em seu companheiro de clã.

Emoldurados pela luz fria da lua, o representante do Clã do Trovão vislumbrou os ombros poderosos e a cabeça larga do gato que pulara na pedra, colocando-se ao lado de Estrela Alta, que parecia insignificante e frágil junto à figura maciça. E, com um calafrio de medo, Coração de Fogo se deu conta de que o novo líder do Clã das Sombras era Garra de Tigre.

Este livro foi composto na fonte Warnock Pro e impresso
pela gráfica Vox, em papel Lux Cream 60 g/m², para a
Editora WMF Martins Fontes, em fevereiro de 2025.